LAS
ESPINAS
DE LA
TRAICIÓN

Otros libros de Laura E. Weymouth:

La luz entre los mundos

LAS ESPINAS DE LA TRAICIÓN

LAURA E. WEYMOUTH

HarperCollins *Español*

Harper Español es una división de HarperCollins Publishers.

A Treason of Thorns
Copyright © 2019 de Laura E. Weymouth

Traducción al español © 2020 de Harper Español
Los derechos de la traducción al español fueron adquiridos de Triada US
con IMC, Agencia Literaria

www.epicreads.com

ISBN 978-141859858-7

Tipografía de Jessie Gang

20   21   22   23   24   PC/LSCH   10   9   8   7   6   5   4   3   2   1
❖
Primera edición

Para Steph, la guardiana de este libro.
Y para el Pod, que son mis guardianes.

LAS
ESPINAS
DE LA
TRAICIÓN

PRÓLOGO

UNA INVITACIÓN DE BODA EN PAPEL CON PUNTILLAS ME ESPERA en mi mesita de noche y sé sin ningún tipo de dudas que mamá no va a volver. Era inevitable, pero hasta el momento, ignorar lo inevitable siempre me ha resultado fácil.

Hasta ahora.

Ya no hay forma de seguir evitando la verdad. Está ahí, grabada con tinta dorada, y despide unas persistentes notas de agua de rosas que flotan hasta mí.

Enroscada en posición fetal en mi lado de la cama, observo la invitación como si fuera una serpiente.

—Violet, ¿puedo pasar? —pregunta Wyn, el pupilo de mi padre, desde el otro lado de la puerta.

Tal vez no pueda verme asentir con la cabeza, pero la Casa sí que puede. Se oye el clic del pestillo que se descorre, seguido por el roce de las bisagras de la puerta al abrirse. Levanto la vista y veo que Wyn se acerca a mí con cautela, sosteniendo un vaso de agua con ambas manos para que no se le derrame. Siempre se mueve así desde que llegó a Burleigh House, como si el suelo estuviera sembrado de esquirlas de cristal invisibles y un paso en falso pudiera lastimarlo.

El hombre deja el vaso en mi mesita, delante de la invitación de boda, de forma que las letras se ven ahora extrañas y distorsionadas al mirar a través del cristal. Puede que sólo tengamos ocho años y vivamos rodeados de sirvientes (Jed y Mira, el administrador y el ama de llaves de papá nunca están muy lejos), pero aunque seamos niños, esto es lo que hacemos. Cuidamos el uno del otro.

Cuando Wyn se sienta a mi lado, la reconfortante manta de hiedra con la que Burleigh House me cubre se agita y aparta de él; Burleigh y Wyn nunca se han llevado bien. Las llamas centellean con un intenso color morado en la chimenea, el mismo color de la luz de la lámpara. Pobre caserón viejo, le entristece verme triste, tanto como a Wyn. A veces se me olvida que en estos momentos Burleigh se muestra tan amable y solícita porque es una de las cinco Grandes Casas, cuya inmensa magia vela por el bienestar de Inglaterra. Para mí, mi Casa ha sido siempre más y menos que eso. Burleigh, como Wyn, es sencillamente mi familia y mi amiga.

Wyn se mueve, dejando un espacio ligero entre él y las hojas apartadas de Burleigh. Si fuera otra persona, me preguntaría si me encuentro bien, pero Wyn siempre fue un niño callado, desde el mismo día que papá lo sacó de un orfanato en Taunton y lo trajo a casa. Y fue lo mejor que pudo hacer, la verdad. Nunca le he encontrado sentido a discutir sobre los problemas innecesariamente. No quiero hablar de que papá ha vuelto a marcharse a Londres por asuntos relacionados con la Casa. No quiero hablar del hecho de que las preocupaciones relacionadas con Burleigh House van haciendo mella en mí, penetrando por las tablas del suelo, y que a veces hacen que el corazón me lata tan deprisa que casi no puedo respirar.

Y desde luego no quiero hablar de mamá.

En vez de ello, me abrazo las piernas con más fuerza, deseando empequeñecer hasta desaparecer. Wyn me mira con gesto solemne y los ojos como platos. Sé que tanto él como la Casa me harán compañía toda la noche y seguirán mis pasos de cerca mañana. Jamás me abandonarán, sea como sea. La Casa me envolverá con sus flores, el canto del ruiseñor me mecerá hasta que me duerma, y Wyn..., bueno, Wyn nunca duerme en su cama.

Prefiere echarse con unas mantas y una almohada en el armario donde se orea la ropa lavada que está en mi habitación.

No puedo evitar acordarme de lo que pensaba mamá de todo esto. Mi padre y ella se peleaban por todo, y uno de los temas de discusión era mi actitud hacia la Casa y hacia Wyn.

—Pero es que ella *debe* anteponer la Casa a todo lo demás, Eloise —decía papá—. Vi será la guardiana de este lugar cuando sea mayor. Burleigh la elegirá a ella, yo le entregaré la llave cuando esté preparado para serlo y Su Majestad estará de acuerdo, seguro... ya sabes que el rey siempre ha sentido predilección por Vi. Es su destino.

—Ella no sabe lo que es ahora, mucho menos lo que deberá ser en el futuro —le respondía mamá—. ¿Y cómo aprenderá a arreglárselas ella sola si te empeñas en tenerla atada a Burleigh House y no dejas que se relacione con niños normales?

—Wyn le hace compañía.

—Pero es que él *no es* un niño normal.

Y así se pasaban horas como la pescadilla que se muerde la cola, discutiendo a puerta cerrada. Tal vez no supieran que Wyn y yo escuchábamos sentados al otro lado, o tal vez ya no les importara más.

Pero las discusiones ahora se han acabado y mamá está en Suiza, ocupándose de los preparativos de su segunda boda con no sé qué barón extranjero.

—Wyn.

Me siento erguida y lo miro. Necesito saber que todo esto merece de verdad la pena. Necesito saber que lo que me he perdido, sea lo que sea, ha sido por una buena razón.

—¿Sí? —responde él, mirándome con sus serios ojos azules y su pelo rubio rojizo y revuelto.

—¿Crees que seré una buena guardiana para Burleigh House?

Wyn no responde; está con la mirada clavada en la manta de hiedra que cubre mi cama, excepto el espacio visiblemente vacío que lo rodea a él.

—Una buena guardiana antepone su Casa a todo lo demás —continúo yo, casi para mí.

—¿Siempre? —pregunta él.

Extiendo la mano y una rama de hiedra se enreda alrededor de mi muñeca formando un patrón casi idéntico a la marca de nacimiento de color rosado que tengo ahí, como una pulsera.

—Siempre. Eso dice papá, que un buen guardián antepone su Casa al rey mismo. Al país. A la familia. Incluso a su propia vida.

—¿Y si cambias de idea?

Eso es algo impensable. Mamá puede irse y yo puedo crecer, pero si hay algo inmutable es mi determinación a servir a Burleigh House. Mi padre, George Sterling, es el guardián perfecto, y en las raras ocasiones que está en casa, se ocupa de que yo aprenda cuál es mi lugar. Un día seguiré sus pasos y seré la mejor guardiana de Inglaterra. Burleigh ha prosperado bajo su atenta supervisión. Los condados dependientes han disfrutado de paz y prosperidad.

—No cambiaré de idea nunca —le respondo—. Burleigh siempre será lo primero para mí, porque este lugar es mucho más importante que yo o que cualquier otra persona.

Y aunque lo haya aprendido de memoria bajo la atenta mirada de mi estricto padre, mi corazón se hincha de orgullo cuando lo repito. Porque Burleigh lo ha sido todo para mí desde que tengo uso de razón. Esta Casa es como una madre, un padre, una amiga, fuente de consuelo. Y tengo la intención de devolverle el favor algún día, cuando llegue el momento.

—Tal vez no la entendamos, tal vez no podamos hablar con ella, pero Burleigh House ya estaba aquí antes de que tú y yo naciéramos, vigilando la zona de West Country, y seguirá aquí cuando nosotros no estemos más. Mi obligación como Sterling es servirla y ayudar a proteger el territorio. Mamá lo sabía, Wyn. Lo sabía. Pero siempre tuvo celos de Burleigh. No entendía que mereciera la pena protegerla —callo y trago saliva desesperadamente para pasar el nudo que me quema la garganta y los ojos.

Wyn mira el suelo. Parece tan pequeño y patético como yo me siento.

—¿Y qué me dices de una buena Casa? —pregunta al cabo de un buen rato de silencio. Yo frunzo el ceño mientras él arranca una hoja de hiedra y la rompe en pedacitos—. ¿Qué hace una buena Casa? ¿No debería darte algo a cambio?

Acaricio con un dedo la zona de hiedra que Wyn ha mutilado y las hojas se vuelven hacia la caricia como las flores hacia el sol.

—Yo no espero nada. Una buena Casa se antepone a todo porque el bienestar de nuestro territorio está estrechamente unido a la salud de su casa. Por eso una buena Casa elige cuidadosamente a su guardián y no prescinde de él cuando surgen los problemas.

Las llamas se avivan con un chisporroteo como si la chimenea confirmara mis palabras.

—Violet.

Levanto la vista y veo algo en la expresión de los ojos de Wyn que hace que se me forme un nudo en el estómago. Siempre se muestra así, inquieto, nervioso, como un animal a punto de huir, cuando va a decir lo que sé que va a decir.

—Fuguémonos. No tienes qué quedarte ni ser guardiana si no quieres. Podríamos ir a Suiza con tu madre. O a cualquier otro sitio, elige, pero... vámonos.

El viento gime en la chimenea, parece un sollozo, y la hiedra que cubre mi cama comienza a retroceder con tristeza hacia las ventanas por las que entrara en la habitación. Por costumbre, y también por práctica, mi autocompasión se transforma cuando mi corazón se pone del lado de Burleigh House.

—No deberías decir esas cosas —le reprocho—. Sabes que no me iré nunca y sabes que Burleigh se pone triste al oírnos mencionarlo siquiera.

Wyn ladea la cabeza y me mira tan acongojado que no sé quién me da más lástima, él o esta Casa mía tan sensible.

—Déjalo ya, Burleigh —la riño y el viento deja de gemir al oírme—. No voy a irme a ninguna parte.

Pero es a Wyn a quien abrazo y se relaja un poco, todo lo que Wyn es capaz de relajarse.

—Lo siento por tu madre —me susurra y yo lo abrazo más fuerte.

—Yo no —contesto con tal intensidad que casi me lo creo—. Yo no. Los tengo a Burleigh y a ti, y a papá cuando no está fuera por negocios. ¿Qué más puedo desear?

Cuando Wyn se baja de la cama y se mete en su camastro improvisado dentro de mi armario, me levanto. Abro el cajón de la mesita y saco la carta que mamá envió con la invitación de boda. Huele aún más a ella que la invitación. Aspiro el aroma a rosas, que me recuerdan el tacto de sus brazos cuando me rodeaba con ellos.

Una frase sobresale por encima del resto porque la tinta se ha corrido y ha manchado el papel, como si hubiera derramado lágrimas sobre él mientras escribía.

«Ven conmigo, mi querida Violet, deja que construya un hogar para ti aquí».

Pero yo ya tengo un hogar. Soy una Sterling. Nací en Burleigh House y algún día espero llegar a ser una destacada guardiana como papá.

Un buen guardián antepone su Casa a todo lo demás. Al rey, a su país.

A la familia.

Me arrodillo frente a la chimenea y echo la carta de mamá a las comprensivas llamas, que se vuelven azules mientras me froto los ojos con la manga del camisón.

—Piensa en otra cosa, lo que sea. Ayuda —dice Wyn desde las sombras del interior del armario.

Inspiro temblorosa y empiezo a tararear. Es una canción que papá me canta cuando está en casa.

Sangre en el comienzo
Mortero en el final
Defiende tu vínculo,

Seas enemigo o amigo

Recibe la escritura
Haz que se cumpla
Y vincula el poder de una Casa
A la tierra

Sangre en el final
Mortero en el comienzo
Rompe el vínculo
En el corazón de tu Casa

Desata el poder de una Casa
Libéralo
No dejes nada para el rey
Nada para ti o para mí

La primera Casa para prisión
La segunda para el descanso de las damas
La tercera para un palacio
La cuarta para ser bendecido

La quinta Casa es como el mercurio
La sexta es la ruina absoluta
Todo por la sangre mezclada con su mortero
Todo por el aliento que fluye por sus muros

Pero esta vez no surte su efecto habitual, por mucho que me concentre en las palabras.

Sólo veo la caligrafía de mamá. Sólo puedo pensar en que no volverá nunca.

—Érase una vez una Gran Casa —empiezo a recitar con tono desesperado. Hace más de un año que no le cuento un cuento a Wyn, no he vuelto a hacerlo desde que se acostumbró a Burleigh. Pero me conecta con la tierra, oír cómo se remueve en el armario para escuchar la historia, la presencia a un tiempo inmensa y melancólica de mi querida Burleigh que también se vuelve para escucharme—. Y los Sterling, que vivían y morían por ella. Su sangre estaba mezclada con el mortero que sustentaba sus muros. Sus huesos descansaban en los terrenos circundantes.

Cuando me separo del fuego, el suelo de la habitación está alfombrado de margaritas recién nacidas. Lentamente, encierro en el fondo de mi alma la tristeza por la partida de mi madre, porque sé que yo daría cualquier cosa por este lugar. Un día, mi sangre se fundirá con el mortero de sus muros. Un día, mis huesos descansarán en los terrenos circundantes.

1

Nueve años después

EL SUELO LISO DEL BARCO VIBRA LEVEMENTE BAJO MIS PIES cuando un lucio choca contra el casco. La criatura de cuerpo alargado y resplandeciente está concentrada en sus asuntos peceriles, y yo llevo casi una hora sin moverme, dejándome arrastrar por las suaves corrientes del pantano de un lado a otro. Soy invisible para ese lucio y la invisibilidad es garantía de éxito para un pescador.

El sol cae a plomo sobre mi cabeza descubierta y me calienta el pelo recogido en una larga trenza. El sudor me resbala entre las escápulas y por debajo del brazo que tengo levantado, sujetando un afilado arpón de pesca. Esto es lo único que me proporciona algún alivio, este momento en el que todo tiene sentido y me muevo con un objetivo claro. Ya no soy Violet Sterling, hija desheredada de un noble traidor, lejos del hogar familiar desde hace demasiado tiempo. Entonces, la angustiosa preocupación por papá, por Wyn y por mi Casa se atenúa un poco y vuelvo a estar completa en vez de fracturada: Vi, la de los pantanos, la que nunca vuelve a casa con las manos vacías.

En este momento soy capaz de destilar la parte más elemental de mi ser. Una cabeza racional. Un par de agudos ojos. Manos veloces como el mercurio o los rayos estivales. El pez se gira y queda de lado, exhibiendo el resplandeciente lomo cubierto de escamas.

En un revuelo formado por mi arpón, mi red y la salpicadura del agua salada, subo el pez al bote. El animal se retuerce con fuerza y el bote se menea, pero un golpe certero con la pequeña hacha que guardo debajo del asiento pone fin a la lucha. Me echo la trenza por encima del hombro y, por fin, me permito sonreír, limpiarme el sudor de la frente y sentir que he vuelto a quemarme la nariz. Se me pelará y cubrirá de pecas, y Mira me regañará, pero qué se le va a hacer. Tendremos comida para media semana con este pez. Y en este momento de claridad descubro la manera de deshacerme de la ansiedad que me ha perseguido todos estos años. Al menos por un rato.

Sin embargo, cuando me enderezo y observo mi captura, la sensación regresa: estoy demasiado lejos de casa, pero sigo unida a ella por un cable largo y tenso. No es Burleigh lo único que no puedo dejar atrás.

—¿Qué te parece, Wyn? —murmuro. Cedo a la costumbre de hablar con él únicamente cuando estoy sola en mitad del agua, segura de que nadie me oye. A saber quién hablará con Wyn ahora, quién se preocupará por sus silencios y sus estados de ánimo, quién le hará compañía en las noches demasiado largas y oscuras, con todos esos ruidos y sombras que le recuerdan las cosas de las que nunca habla. Espero que enviarle mi voz cuando puedo sirva de algo.

En medio de East Fen, un pantano de enormes dimensiones, los únicos que pueden oír mis conversaciones secretas son las turberas, los depósitos de cieno y los estuarios. En algunas zonas, habían reforzado el terreno y lo habían convertido en pastos, de manera que las granjas y los rediles de ovejas resultan incongruentes en el paisaje del humedal. Es todo un poco farragoso y laberíntico, pero conozco este lugar como ningún otro, excepto uno. He aprendido el lenguaje de las corrientes, las aves marinas me llaman y el resplandeciente cielo azul que se abre sobre nuestras cabezas es un mapa abierto para mí. Los pantanos son sinceros si los entiendes y se rigen por unas normas particulares, siempre las mismas.

Pero no son West Country, que abarca los cinco condados del suroeste de Inglaterra a los que Burleigh House gobierna y da sustento. Es un terreno extenso y plano, con un carácter agreste sin pretensiones. No se diferencia tanto de Blackdown Hills, donde me crie, un área rural que a primera vista parece anodina, con sus parcelitas rectangulares de pastos y sus huertos de manzanos, pero que esconde antiguos santuarios entre sus valles y amuletos de hueso entre sus setos. Por no mencionar los extraordinarios jardines encantados de Burleigh, que no tienen parangón. Lo cierto es que, aunque tomo los remos y empiezo a remar de vuelta hacia la orilla, no tengo la sensación de volver a casa, nunca la tengo.

Cuando regreso a nuestra casita situada en una elevación del terreno en medio de la nada, la luz alargada de color dorado se extiende tierra adentro. Mira ha abierto las contraventanas y Jed está sentado en el escalón del porche tallando un trozo de madera. No había vuelto a tallar desde que nos exiliamos, claro que yo tampoco pescaba.

—¿Has tenido suerte? —pregunta Jed mientras amarro el bote a nuestro pequeño muelle. Por toda respuesta, saco del bote el arpón y necesito las dos manos para levantarlo.

Jed silba por lo bajo. Es un hombre fornido con una barba recia, rostro rubicundo y el pelo al rape, cano desde hace mucho, y aunque ha permanecido a mi lado en lo bueno y en lo malo, por lo que más lo quiero es por cómo se portó con mi padre. Fue un administrador leal, tanto cuando papá estaba en casa como cuando no. El día que el rey sentenció a mi padre al arresto domiciliario fueron necesarios seis hombres para contener a Jed, que gritaba y forcejeaba mientras recluían a George Sterling tras los muros de Burleigh, y no dejó de pelear hasta que el portón principal desapareció y en su lugar se alzó un muro de piedra inexpugnable.

—Mira está dentro —dice Jed—. Tiene, bueno, tenemos, algo que decirte.

Noto que se me borra la sonrisa al oírlo.

—¿Qué...?

Pero Mira me llama en ese momento desde dentro de la casa y no me deja terminar de hacer la pregunta.

—Tráeme ese pez ahora mismo y quítate ese olor asqueroso de las manos.

Y según entro, añade chasqueando la lengua con desaprobación:

—Te esperaba hace horas.

Mira nos gobierna con mano de hierro, pero Jed y yo estaríamos perdidos sin ella. Somos una familia, un tanto peculiar, eso seguro, pero las difíciles circunstancias de la vida nos han unido y perderlos me partiría el alma.

Atravieso la pequeña habitación de la planta baja, que hace las veces de cocina, comedor y salón, con una cortina divisoria que oculta la cama de ellos dos. Una escalerilla conduce al altillo donde duermo yo. Y ya está. No hay más.

Dejo el arpón sobre la mesa de la cocina con un golpe seco y Mira se vuelve. Tiene el horror pintado en el rostro.

—Violet Sterling, por fin apareces. Precisamente hoy que quería que vinieras a casa pronto.

Me apoyo contra la mesa sobre la que he dejado mi espléndido pez y me encojo de hombros, como si el gesto pudiera protegerme de lo que se avecina. Si Wyn estuviera aquí, saldría de la nada y se pondría a mi lado, aliado silencioso, siempre. Si estuviéramos en Burleigh, la Casa habría hecho brotar una tranquilizadora alfombra de flores bajo mis pies.

¿Es que nunca me sentiré completa sin ellos?

—¿Por qué? ¿Qué ha pasado? —digo cuando por fin reúno el coraje necesario.

Jed entra en la casita y el espacio se encoge de repente.

—Mira ha tenido visita hoy. Alguien que preguntaba por ti. Un mensajero del rey.

Me quedo sin respiración. Me dejo caer en una silla, haciendo caso omiso del pez.

—Su Majestad ha regresado de Bélgica y pasará la noche en Thiswick, en la posada The Knight's Arms —dice Mira—. Al parecer le complacería mucho que su única ahijada fuera a verlo mañana al mediodía, antes de continuar viaje. El mensajero ha dicho que tiene noticias de Burleigh House.

—Noticias —mi voz se quiebra nada más al decirlo. Hace siete años que no tenemos noticias de Burleigh House. Y cada día que termina sin ellas es un alivio para mí, porque significa que, en la otra punta del país, mi padre, Burleigh y Wyn han sobrevivido a un día más de arresto.

Jed se coloca detrás de mí y pone sus manazas sobre mis hombros.

—No dio más detalles, pero creo que no hace falta decirte lo que eso significa.

Me trago las preguntas, consciente de que Jed y Mira no tienen las respuestas, y empiezo a poner la mesa para la cena de forma mecánica. Pero después de cenar y recoger los platos, salgo de la casita en cuanto Mira se da la vuelta. Jed me observa sin decir nada mientras empujo el bote al agua y me subo en él. Pongo los remos en posición y empiezo a remar hasta que el bote comienza a moverse.

—¡Violet! —grita Mira desde el umbral—. ¿Adónde te crees que vas a estas horas? Está anocheciendo.

—¡Lejos! —respondo yo, remando con todas mis fuerzas. El bote se endereza y va cobrando impulso hasta que llega un momento en que parece que avanzo rozando apenas la superficie del agua, arrastrando conmigo una masa confusa de sentimientos como una red de pesca enmarañada. Sé que lo que mejor me viene es moverme para apaciguar el dolor de corazón, el nudo del estómago y la tensión de la mandíbula. Remo y remo hasta que me duelen los brazos y la espalda, hasta que el sudor me cae entre los hombros de nuevo y los débiles rayos del sol poniente añaden más pecas a las que ya tengo.

Y cuando estoy tan lejos que siento que cada remo pesa como si fuera de acero, echo el ancla en mitad del terreno inundable del pantano. El agua se extiende sobre el horizonte hasta el mismísimo cielo del este, oscuro ya. Le doy la espalda, y también al inmenso y desapacible mar del Norte, para mirar hacia el oeste, hacia el sol poniente. Tras la gran bola rojiza está mi pasado. Tras ella aguarda mi futuro. Tras ella está mi Casa.

Sangre y mortero, cuánto la echo de menos. Con toda mi alma y todo mi corazón. Pensé que el final del arresto domiciliario de papá podría empañar mi relación con Burleigh, pero aun sabiendo lo que con toda seguridad habrá sucedido —que mi padre estará muerto, asesinado por la propia Casa— lo único que siento cuando pienso en Burleigh es un tremendo deseo de estar con ella.

Así que sé que mañana iré a visitar a Su Majestad. Me sentaré frente a él mientras finge lástima por mí y me dice que la prolongada sentencia de muerte de papá ha sido ejecutada, y que un nuevo guardián debe ocupar su puesto. Haré lo que haya que hacer, me tragaré el odio y el miedo hacia el rey, todo en nombre de Burleigh House. Porque tras el arresto, Burleigh necesitará de alguien que la trate con suavidad.

El arresto en la Casa es un castigo maldito, diseñado para atormentar tanto al guardián como a la Gran Casa a la que sirven. Cuando se declara culpable de traición a un guardián, se lo desposee de la llave que le permite canalizar la magia de la Casa con seguridad y sólo puede vagar por los terrenos circundantes. La Casa no puede permitir que nadie entre o salga hasta que el indefenso guardián muera.

Pero una Gran Casa no puede conservar la salud del territorio dependiente mucho tiempo sin un guardián que custodie la llave que administra su poder. Tarde o temprano, una buena Casa debe anteponerse a sí misma y a sus tierras a todo lo demás, por mucho que duela.

Se han dado cinco casos de arresto domiciliario en estos años antes del de mi padre. En dos de ellos, los guardianes acabaron con su propia vida antes de que lo hicieran las Casas. Los otros tres murieron a manos de las Casas, aunque fuera de los límites del arresto; la obligación adquirida por estas Grandes Casas prohíbe expresamente que maten a nadie.

Lo siento mucho por Burleigh, por haber tenido que hacer algo que no está en su naturaleza, ni forma parte de su obligación, pero se me parte el alma pensar en Wyn. Han pasado siete años desde que comenzara el arresto y sigo sin comprender por qué permitieron a mi padre infligir a un niño aunque sólo fuera una parte del castigo que le correspondía a él únicamente, y mantener a Wyn atrapado dentro de los muros de la mansión. Cada vez que pienso en ello, el resentimiento me come por dentro. Todo lo demás lo entiendo: papá se enfrentó al arresto y a los cargos de traición cuando intentó robarle al rey las escrituras de Burleigh para liberar a nuestra Casa. Es cierto que a lo largo y ancho de Inglaterra hay personas que apoyan la causa de la liberación a pesar de los riesgos.

Estoy de acuerdo con ellos, como es natural. Y quiero a Burleigh libre de la opresión del rey. La familia real posee el control sobre las Grandes Casas desde que William el Registrador se lo entregó. Los guardianes gobiernan la magia de las Casas, pero deben obediencia al titular de las escrituras. Supongo que ver al rey tomar decisiones poco beneficiosas para Burleigh acabó minando la moral de papá.

Aun así, el precio que pagó por fracasar en su intento de cambiar la situación —la decisión de sacrificar no sólo su propia libertad, sino la de Wyn también— nunca me gustó. Y no sé por qué tuvo que ser así.

«Un buen guardián antepone su Casa a todo lo demás», me recuerdo para intentar calmar la rabia que me asalta cada vez que pienso en Wyn. «Ante su familia. Ante sus amigos». Seguro que fue eso lo que hizo papá, aunque no entienda sus actos.

La luz en el horizonte queda reducida a brasas de color carmesí. Las golondrinas sobrevuelan el agua rozando la superficie a su paso y, más allá, los murciélagos revolotean inquietos. La brisa refresca y me seca el sudor a medida que el cielo se oscurece. Siento un escalofrío; soy una chica de sal sola en mitad de un pantano de sal.

Cuando las estrellas se despiertan en el cielo y van encendiéndose una a una con un breve destello, las cuento. Es un viejo truco que aprendimos Wyn y yo hace mucho tiempo, juntos, sentados en el tejado de la Casa. Éramos unos niños abrumados por las preocupaciones y cuando no conseguíamos dormir, salíamos a contar las estrellas hasta que nos olvidábamos de nuestros miedos. Y funcionaba. Conseguía mantener el miedo bajo control.

Ahora, por el contrario, siempre pierdo la cuenta antes de conseguir calmar las preocupaciones, y esta noche no es una excepción, ocurre lo mismo que todas las noches desde que mi padre y mi amigo fueron recluidos dentro de los muros de Burleigh. Cuando casi me siento perdida entre las estrellas, miro dentro de mí como aprendí a hacer cuando me arrebataron el corazón y mi hogar. En el laberinto de mi propia alma cuento miedos en vez de estrellas.

Me asustan mis recuerdos, el rostro angustiado de mi padre: sus ojos severos, su sonrisa atormentada. ¿Hizo bien? ¿Seré una digna sucesora? ¿Me enfrentaré algún día al mismo destino que él?

Me asusta no volver a ver mi Casa o a Wyn; seguir viviendo en un limbo en estos pantanos y no aspirar a algo mejor. No volver a sentirme completa.

Me asusta perder a Jed y a Mira como he perdido todo lo demás. Me asusta pasar hambre, un riesgo que nos acecha cada invierno cuando el pescado en salmuera comienza a escasear. Me asusta el mar, capaz de dar vida para después arrasar la costa con sus tormentas.

Mis miedos emergen a la superficie y los voy recogiendo uno a uno, los guardo y los dejo encima de una polvorienta estantería en un rincón de mi alma. No sé qué más puedo hacer con estos pensamientos que amenazan con estrangularme, así que los encierro ahí dentro, como si fueran las manzanas podridas del invierno pasado o el botín deslustrado de un dragón.

Guardo el último miedo de mi lista: miedo del rey, pavor en realidad. Pero para mí, la parte buena de Burleigh House siempre estará por delante de mis miedos. Así tiene que ser.

—Quiero ir a casa —susurro para mis adentros con el cielo nocturno y las estrellas como únicos testigos.

Casa. La palabra deja un regusto a miel y ceniza, a esperanza y pesar, pero hay algo que sé con certeza: plantaría cara al mismísimo demonio por tener la oportunidad de regresar a la Casa donde crecí y averiguar la suerte que habrá corrido el único amigo que tuve durante mi niñez. A fin de cuentas, el rey es sólo un poco peor que el demonio y siempre puedo suplicar o negociar con él, lo que prefiera, con tal de volver al lugar al que pertenezco. Para ser lo que el destino escribió para mí desde que nací: guardiana de mi amada Casa.

La marea regresa al mar. Tira de mi bote, me empuja hacia el este, lejos de mi hogar. Por primera vez en años, tomo los remos y remo en contra con todas mis fuerzas.

Remo hacia el oeste, tarareando una vieja canción.

Sangre en el comienzo
Mortero en el final
Defiende tu vínculo,
Seas enemigo o amigo

La quinta Casa es como el mercurio
La sexta es la ruina absoluta
Todo por la sangre mezclada con su mortero
Todo por el aliento que fluye por sus muros

2

SU MAJESTAD NO ES MADRUGADOR, PERO YO SÍ. DE HECHO, AL amanecer ya llevaba varias horas en pie, en el agua con una luz para pescar por la noche y mi arpón, incluso he entregado ya la captura nocturna en Thiswick. Aprendí hace mucho que lo mejor para aliviar las penas es mantenerse ocupado.

Y aquí estoy ahora, sentada con las piernas cruzadas en mi camastro del altillo, esperando la hora del encuentro con el rey. Cebollas y ramilletes de romero secos cuelgan a pocos centímetros de mi nariz. Afuera, el mundo está envuelto en una luz pálida y los gritos quejumbrosos de las gaviotas mientras vuelan mar adentro. Miro hacia la orilla y, en algún lugar dentro de mí, siento una aflicción insoportable. Me pilla desprevenida y no estoy segura de si la pena es por mi padre, por Wyn, por mi Casa o por mí misma. Sin embargo, no puedo desmoronarme ahora que Su Majestad me espera y el destino de Burleigh pende de un hilo. De modo que aprieto con fuerza los ojos y empujo la pena a lo más hondo de mi ser, hasta que apenas queda un triste recuerdo de ella. Ése es otro de mis múltiples miedos, que un día mi corazón se cierre herméticamente sin posibilidad de volver a abrirlo y no sentir nada más hasta el día que me muera.

—Baja a desayunar algo rápido —dice Mira desde la planta baja—. No quiero que te enfrentes a esto con el estómago vacío, sea lo que sea.

Pero no tenía ganas de comer. Ni por amor ni por dinero. Me acerco de rodillas hasta un maltrecho baúl debajo de la ventana circular. Una corriente de aire salobre entra por ella y me refresca la nuca mientras manipulo el candado. Se atasca un poco pues se ha quedado rígido por la falta de uso. Cuando por fin cede, levanto la tapa y dejo escapar un largo suspiro.

Abandonamos Burleigh House a toda prisa. Su Majestad sentenció a papá en el camino de entrada de la propiedad ante la comitiva que lo acompañaba y me ordenó que me fuera antes de que terminara el día. Apenas me dio tiempo de recoger unas pocas cosas, que he guardado desde entonces; no me hacían falta recordatorios del hogar cuando mi sangre responde a la llamada del oeste y la ansiedad me arde en las venas.

Sin embargo, tengo la impresión de que esta mañana es el momento perfecto para entregarse a los recuerdos. Aparto una muñeca de porcelana con un solo ojo, un dibujo que hizo Wyn y un vestido que hace tiempo que me quedó pequeño hasta que encuentro una rama de hiedra seca. La saco y la observo de cerca con sumo cuidado, como temiendo que fuera a deshacerse al contacto con mis manos.

La voz de Mira me llega desde abajo.

—Violet, te lo suplico, cariño.

—No tengo hambre —le respondo, observando la hiedra hasta que empiezo a verla borrosa.

El olor a tierra húmeda.

La lluvia en los cristales de mi habitación en Burleigh House.

El peso de una maleta llena que no puedo levantar con un brazo.

Abajo, el carruaje espera en el camino de entrada. Pego el rostro al cristal, no soy más que una niña de diez años, no estoy preparada para esto. Es tarde, y Mira ya ha subido a preguntar si necesito ayuda. Le digo que se vaya, no puedo soportar que me vean destrozada ante la mera idea de abandonar a Burleigh, la única presencia constante en mi vida desde que nací.

Pero la Casa sí me ve y eso es lo que más me duele. Quiero ser valiente por ella, quiero ser una buena guardiana, pero no puedo contener las lágrimas silenciosas que ruedan por mis mejillas. El viento gime en el respiradero de la chimenea, la lluvia solloza contra los cristales y unas fúnebres flores blancas brotan de las rendijas de la pared. Salgo corriendo hacia la puerta y me tropiezo con una de las muñecas que hay por el suelo. Se me cae la maleta y la ropa que he guardado a toda prisa queda desperdigada por la habitación.

Siempre me pasa lo mismo, siempre hay algo insignificante que marca mi derrota final. Me arrodillo en mitad del desastre y lloro, un llanto que hace que me tiemblen los hombros y me duela el estómago. Estoy destrozada por dentro. La Casa tiembla desde los cimientos, pero no puedo hacer nada.

Y en ese momento, Wyn se planta delante de mí, aunque no he oído la puerta, y empieza a meter en la maleta de nuevo los delantales y las medias. Cuando todo está recogido, me da la maleta. Yo lo miro y veo que él también ha llorado y está pálido.

—Tienes que irte ya, Violet —dice.

—Lo sé. Por fin va a cumplirse tu deseo. Nos vamos.

La expresión devastada de Wyn se vuelve aún más triste.

—Esto no es lo que yo quería. Sabes que yo... jamás deseé que sufrieras.

Extiende el brazo y me toma de la mano, un gesto inusual en él, que rara vez se permitía el contacto con el mundo.

Trago saliva y me quedo mirando nuestras manos entrelazadas.

—No me sueltes. No puedo hacer esto yo sola.

—Puedes hacer todo lo que te propongas —me contesta él con determinación—. *Cualquier cosa*, Vi, ¿es que no lo sabes?

Pero mientas bajamos las escaleras y salimos al camino de entrada, lo único que impide que me derrumbe de nuevo es su mano, cálida, alrededor de la mía.

Jed y Mira nos están esperando. Nos quedamos a su lado mientras papá sale a los escalones de entrada flanqueado por media docena de guardias reales. Los truenos retumban en el horizonte y el cielo oscuro llora y llora, formando amplios charcos en el césped. El agua fría se me cuela por el cuello y desciende.

Cuando los guardias sacan a papá y él nos ve, aprieta la mandíbula y se le nubla la mirada.

—Wyn, Violet, venid aquí —dice con voz rasposa tras incontables noches sin dormir.

Wyn y yo nos miramos y veo mi miedo y desesperación reflejados en sus ojos. Sin decir palabra, le aprieto la mano y él me devuelve el gesto. Subimos los escalones delanteros mientras oímos la risotada proveniente del carruaje del rey. Su Majestad aguarda la ejecución de la sentencia de papá, e incluso hoy se ha traído a tres cortesanos para ser cuatro para la partida del juego whist. Lo único que deseo es arrancarle las cartas de las manos y hacerlas pedacitos.

Papá no puede abrazarme porque tiene las manos atadas a la espalda, aunque tampoco ha sido persona de hacer demostraciones de cariño en público. Sin embargo, suelto a Wyn y abrazo a mi padre un momento, atragantándome con las lágrimas.

—Tienes que ser valiente por la Casa, Violet —me susurra. Reúno el poco coraje que me queda y me aparto de él para tomar la mano de Wyn de nuevo.

Pero antes de que él pueda aceptarla, papá me mira y hace un gesto negativo con la cabeza.

—No. Wyn, tú ven aquí conmigo.

Wyn se vuelve hacia él boquiabierto.

—Vamos, Wyn —insiste mi padre—. Tú te quedas conmigo, ya lo hemos hablado.

—¿¿Qué?? —Mi voz retumba en la entrada flaqueada de césped, pese a que la lluvia amortigua un poco el sonido. Papá no es capaz de mirarme a los ojos, tiene la vista clavada en Wyn, que lo mira y, por fin, asiente con la cabeza y se aparta de mí.

Las lágrimas que he estado aguantándome me arden en las mejillas y siento como si algo se hubiera roto dentro de mí.

—Papá, no te lleves a Wyn —le suplico—. Tú, la Casa y ¿ahora él? Es demasiado. Es todo lo que tengo. No sé vivir sin vosotros. Me convertiré en una sombra de mí misma.

—No te pongas dramática, Violet —me riñe papá con voz acerada—. Vas a disgustar a Burleigh.

—Eso es porque ella me quiere —balbuceo yo—. Y yo la quiero a ella, todos lo saben. Por eso te pido que sueltes a Wyn y me tomes a mí en su lugar si alguien tiene que quedarse. Lo haré de buena gana. No me importa, y lo sabes. Deja que el rey nos encierre a los dos. Permaneceré a tu lado y seré lo que me has enseñado a ser: una buena guardiana que antepone su Casa a todo lo demás. Por favor, papá, te lo ruego.

—Jed, llévate a Violet —dice mi padre, pero la voz se le quiebra al decir mi nombre, pese a ser un hombre inflexible.

Jed da un paso al frente y me toma de la mano.

—Señorita Violet, tenemos que irnos ya.

Mira se coloca a mi otro lado y me rodea los hombros con el brazo, pero yo no puedo apartar los ojos de Wyn, de pie junto a papá, con los hombros encogidos en silenciosa resignación.

—¡No, no! —grito, y el rey y sus cortesanos se asoman a la ventana del carruaje con interés. Pero a mí no me importa. Que miren—. No es justo. Mira a Wyn. ¡Él no quiere quedarse! Deja que se vaya y llévame a mí.

Es cierto que Wyn está pálido y tiene el rostro tenso y apenado. Baja los escalones corriendo y me abraza, y yo lo estrecho contra mí.

—No lo hagas —le digo entre lágrimas—. No tienes que hacerlo. No pueden obligarte. Debemos estar juntos. Wyn, *fuguémonos*.

—No —responde él—. No puedo. Ya no. Pero prométeme una cosa.

—Lo que sea.

—Vete lejos y no te acerques. No vuelvas.

No me da tiempo a sentir una nueva dentellada de dolor y traición porque nada más decirlo, la tierra bajo nuestros pies corcovea y se agita, y nos separa bruscamente. Doy un traspié y casi me caigo al suelo, pero cuando me enderezo, Wyn está otra vez con mi padre.

—Tienes que irte, Violet —dice mi padre—. Piensa en la Casa.

Lo hago. Siempre pienso en la Casa. Así que cuadro los hombros, doy media vuelta, bajo los escalones y me alejo por el camino de todo lo que me es conocido.

—Violet Helena Sterling —grita mi padre—. Te quiero.

Nunca me había dicho que me quería, pero no respondo porque si lo hago, tendrán que llevarme de aquí, de estos jardines, chillando y pataleando. Sigo andando sin decir una palabra y al pasar junto al carruaje del rey, Su Majestad mira por la ventana.

—Lo siento, Violet —dice, aunque no hay nada remotamente parecido al remordimiento en sus ojos—. La ley es la ley, y tu padre la ha infringido. No pensé que fuera tan débil como para obligar a un niño a soportar el castigo que le corresponde a él. Pobre chico.

—Cállese —siseo con toda la mala leche de la que soy capaz a mis diez años—. Cierre la boca. No quiero volver a verlo.

—Vamos, vamos —me reprende el rey—. ¿Así es como le hablas a tu padrino? ¿Quién si no yo cuidará de ti?

Me acerco a la ventanilla del carruaje, pequeña, furiosa y desconsolada.

—Tengo un padre y usted lo está matando. Prefiero morir a aceptar su caridad.

—Como quieras —contesta él, encogiéndose de hombros—. Pero sigues viviendo en mis tierras. Burleigh, asegúrate de que la señorita Sterling abandone la propiedad.

Un trueno rasga el cielo y, de repente, estoy en el camino que conduce a la Casa al otro lado del portón delantero, con Jed y Mira. El carruaje de Su Majestad también ha sido transportado, junto con la guardia real. Aún distingo entre la lluvia y el enrejado del portón las figuras de papá y Wyn, de pie en los escalones de la puerta de entrada a la Casa.

El rey baja de su carruaje y se dirige hacia el muro que rodea los terrenos. Extiende la mano y las piedras del muro se estremecen al contacto, pero él es el titular de las escrituras: puede que mi padre sea capaz de canalizar la magia de Burleigh, pero el rey es quien tiene el verdadero control, el único que puede dar las órdenes definitivas y vinculantes, y la Casa no puede negarse.

—Burleigh House, George Sterling ha sido declarado culpable de traición. Lo dejo ahora en tus manos. No dejes entrar ni salir a nadie hasta que muera. No se te asignará un nuevo guardián hasta que el actual cumpla su pena.

El aire se llena del áspero y duro sonido del roce de piedra contra piedra cuando el muro comienza a cubrir lo que antes era el portón. Soy consciente sólo a medias de que Jed se abalanza hacia delante y los guardias lo sujetan mientras él forcejea en un intento de acercarse al muro. Me quedo mirando la figura de Wyn en la lejanía por la menguante rendija hasta que la roca sella el portón de hierro por completo. Me vuelvo entonces hacia el rey y le escupo cuando pasa por mi lado.

Su Majestad saca de un bolsillo un pañuelo blanco limpio y se lo pasa por la cara.

—Algún día, pequeña Violet, vendrás a suplicarme —dice al tiempo que sube nuevamente al carruaje—. Eres hija de tu padre y te conozco. Antes de que el cuerpo de George se enfríe dentro de su tumba, vendrás arrastrándote a pedirme la llave de Burleigh House. Los Sterling nunca han podido resistirse a este lugar.

—Soy una guardiana —le espeto yo—. Nací para cuidar de Burleigh, y sí, haré lo que sea necesario para que esté segura. Un buen guardián antepone su Casa a todo lo demás, aunque eso signifique suplicarle a un monstruo como tú.

El rey sacude la cabeza y se mete una mano en el bolsillo del que saca una llave maestra y la agita delante de mí. Me quedo sin respiración cuando la veo: reconocería en cualquier parte esa mella en el borde de la cabeza que deja ver el interior gris de piedra. He visto a mi padre juguetear con esa llave mil veces y aferrarse a ella cuando necesitaba su protección cuando llevaba a cabo la magia de la Casa. Contuve las ganas de arrebatársela y echar a correr.

—No eres una guardiana si no tienes la llave, ¿no crees? —dijo él con voz sedosa—. De hecho, Burleigh House no tiene guardián en este momento. Vamos a ver cuánto resiste así. A ver cuánto tarda en comprender que tu padre es un obstáculo para su bienestar.

Esconde la llave y yo me quedo ahí de pie, mirándolo con actitud beligerante, pero me niego a ser la primera que aparte la vista.

—Qué divertido va a ser cuando esto termine y quieras la llave —añade con una sonrisa—. Ten por seguro que voy a hacerte bailar al son que yo marque antes de dártela. Eso si no se la entrego a otro antes.

Me deja sin palabras. La idea de que el rey entregue la llave de Burleigh a otra persona y obligue a la Casa a aceptar a un desconocido como guardián me hiela la sangre. Me quedo mirando el carruaje que se aleja, seguido por su guardia. Burleigh House está rodeada por un muro denso e inexpugnable. Jed permanece a mi lado donde antes estaba el portón, con los hombros hundidos en señal de derrota.

Doy unos pasos por el borde del césped y apoyo la frente contra el muro que antes marcaba el límite de mi mundo y ahora es una prisión.

—Cuida de él —le digo a la Casa. Siento un enorme vacío en mi interior, como si sólo hubiera una niebla gris—. Sé que no puedes hacer nada por papá y que tu única razón de ser es cuidar de ti misma, no de los demás. Tal vez no debería haberlo pedido siquiera, puede que un buen guardián no lo hiciera. Pero yo te pido, Burleigh, que cuides de Wyn si puedes. Y te prometo que algún día volveré para cuidar de ti.

—¡Vi!

Mira me saca de mi ensimismamiento cuando asoma la cabeza por la escalerilla que sube al altillo. Está colorada y tiene cara de preocupación.

—Niña, ¿por qué demonios tardas tan...? —Se detiene al ver el baúl abierto y su expresión se suaviza—. Lo siento. Pero creo que deberías comer algo, aunque no te encuentres muy bien.

—A lo mejor puedo tomarme una taza de té. Enseguida bajo.

Cuando desaparece nuevamente, miro la rama de hiedra que tengo en la mano. Milagrosamente ha reverdecido, sus hojas son flexibles y están llenas de vida. Parece recién cortada de lo fresca que está. Me la llevo a los labios y en ellos se dibuja una leve sonrisa de tristeza.

—Pronto, Burleigh —susurro—. Pronto volveré.

La hiedra se vuelve gris de nuevo y siento el leve cosquilleo de la magia al tiempo que las hojas se recubren de mortero. No tardan en perder la forma, dejando en la palma de mi mano una capa de polvo que huele a piedra antigua. Un escalofrío de dolor y miedo recorre mi piel.

Estoy deseando volver a mi hogar. No dejaré que nadie, ni siquiera un rey, se interponga en mi camino.

3

THISWICK, EL PUEBLO MÁS CERCANO A NUESTRA CASITA, SE construyó cerca de un cruce de caminos. Por allí pasan muchos viajeros, lo que significa que la posada, llamada The Knight's Arms, suele estar muy concurrida al mediodía, que es la hora en la que tengo previsto encontrarme con el rey. Entro en la oscura sala común y miro a mi alrededor en busca de uniformes de la guardia real o del familiar rostro del rey.

Vislumbro una librea roja que desaparece a través del arco que conduce al comedor privado de la posada. ¿Cómo iba a estar Su Majestad en el salón común, comiendo con la plebe? He sido una tonta al pensar que estaría allí. Me seco las palmas húmedas en la falda disimuladamente y me abro paso entre mercaderes, marineros y caldereros, hasta que Dex, el propietario de la posada, me para en la puerta del comedor privado. Es un hombre alto y ancho de espaldas, con una sonrisa amable y una marca de nacimiento morada que resalta sobre su mejilla blanca.

—¿Seguro que quieres entrar aquí, Vi? —me pregunta. Sabe quién soy y qué hago aquí desde que llegamos de Burleigh hace ya una eternidad. A veces pienso que toda Inglaterra está al corriente de mis desdichas familiares. Sobre todo en West Country, donde, según dicen, la gente lleva la cuenta de los días que han pasado desde el arresto de mi padre y beben a su salud cada noche en vez de a la del rey.

Me pregunto a la salud de quién beberán a partir de ahora.

Cuadro los hombros y contesto:

—No, no lo estoy, pero no me queda otro remedio. El rey me ha dicho que tiene noticias sobre la Casa. Sobre mi padre.

Dex deja escapar un largo suspiro y asiente con la cabeza.

—Así que al final ha ocurrido. Lo siento. Todos lo sentimos. Estoy por aquí si me necesitas.

—Gracias, Dex.

Cruzo el umbral y entro en el salón privado antes de que me arrepienta.

Las personas que trabajan habitualmente en la posada han sido sustituidas por los sirvientes personales del rey, que aguardan en silencio a lo largo de la pared del salón, preparados para responder a la mínima indicación. Un puñado de cortesanos acompañan al rey en la mesa, emperifollados como marca la moda con lazos y encajes; las mujeres ataviadas con delicados vestidos ceñidos debajo del pecho, y los hombres con esmoquin y calzas por debajo de la rodilla, y pañuelos de cuello de llamativos colores. Me pregunto si yo también tendría ese aspecto si mi vida hubiera sido diferente, alegre en vez de marcada por la pena, elegante y cultivada.

Pero la realidad es que mi aspecto es gris y apagado, con mi sencilla camisa de lana hilada y mi falda llena de parches. Un escribano palustre entre martines pescadores. Pero nada de eso importa. Carezco de orgullo y posición, y no hay un lugar para mí. He venido a oír lo peor, a interesarme por Burleigh House y, como el rey sabía que haría, a suplicar que me dé la oportunidad de volver a casa.

Su Majestad está sentado a la cabecera de la mesa ante un plato lleno de exquisiteces con expresión de aburrimiento. Es un hombre delgado, de mediana edad, con unos penetrantes ojos oscuros y la tez blanca, pálida debido a las muchas horas que pasa entre cuatro paredes, bien en su despacho o en las mesas de juego.

Al verlo se me hiela la sangre. Un vestigio del antiguo sistema de rehenes propio de la Edad Media, ése es mi padrino. Desde la creación de las

Grandes Casas, los hijos de los guardianes han estado sometidos a la tutela del soberano reinante. Suena bien en un principio, la familia real al servicio de aquéllos que sirven a las Casas. Pero en realidad es una táctica para asegurarse la lealtad de los guardianes. Su Majestad sentía debilidad por mí cuando era pequeña: me hacía regalos e iba de visita a Burleigh House cuando pasaba por allí. Me enseñó a jugar a las cartas y durante toda mi infancia creí que él y papá eran amigos.

Pero toda aquella familiaridad y fingida amistad no bastaron para que se apiadara de mi padre o de mí cuando se descubrió su delito.

«Voy a hacerte bailar al son que yo marque», me había dicho el rey. Pues aquí me tiene. ¿Será un vals o una gavota francesa?

Me acerco a la mesa con las manos detrás de la espalda para que el rey no vea lo mucho que me tiemblan, y aclaro mi garganta. Uno de los miembros del cortejo real no deja de parlotear y paso desapercibida.

Intento sacar fuerza de la rabia en vez de recurrir al miedo, pero no la encuentro. Tendré que protejerme bajo la testarudez de los Sterling.

—Tío Edgar —digo lo bastante alto como para que todos los presentes me oigan. Se hace el silencio en la sala y todos me miran con ojos como platos al oír que me dirijo a él por el nombre que empleaba cuando era pequeña—. ¿Querías verme?

Su Majestad cambia la expresión de aburrimiento por una sonrisa de deleite. Arrastra la silla hacia atrás con un crujido ruidoso y me obligo a mantenerme firme cuando me pone las manos sobre los hombros y me besa en la mejilla.

—Violet Sterling, ¿qué ha pasado con aquella niñita tan guapa? Pareces una pescadera. ¿Qué pensaría tu padre?

Los cortesanos se ríen por lo bajo, tranquilos al comprobar que podrán seguir disfrutando de su agradable día pues mi intromisión no ha creado problemas. Pero en mi interior, la música ha empezado a sonar. Si tengo que bailar por mi Casa, pretendo ser yo la que guíe, no la que siga.

De manera que rodeo al rey y me siento en su silla en la cabecera de la mesa. Las risitas tontas de los cortesanos se detienen. Su Majestad enarca una ceja en señal de desaprobación y chasquea los dedos.

Uno de los sirvientes se acerca apresuradamente con otra silla. El rey toma asiento y se inclina hacia delante con los codos apoyados en las rodillas, mientras los demás invitados toman de nuevo los cubiertos y siguen comiendo fingiendo no prestar atención a lo que está ocurriendo en la cabecera de la mesa.

—¿Es que no vas a decirle nada agradable a tu padrino? —me riñe—. ¿Acaso se te han olvidado los modales en ese pantano? Espero que mi visita no sea la causa de tu mala cara.

—No tengo mala cara, Su Majestad —contesto yo—. Estoy de luto. Siempre lo estaré. Me arrebató todo lo que tenía y le hizo daño a la Casa de mis antepasados.

Los cortesanos intercambian miradas disimuladas. Al final van a tener algo de acción en su día agradable e insulso.

Algo que podría ser remordimiento cruza la perspicaz expresión del rey.

—¿Crees que me gustó sentenciar a tu padre a arresto domiciliario o enterarme de que el confinamiento había llegado a su fin, Violet? George era mi amigo y el mejor guardián que he conocido. Lo tenía en muy alta estima hasta que me traicionó. Las escrituras de las Casas son patrimonio de mi familia, ha sido así durante ochocientos años, y aunque lo sabía, intentó robarme las de Burleigh. Y uno no puede pasar algo así por alto. Así y todo, a mí también me duele haberlo perdido.

Entonces es verdad. Mi padre está muerto. Miro por encima del rey hacia los ventanales desde los que se ven los pantanos que tan bien he llegado a conocer. Familiares en todos los aspectos, pero sin llegar a ser mi hogar, nunca mi hogar. No sé a quién echo más de menos en estos momentos, a papá, a Wyn o a Burleigh.

—¿Cómo ocurrió? ¿Cómo terminó el arresto? —pregunto porque no tiene sentido seguir discutiendo sobre la versión del rey en cuanto a la condena de mi padre. Nunca estaremos de acuerdo. Lo que para el tío Edgar es una traición, para mí es la obligación de todo guardián de anteponer su Casa a todo lo demás, porque papá jamás se habría arriesgado a tratar de conseguir las escrituras de Burleigh a menos que ésta las necesitara.

El rey extiende el brazo y me da unas palmaditas en la mano, y tengo que obligarme a no retirarla.

—Como sabes, he pasado unos meses en Bélgica —me dice—, y ordené a las Casas que obedecieran al duque de Falmouth en mi ausencia. El duque envió inspectores a Burleigh en dos ocasiones, para asegurarse de que todo iba como estaba acordado. Descubrieron que el portón era otra vez visible y comprendieron que el arresto debía de haber terminado, pero la Casa se negó a dejarlos entrar. Falmouth tuvo que ir personalmente a Somersetshire y pese a ello, la Casa intentó eludir su obligación de obedecerlo. Intentó impedir que entrara, pero cuando por fin lo logró, encontró a tu padre. Como es evidente, George había usado la magia de la Casa sin la protección de la llave y eso fue lo que al final lo mató. Por eso pudo prolongar el arresto durante tanto tiempo. Cuando la magia de la Casa aumentaba y amenazaba con provocar el caos sin un guardián capaz de canalizarla y darle un buen uso, tu padre la desviaba.

El rey chasquea la lengua con aire dramático.

—Qué forma tan desagradable de morir.

Aprieto los puños debajo de la mesa hasta clavarme las uñas en la carne. Necesito el dolor que me provoca para no pensar en la angustia que empieza a crecer en mí. Morir a causa de la magia de la Casa no sólo es desagradable, sino también lento y horrible. Y aunque ahora mismo no puedo pensar en ello, sí puedo sentir que una parte de mí, la parte alegre y vital, está destrozada al oír la noticia. La parte joven, dócil y frágil se ha desprendido de mi alma, rota en mil pedazos que jamás podrán volver a unirse.

Un poco de magia de la Casa, un poco de mortero en las venas es desagradable pero no es nocivo. Se mezcla con la sangre en las venas, pero nunca desaparece por completo. Una cantidad mayor podría acortarte la vida en cinco o diez años. Con la edad te debilitarás y empezarás a expulsar materia gris al toser. Es el mortero que regresa para atormentarte y se instala en tus pulmones. Una cantidad mayor aun significa que es posible que mueras antes víctima de terribles espasmos, accesos de locura o incluso de un ataque al corazón debido a que el mortero de tu interior termina llegando al corazón o al cerebro. Absorber una cantidad alta de golpe te mataría automáticamente al inundar de veneno todas las venas de tu cuerpo.

Pero independientemente de la cantidad o del tiempo que haya pasado entre las dosis, el mortero nunca te abandona, sino que se acumula y acerca el momento de tu muerte. Para eso se crearon las llaves de los guardianes. Nadie me ha explicado nunca cómo funciona su magia, pero sé que permiten a su dueño canalizar el mortero sin sufrir daños. Mientras tengas en tu poder la llave del guardián, la magia de la Casa te atravesará y evitará al mismo tiempo que queden restos de mortero en tu interior. Puedes hacer maravillas con esa llave: puedes hacer reparaciones en la casa y los terrenos, influir en el clima, mejorar las cosechas.

Para eso he venido. No sólo a que me cuenten cómo murió mi padre; soy lo único que le queda a Burleigh y necesito esa llave. Yo soy la única persona que puede hablar en nombre de mi Casa y nadie debería ocupar el puesto de guardián que ha dejado la muerte de papá.

Pero no pienso permitir que el rey vea lo mucho que lo deseo.

—¿Y Wyn? —pregunto en vez de sacar el tema de la llave, aunque me aterra lo que pueda oír—. ¿Qué le ha pasado al pupilo de mi padre?

El rey se encoge de hombros con indiferencia.

—Me dijeron que no había ni rastro de ningún chico. Solo Burleigh House sabe qué significa eso. Escucha, todo ha terminado. Lo pasado, pasado está. ¿No te parece, Vi? Dejémoslo en que fue un malentendido y empecemos de nuevo.

—¿Pero tú te oyes cuando hablas? —pregunto con incredulidad y una voz aguda a causa de la pena que intento ocultar—. Sentenciaste a mi padre a morir en vida y obligaste a mi Casa a ejecutar el castigo. Mi único amigo ha desaparecido y es muy probable que esté muerto también por culpa de tus actos. ¿Te parecen ofensas perdonables?

Se supone que tengo que bailar, y aquí me tienes, pisándole los pies a mi pareja de baile a propósito. Uno de los miembros de la corte, una chica de tez dorada y una abundante mata de rizos oscuros tose en su pañuelo. Le dirijo una sonrisa furibunda; por fuera me muestro como un depredador de un pantano, pero por dentro estoy tan asustada como una gallinuela de agua dulce.

—¿Te ha gustado la sopa? —le pregunto—. Yo misma pesqué el lucio esta mañana. Le atravesé el corazón con mi arpón.

La chica se limpia las comisuras de la boca delicadamente y deja la servilleta en la mesa.

—Eso explica el regusto a resentimiento. Eres una salvaje.

Su Majestad nos sonríe con ternura a ambas, como si fuéramos unas niñas que juegan a tomar el té con sus muñecas.

—Creo que no has tenido el placer de conocer a mi hija y heredera, Violet. Te presento a Esperanza, princesa de Gales.

«Compórtate, Violet. Compórtate», me regaño a mí misma. Pero los sentimientos contenidos me convierten en una imprudente y una amargada.

—Tenías razón sobre ella, padre —dice Esperanza, sonriendo amorosamente a su padre—. Pincha como un erizo. Qué bien podríamos pasarlo los tres.

Ahora sé que están emparentados, veo lo mucho que se parecen, aunque el rey no tiene la tez tan clara como su hija. Los dos tienen la costumbre de ladear la cabeza cuando algo los incomoda, yo en este caso. Sus ojos oscuros resplandecen de viva curiosidad. Y los dos parecen decididos a demostrar que están muy por encima de mí, Violet Helena Sterling.

El rey hace una seña a un sirviente para que le sirva el pudin.

—¿Sabes algo de tu madre? —me pregunta y estoy segura de que su muestra de interés parecerá sincera a alguien que no nos conozca—. He de decir que me sorprendió enterarme de que te habías venido a vivir a este sitio cuando te expulsé de Burleigh House. Pensé que acudirías a ella. ¿Adónde dices que se fue tras el divorcio? ¿Austria? ¿Alemania?

—Suiza —respondo yo sin poder disimular mi malestar—. Vive en un castillo y tiene dos niños. Me escribe una vez al año, en Navidad. Preferiría morir a vivir con ella.

El rey me mira con una sonrisa beatífica que no concuerda con su astuto rostro.

—Veo que le guardas un profundo resentimiento. Por suerte, no será necesario que vayas a Suiza, ya que cuentas con un padrino generoso que tiene la intención de seguir considerándote su favorita.

Me aguanto las ganas de contestar y me recuerdo que no estoy aquí por mí sino por Burleigh. El rey toma la cuchara cuando el sirviente le pone el pudin delante.

—¿Quieres venir a la corte y hacer compañía a Esperanza, Violet?

Los dos tienen la misma sonrisa maquinadora.

—No, gracias —contesto yo, intentando parecer educada, pero mi tono es cortante—. Preferiría regresar a Burleigh House.

—Nadie va a volver a la Casa —dice el rey con la boca llena—. No hay quien la controle ahora mismo. Ha rechazado a tres guardianes. El hecho es que su estado ya era lamentable cuando tu padre asumió el cargo y sin él parece que se está muriendo. He venido de Bélgica expresamente a sacrificarla.

De repente me falta el aire y empiezan a pitarme los oídos.

—¿Qué quieres decir con que se está *muriendo*?

Por una vez, el rey responde totalmente en serio, y detecto lástima en su voz normalmente controlada.

—Burleigh está muy deteriorada después de tanto tiempo sin un guardián adecuado. Habrá que quemarla, como ocurrió con la Sexta Casa. Sabes tan bien como yo lo peligrosas que pueden ser las Grandes Casas cuando se debilitan sin un canal adecuado por el que pueda viajar su magia, Violet. Yorkshire es un páramo ahora mismo por culpa de los errores que cometí con Ripley Castle. No voy a arriesgarme a que pase lo mismo en West Country. Prefiero destruir Burleigh y todo ese mortero contenido antes de que provoque daños irreparables.

Dex aparece en ese momento con una gran bandeja de hielos y uno de los lacayos acude a ayudarlo. Una vez libre de la carga, Dex remolonea un poco junto a la puerta, y me mira con la cabeza ladeada y una expresión interrogativa. Yo muevo la mía en señal negativa. No, no necesito que me rescate. Pero mi Casa sí.

Un buen guardián antepone su Casa a todo lo demás, a su propia vida y, por supuesto, a su orgullo.

Me bajo de mi silla y me arrodillo delante del rey sin molestarme en ocultar las lágrimas de rabia y desesperación que ruedan por mis mejillas al pensar en el destino de mi padre, en el rostro menguante de Wyn el día que comenzó el arresto en la Casa, en Burleigh House en llamas.

Todos los cortesanos nos miran fijamente. Hasta los sirvientes nos observan.

—En estos siete años no te he pedido nada —comienzo a decir—. Me conformaba con llevar una vida tranquila y en ningún momento recurrí a ti, Majestad, ni como ahijada, ni como la niña cuyas perspectivas de futuro hiciste añicos y a la que expulsaste de su casa con el corazón destrozado. Pensar que Burleigh seguía viva me ayudó a continuar. Pero ahora te lo suplico. Permíteme que vuelva. Deja que pase el verano con ella y si no recupera la salud para el otoño, podrás quemarla. Pero dame una oportunidad antes de hacerlo. Yo nací para esto y lo sabes.

El rey me mira con ojos entornados.

—¿Qué estarías dispuesta a hacer a cambio de esa oportunidad?

Trago saliva y recuerdo el jardín de flores que Burleigh hizo crecer en mi habitación durante aquel invierno que estuve en cama deseando que llegara la primavera.

—Lo que sea. Haré lo que me pidas con tal de que me entregues la llave y me des la oportunidad de servir como guardián.

Jed se horrorizaría si me oyera. Atravesamos el país y nos ocultamos en los pantanos pensando que allí Mira y él podrían protegerme de las garras del rey. Y aquí estoy yo ahora, regateando para conseguir mi independencia.

Su Majestad sonríe con languidez y el alma se me cae a los pies.

Conozco esa mirada. Vuelvo a tener ocho años y estoy sentada frente al rey, que está a punto de ganar otra mano de ecarté. Le gustaban más los juegos de estrategia y yo sólo conseguía ganarle al Slaps.

—Jamás volveré a depositar la llave de guardián o mi confianza en manos de un Sterling —responde—. No seré tan estúpido como para cometer el mismo error dos veces. Pero dejaré que vuelvas al hogar, pequeña Violet. Nada más.

Me dejo caer hacia atrás hasta quedar apoyada sobre los talones.

—Pero ¿cómo podré ayudar sin la llave? No puedo hacer magia en la Casa sin ella. ¿Qué esperas que haga, convencer a Burleigh de que no le pasa nada?

—Eso no es asunto mío —contesta él, encogiéndose de hombros—. Eres una chica de recursos, y sabe Dios que Burleigh siempre tuvo una inusual predilección por ti. Ya se te ocurrirá algo. Y si consigues devolverle la salud, espero que apoyes mi elección de guardián. Más que eso, espero que convenzas a Burleigh de que lo apoye.

El rey se inclina hacia delante al notar mi vacilación, preparado para rematar su victoria.

—O aceptas mis condiciones o reduciré la Casa a cenizas antes de que traiga la ruina a West Country.

No me gustan sus condiciones ni un poquito, pero tendré que conformarme de momento con esta pequeña oportunidad de volver a mi hogar.

—Necesitaré tiempo a solas con la Casa, para prepararla —le digo, aferrándome a cualquier pizca de oportunidad—. Y también quiero el poder de vetar tu elección de guardián. No permitiré que Burleigh tenga que cargar con un incompetente.

El rey entrelaza los dedos de las manos por detrás de la cabeza con gesto de satisfacción.

—No hay duda de que eres una Sterling. Me alegra que hayas venido a verme, pequeña Violet. Puede que seas lo que Burleigh necesita después de todo.

—Como quieras —respondo yo con voz dulzona y Esperanza me mira con ojos entornados porque de lo que no se da cuenta el tío Edgar al volver a centrarse en su pudin es de que cuando le sonrío, mi expresión es asesina.

4

CUANDO EL REY PUSO A MI PADRE BAJO ARRESTO DOMICILIARIO y a mí me expulsó del único hogar que había conocido, mi única esperanza fueron Jed y Mira. Habría estado perdida sin ellos. Los dos habían trabajado para mi familia como administrador y ama de llaves desde que nací, y durante ese tiempo se habían ocupado de las cosas de la casa en los momentos buenos y en los malos, en las crisis más o menos importantes. Cuando mi padre fue sentenciado, y yo quedé abandonada a mi suerte, se hicieron cargo de mí: Mira fue a la ciudad y vendió los pocos efectos de valor que me habían quedado, y Jed hizo lo mismo con las mejores cabezas de ganado, para que tuviéramos algo con lo que empezar una nueva vida los tres juntos.

Hoy no es diferente. Cuando me despierto a la mañana siguiente de mi encuentro con el rey, mareada y confusa por no haber dormido bien, me encuentro la casita limpia y vacía. Dos baúles y un montón de bolsas de diversos tamaños aguardan junto a la puerta con todas nuestras pertenencias. Las pocas fotos de Mira han desaparecido de las paredes y están guardadas. El sombrero de ala ancha que no me he puesto nunca ya no está en la percha. La pila de virutas de madera que hay siempre debajo de la silla de Jed ha sido barrida. Tampoco está en el marco de la puerta la *mezuzá* de Jed y Mira. Los últimos siete años han quedado reducidos a recuerdos.

Y eso que no les he dicho ni una palabra de mis intenciones de volver a mi hogar.

—Está fuera —dice Mira sin necesidad de preguntarle.

Salgo de la casita en el amanecer grisáceo y encuentro a Jed sentado sobre el casco del bote contemplando el pantano.

—Dex me ha contado lo que necesitaba saber —me dice cuando me siento a su lado—. Esto no es lo que yo habría querido para ti, Vi. Mira y yo te habríamos cuidado el tiempo que hubiera hecho falta, te habríamos mantenido lejos del rey. Ahora eres nuestra familia, lo sabes, ¿verdad?

—Lo sé —contesto yo contemplando el impenetrable pantano que tan bien he llegado a conocer.

—Tienes la edad suficiente para tomar tus propias decisiones —continúa Jed—. Si lo que quieres es Burleigh House y estás decidida a enfrentarte al rey para conseguirla, volveremos a Somerset. Pase lo que pase, jamás oirás una palabra de reproche de mis labios.

—No tienen que venir —digo yo, sacudiendo la cabeza—. La situación puede ponerse fea y no quiero arrancarlos otra vez de su hogar por mi culpa.

Jed me golpea suavemente el hombro con el suyo.

—No digas tonterías. Eres nuestra, Vi. Nosotros vamos donde tú vayas.

Su Majestad ha enviado un carruaje a Thiswick para que nos recoja. Los vecinos se han congregado a su alrededor, atraídos por el blasón real que decora sus puertas. Entorno los ojos con recelo al ver el emblema del león rampante delante de las cinco Grandes Casas sobre un fondo de color rojo y el lema de la familia real debajo: *Operibus Eorum Cognoscetis.* Por sus obras los conoceréis.

—Gracias a Dios —dice Mira con un suspiro al ver el carruaje, al tiempo que deja en el suelo el equipaje y se lleva la mano a las lumbares—. Por lo menos haremos el viaje cómodamente.

No me gusta que me recuerde que es el rey quien tiene la última palabra con respecto a Burleigh. Por muchas ganas que tenga de volver a mi hogar, me revuelve el estómago la idea de subirme a una caja dorada con el emblema de Su Majestad como símbolo del destino que me aguarda.

—¿Por qué no tomamos un coche de línea? —sugiero—. Sé que no será igual de cómodo, pero...

Mira se planta frente a mí y se niega a moverse.

—Si vamos a volver a la Casa, será mejor que vayas acostumbrándote a estar en deuda con el rey, Violet Sterling. La Casa es de su propiedad y dentro de poco tú también lo serás.

Pero Jed se acerca al carruaje mientras ella habla.

—Ya puedes irte. Nos vamos en el coche de línea —le dice al cochero con voz áspera.

Mira lanza una significativa mirada al carruaje que se aleja. Almorzamos en el pub y subimos al atestado coche de línea cuando llega, que pagamos con el poco dinero que Jed y yo ahorramos tras nuestro último trabajo cortando la paja para los tejados de las casas.

—¿Adónde se dirigen? —me pregunta el clérigo de tez lechosa que se sienta a mi lado con ganas de entablar conversación cuando apenas llevamos unos pocos kilómetros.

—A Burleigh House —le digo yo, aunque no tengo ganas de hablar. Lo único que quiero es pensar en la muerte de mi padre y dejar que la pena que llevo dentro se libere a lo largo del camino que cruza Inglaterra y se hunda en la tierra.

—Habría sido más adecuado tomar un coche que fuera hacia el norte para ir a Burghley —dice, frunciendo el ceño con expresión remilgada—. Este los deja un poco lejos.

—No me refiero a Burghley, en Cambridgeshire, sino Burleigh, en Somerset —le contesto, aguantándome las ganas de poner los ojos en blanco—. Todos los nobles con aires de grandeza desean una Gran Casa, y ese... edificio de Peterborough tomó su nombre por mi familia cuando lo construyeron. Mi Burleigh es mucho más pequeño, o eso me han dicho. Pero es una Gran Casa en cualquier caso, con todo lo que ello implica.

—¿No serás Violet Sterling? —pregunta el clérigo con ojos como platos, una expresión muy poco favorecedora en su rostro ya de por sí insulso.

—La misma —admito yo.

De repente, el párroco se deshace en atenciones hacia mí.

—Yo apoyo la causa por la que murió tu padre, ¿sabes? Las Grandes Casas deberían ser independientes. ¿Rapé? —pregunta, tendiéndome una cajita con unas llaves grabadas en la tapa, el emblema desde tiempos inmemoriales de los guardianes. Esta vez sí que pongo los ojos en blanco y rechazo con un gesto de la mano al párroco y su cajita de rapé.

—No se moleste en hacer amistad. Mi Casa no gusta de extraños ni cuando está de buenas y yo tampoco. Y si es mi mano lo que pretende ahora que sabe que tengo una Gran Casa, también debería saber que Burleigh está pasando serios apuros. Así que no tengo tiempo para tonterías y, además, estoy de muy mal humor.

El clérigo retira la cajita y desvía la atención hacia el paisaje en movimientos. Mira se gira hacia mí y sacude la cabeza.

—Esos modales —me dice sin articular sonido alguno, pero yo finjo no entender.

El viaje dura casi dos semanas. Nos detenemos en posadas a pasar la noche y dormimos en habitaciones comunes de techos bajos llenas de camastros alineados, acompañados por los extraños sonidos de los desconocidos con quienes compartimos habitación. Lo alargamos para que Jed y Mira puedan cumplir el *sabbat*, y sé que no les gusta que los miren porque pasamos el día casi sin decir nada. Es raro que no haya velas, ni canciones y que no podamos comer más que una cena rápida en el comedor común de la posada de turno. Incluso en los pantanos, donde los inviernos se hacían interminables y la comida escaseaba, Mira se las arreglaba para preparar comidas especiales durante el *sabbat*. Y cuando vivíamos en Burleigh House, nunca guardaron en secreto su religión, sino que siempre formó parte del entramado de nuestras vidas.

El domingo salimos con retraso así que no pude ir, nuevamente, a la misa en la vieja Iglesia de Inglaterra. Siendo la última tarde de nuestro prolongado viaje, Mira y yo estamos de muy mal humor y Jed no dice palabra alguna.

De repente, Mira se aferra a mi mano y señala algo por la ventana.

—Mira, Vi. Es la iglesia de Taunton. Estamos cerca de casa.

El coche de línea sigue su camino por un paisaje donde todo nos es familiar, como si lo recordara de un sueño. Al doblar la curva en el camino, las colinas de Blackdown Hills se abren ante nuestros ojos. Una alegría inmensa se despierta dentro de mí al ver las parcelas de pastos como los retazos de tela de una colcha y los árboles que se elevan hacia el cielo y se extienden por los valles que ocultan riachuelos y poblaciones. El pequeño pueblo de Burleigh Halt está situado en uno de esos valles y, tras él, rodeada por un bosque, se alza Burleigh House.

Es cierto. Casi he llegado a mi hogar. Y no me había dado cuenta hasta ahora del conflicto que se ha librado en mi interior todo este tiempo tan lejos de aquí. No sé lo que me encontraré en la Casa, pero ahora me siento en paz, no puedo negarlo.

Mira me toca el pie con el suyo cuando el coche se detiene por fin delante del Red Shilling, la posada y taberna del pueblo.

—Estate quieta, Vi —me regaña, chasqueando la lengua, y me quito la mano de la boca, avergonzada. Me estoy quedando sin uñas de tanto mordérmelas.

Jed saca los baúles mientras Mira y yo nos ocupamos del resto de las bolsas. Por suerte tenemos poco equipaje y la casa está cerca. Enfilamos despacio el camino rural que sale del pueblo. La primavera en Somersetshire es preciosa. A nuestro alrededor se ven multitud de narcisos, los árboles han empezado a echar hojas nuevas, los pajarillos cantan desde los setos y los corderos y los terneros juguetean en los pastos. Resulta sorprendente la abundante y bella vida doméstica después de tanto tiempo en el entorno salvaje de los pantanos. Es como si acabara de entrar en un cuadro de óleos veraniegos.

Sin embargo, cuando miro con más detenimiento, empiezo a ver que algo no va bien en la campiña. Algunas de las hojas nuevas de los manzanos amarillean, señal de que están enfermas. Hay un cadáver hinchado de una oveja en mitad de una zona de pasto junto al camino. Un hombre nos pasa con expresión de abatimiento empujando una carretilla en la que lleva lo que sospecho son todas sus pertenencias.

Cosas como éstas no ocurrían cuando vivía mi padre. Yo podría llenar el espacio vacío que había dejado y arreglar las cosas si tuviera la llave de Burleigh. Podría curar las enfermedades que asolaban las tierras poco a poco, porque la magia de la Casa mana y se renueva. Las Grandes Casas son como los manantiales porque su poder está en constante movimiento. Hace tiempo, esa magia se descontroló y asoló West Country, pero ahora vuelve a estar bajo control y ahora sólo se puede utilizar de manera productiva mediante un guardián capaz de canalizarla y dirigirla. Sin él, la magia crece y crece, se exacerba y se vuelve más destructiva cuanto más tiempo permanece encerrada.

Al doblar la vuelta del camino y ver la primera curva del muro de piedra que rodea mi Casa, tengo que parar un momento. Dejo el equipaje en el suelo y me llevo una mano a la boca y otra al estómago.

El color blanco de las flores de los manzanos resalta contra el muro del huerto y las abejas revolotean con su perezoso zumbido entre ellos. Los sonidos son tan familiares que no puedo ni respirar. En ese momento me juro que jamás dejaré que nada vuelva a apartarme de Burleigh House.

Pero a medida que nos vamos acercando al lugar del que sale el sendero de entrada y atraviesa el gran portón, me doy cuenta de que el muro presenta una enorme herida. No hay señal de las bisagras ni del portón, tan sólo un agujero enorme allí donde alguien los hizo volar por los aires. Gran parte de la piedra del muro está dañada también; hay restos esparcidos por el sendero. Unas gigantescas zarzas entrelazadas cubren el hueco donde una vez hubo un portón y el mortero llora a través de sus gruesas plantas de parra.

—¿Qué te han hecho? —le susurro al tiempo que me acerco y poso la mano en el muro. Me pone furiosa pensar que alguien haya podido tratar tan mal a la Casa. Yo también percibo los sentimientos que emanan de su cicatriz de espinas: una mezcla de desconfianza, traición, dolor y un inmenso agotamiento se combinan en una sensación amarga.

—¿Me dejan a solas un momento? —les pregunto a Jed y a Mira, que parecen conmocionados al ver la herida donde antes había un portón, pero asienten y se alejan un poco hacia el recodo del camino.

Me acerco un poco más al muro, apoyo la frente contra él y dejo que toda la pena, la preocupación y el cariño que siento por aquella Casa afloren y surquen mi piel como una corriente acuática.

—Burleigh —susurro—. Soy Violet. He vuelto. No sabes cuánto te he echado de menos, querida mía.

Lo que percibo a cambio es desconfianza y el tacto frío y vulgar de la piedra. Empiezan a temblarme las manos y se me nubla la vista. Cuando consigo hablar de nuevo, lo hago con una voz seca a causa de las lágrimas.

—Ay, Burleigh, lo lamento muchísimo. No sé qué es lo que ha ocurrido, pero he vuelto y quiero ayudar. Yo estoy de tu parte, no de parte del rey, ni del país, sólo estoy de tu parte. ¿No vas a dejarme entrar?

Pasan los minutos y nada. No se abre ningún pasadizo. No veo señal alguna por parte de mi Casa herida.

Al final no puedo seguir conteniéndome y rompo a llorar allí de pie contra el muro, sollozos desgarrados que me irritan la garganta como si fueran espinas. No había llorado desde el día que abandoné Burleigh, el día que comenzó el arresto de mi padre. No esperaba volver a hacerlo a la entrada de la Casa, pero es muy cruel lo que nos ha ocurrido a Burleigh y a mí, tanto que no sé por quién siento más lástima.

Jed y Mira se acercan nuevamente, pero apenas puedo mirarlos. Por dentro estoy destrozada, rota al comprender que no hay esperanza alguna. Si tuviera la llave, podría tratar de convencerla y negociar con ella, empezar ahora mismo a sanar sus heridas canalizando su propia magia vital. Pero no soy una guardiana, no puedo ofrecerle más que palabras y mi corazón dispuesto a luchar. Retrocedo un paso rodeándome el cuerpo con los brazos y sin saber muy bien cómo empezar una nueva vida.

Pero lo peor es la amenaza del rey que sigue resonando en mis oídos. «Si no consigues devolverle la salud, reduciré Burleigh a cenizas».

Muéstrame cómo hacer, Burleigh, muéstrame cómo hacerlo.

En ese momento, un leve sonido rasga la niebla de mi pesar, y me vuelvo hacia Jed.

—¿Qué has dicho?

Él se encoge de hombros.

—No he dicho nada.

Me giro de nuevo hacia la Casa y en ese momento oigo el profundo lamento de la piedra y veo agitarse con violencia los árboles al otro lado del muro, como si una repentina tormenta los estuviera agitando. Nubes de lluvia oscurecen el cielo sobre los terrenos de la mansión y la temperatura desciende varios grados.

—¡Violet, no! —grita Mira cuando me ve caminar hacia las ramas de espinas que me dan la bienvenida con sus afilados dedos.

5

LAS NUBES SE DISIPAN. EL MURO SE EVAPORA. NOTO LAS ESPINAS
que se me clavan en la carne, pero no puedo verlas.

Lo que toma cuerpo ante mí es la habitación de mi padre con su enorme
cama con dosel y la larga hilera de altos ventanales que dan al jardín delantero de Burleigh y al sendero de entrada. Pero no reconozco nada más,
porque la habitación está muy cambiada. Veo montones de escombros por
todos los rincones, caídos sin duda del techo. Las paredes están agrietadas y
la hiedra se cuela por las ventanas. Las zarzas trepan y se enredan alrededor
de los postes de la cama. Huele a humedad, a cerrado y a podredumbre.

La peor parte se la ha llevado la pared sobre la que descansa el cabecero
de la cama. Alguien ha grabado unas letras alargadas y de trazo desigual
sobre el yeso con algo puntiagudo, como un cuchillo o un abrecartas. Me
basta un vistazo, pero no puedo soportar mirar, porque el George Sterling
que yo conocí jamás le haría daño a su Casa, ni siquiera para escribir mi
nombre, VI, en mayuscúlas.

Noto movimiento bajo las mantas enmohecidas y me doy cuenta con
pavor de que no estoy sola como había creído en un principio. Al acercarme
a la cama, veo que es mi padre. Está esquelético y sin afeitar, y tiene los ojos
hundidos y rodeados de oscuras ojeras. La hiedra se aferra a sus muñecas y
tobillos, y tiene la piel en carne viva de forcejear para intentar liberarse de

sus ataduras vivientes. Verlo así me produce esa clase de dolor tan intenso que sólo sientes durante un momento porque la mente decide que es insoportable y se niega a sentir nada.

De repente, mi padre abre los ojos, pero no son los ojos de color avellana que recuerdo, sino unos ojos opacos y ciegos.

—Burleigh House —dice con voz áspera.

Una rama de hiedra se desliza por su cuerpo y le roza la cara. Papá ladea la cabeza y tose. Es un horrible sonido cavernoso que le hace escupir sangre y mortero, lo que seguramente significa que su final está muy próximo.

—Toma lo que necesites —dice papá, lo que tantas veces le he oído decirle a Burleigh, llave en mano, listo para canalizar la magia de la Casa. Pero no sé qué más puede quedarle en el cuerpo.

Percibo una ráfaga de energía concentrada cuando Burleigh dirige toda su atención a papá. El mortero corre veloz bajo su piel, proporcionándole un tono gris que no parece humano siquiera. Pone los ojos en blanco y se agarra desesperadamente del cobertor.

Ahí está, el momento en el que no he podido dejar de pensar durante los últimos siete y angustiosos años.

Papá queda inerte. Su cabeza cuelga hacia un lado. Su pecho se detiene. Es una imagen horrible, brutal, y de repente las rodillas se me doblan. Me llevo las dos manos al corazón que siento que se me rompe, no sólo a causa de mi propio dolor, sino también por el dolor de la Casa, que me recorre por dentro como una demoledora ola de pena.

La puerta se abre de golpe y Wyn atraviesa la habitación y se hinca de rodillas junto a la cama. Ha cambiado mucho desde la última vez que lo vi, pero aún reconozco a mi amigo de la niñez cuando alarga el brazo y sacude a papá.

—George —dice y la voz del chico se quiebra—. George, despierta.

—No puede, Wyn —digo yo, pero lo que se desarrolla ante mis ojos no es más que el recuerdo de la Casa, porque aún puedo sentir las puntas de las espinas que se me clavan en las muñecas. Wyn no me ve ni me oye.

—Ya era suficiente, te lo dije —acusa a la Casa con hosquedad—. Y lo sabías perfectamente. ¿Cómo has podido, eh? ¿¡Cómo?! —grita al final.

Wyn se levanta apresuradamente y da un puñetazo en el yeso podrido de la pared, que se desmorona con facilidad. La Casa derrama lágrimas de mortero por esta nueva herida; Burleigh se estremece bajo nuestros pies.

El viento agita la tela parcheada de mi falda a medida que el recuerdo se va difuminando y de repente estoy de nuevo en el presente. Las espinas de brezo se clavan en mis muñecas, mientras me encuentro parada justo en el espacio donde anteriormente estaba el portón, abrazada a las ramas espinosas que llenan el hueco. A mi espalda, no sé dónde exactamente, Jed y Mira me esperan. Sobre nuestras cabezas, los truenos retumban y los rayos rasgan el cielo.

No sé qué es lo que siento. Si esto es la pena que acompaña al duelo, jamás se me había ocurrido que pudiera ser algo tan físico. Noto un profundo dolor en el pecho, me quema la piel de la nuca y me pitan los oídos, pero Burleigh está ante mí, medio loca por culpa de lo que ha pasado; y prácticamente lo último que me dijo papá fue que tenía que ser valiente por mi Casa.

—Burleigh —digo alto y claro, tragándome el dolor porque sé que nací y me educaron para ser guardiana, y una guardiana antepone su Casa a todo lo demás, aunque le duela—. No pasa nada, cariño mío. Tú no has tenido la culpa. Hiciste lo que tenías que hacer.

Puede que mi Casa esté destrozada, pero estamos hechas la una para la otra, separadas en el mismo punto, y una niña rota es perfecta para una casa rota. Avanzo hacia ella sin vacilar, como si ante mí se ofreciera un portón abierto en vez de un montón de zarzas. No me permito dudar ni un segundo.

Y la maraña de ramas llenas de espinas que cubren el muro se libera ante mí, mostrándome el camino. El cielo se estremece y se vuelve azul, con nubes blancas desperdigadas y un radiante sol de primavera. La gravilla cruje bajo mis pies cuando entro en los terrenos de Burleigh.

—Escúchame bien —digo ante los árboles, la hierba y el cielo que me rodean—: prefiero morir a tener que vivir lejos de ti. Y te juro que nunca jamás dejaré que alguien te haga daño. Pienso cuidar de ti, Burleigh.

Un último trueno retumba en el horizonte y el vestigio de sospecha por parte de la Casa que pudiera quedar desaparece, y en su lugar asciende de la tierra misma una ola de alivio tan potente que casi me tira al suelo.

Según avanzo por el sendero que lleva a la entrada de la casa, no puedo evitar las lágrimas. El aire huele intensamente a flores, a hierba y a suelo fértil, y los recuerdos afloran. La parcela de césped donde Wyn me enseñó a hacer volteretas laterales. El roble bajo cuyas ramas nos sentábamos a leer juntos el mismo libro. El lugar en el que esperaba a que papá llegara dando vueltas a lomos de mi caballo en el mismo sendero por el que ahora camino.

Recuerdo salir al sendero de gravilla a despedirme de él cada vez que se iba de viaje a Londres a cumplir con sus obligaciones de guardián y miembro del Consejo de Casas. Pero en el lugar en el que siempre se volvía para decirme adiós con la mano por última vez, ahora se eleva un inmenso árbol; lo reconozco por los libros de geografía que le gustaba leer a papá siempre que podía. Es un jacarandá, una especie más propia de climas cálidos, y, sin embargo, aquí está, con sus grandes ramas colmadas de llamativas flores moradas.

Aun sin palabras, mi Casa a veces habla.

Me acerco al árbol y paso la mano por su áspera corteza. A mi alrededor veo la sombra de las flores mecidas por la brisa.

—Él siempre se portó bien contigo —murmuro—. Y mi intención es seguir su ejemplo ahora que él no está.

Las puertas de la entrada se abren por voluntad propia. Parece que la Casa ha superado su reticencia inicial y está más dispuesta a darme la bienvenida. En ese momento me doy la vuelta y compruebo que Jed y Mira no han venido detrás de mí. Las zarzas han vuelto a sellar el hueco de entrada y han tenido que quedarse fuera.

—No seas ridícula —le digo a la Casa, moviendo a un lado y otro un dedo en señal de advertencia—. Si quieres que vuelva, tendrás que dejar que entren ellos también.

Un golpe de brisa agita las ramas del jacarandá ante mi rostro, pero al final las zarzas se apartan y Jed y Mira aprovechan para entrar.

—Casi se me había olvidado las malas pulgas que tiene esta vieja mansión —dice Mira, moviendo la cabeza de un lado a otro.

No sé lo que pensará Burleigh House de ello, pero sea lo que sea, se lo guarda para sí.

Cuando pasamos al interior, siento como si la Casa me acogiera y envolviera como una confortable manta o los brazos de una madre. Jed y Mira desaparecen, el primero va a ocuparse del equipaje; la segunda, de la cocina. Yo me dedico a recorrer todas las habitaciones, llamando a Wyn desde la puerta de cada una de ellas, aunque en realidad no tengo mucha esperanza de encontrarlo. Después de lo que Burleigh me ha mostrado, no podría culparlo si hubiera decidido huir y no volver jamás, aunque la idea de que desaparezca de mi mundo me causa un dolor que no conocía. Y, como es natural, es del todo posible que no esperase que se me ocurriera regresar, él mismo me dijo que preferiría que no lo hiciera, aunque no entiendo por qué.

Prosigo mi recorrido acariciando a mi paso el descolorido papel de las paredes con la mano, las grietas en la pintura, los lugares en los que la hiedra se ha colado entre los cristales rotos de las ventanas. La casa muestra señales de abandono después de tantos años sin los cuidados de un guardián y, aunque la magia corra por el mortero de las paredes, la dejadez es tan patente como lo sería en un edificio común y corriente. Hay manchas de moho en el techo y huele a humedad.

Decido abrir todas las ventanas de manera metódica y evaluar los daños, y empiezo a hacer una lista mental de las reformas que serán necesarias y del coste aproximado. Si tuviera la llave del guardián, la propia Casa realizaría con su magia los trabajos de mayor calado, concentrando su energía en aquello que hubiera que reparar. Siento que la magia de Burleigh se agita bajo mis pies y entre las paredes como una corriente oscura y peligrosa. La Casa está alterada por ese mismo motivo. Todo West Country está alterado. Pero no tengo la llave y sin ella no me atrevo a canalizar el poder de la Casa.

Me detengo al llegar al estudio de mi padre y me siento en el sillón de cuero del escritorio. La sala tiene las paredes recubiertas de madera y librerías y, al contrario que el resto de la casa, aún conserva un leve olor a tabaco, papel de cartas de buena calidad y tinta. Se diría que Burleigh no quiere que desaparezca ese vestigio que queda de mi padre.

Doblo las rodillas para poder apoyar la barbilla en ellas y las rodeo con los brazos, tratando de empequeñecer al máximo. El libro de contabilidad de papá está abierto por la primera página, donde había escrito los términos de su vinculación con Burleigh cuando su padre murió y él pasó a ser su guardián. Los leo, aunque me los sé de memoria.

Burleigh deberá obedecer al registrador y a todos sus herederos legales a perpetuidad.

Burleigh no permitirá que se negocien las escrituras dentro de los límites de la propiedad.

Burleigh no deberá canalizar ella sola su propia magia.

Burleigh jamás acabará con la vida de un humano, excepto en el caso de cumplimiento de la primera cláusula de este acuerdo de vinculación o para evitar que se rompa dicha vinculación.

Mientras leo los términos y condiciones del acuerdo vinculante de Burleigh, la responsabilidad de cuidar de un lugar tan extenso y antiguo pareciera ser una carga demasiado pesada. Y aún no he comprobado que sea cierto lo que me dijo Su Majestad sobre el mal estado de Burleigh y que mi Casa se está muriendo.

Pero ahora mismo no tengo tiempo para autocompadecerme. El alivio inicial de Burleigh ante mi regreso ha perdido efecto y puedo sentir otras cosas que transmite la Casa, como el agotamiento, el dolor latente de su prolongado sufrimiento y una intensa sensación de incomodidad, como cuando te pica algo y no quieres dejar de rascarte. La Casa pide a gritos que se ocupen de ella. Puede que no tenga dinero ni la llave del guardián, pero sea como sea pienso mantener mi casa en buenas condiciones, como ha hecho siempre mi familia.

Salgo del estudio pero me detengo en seco a los pocos pasos. Percibo un familiar sonido intermitente que proviene del ala oeste, una zona de la casa poco utilizada que mis padres tenían reservada para celebrar fiestas y hospedar a los invitados cuando yo era pequeña. Avanzo por el corredor siguiendo el sonido a través de la entrada delantera desde donde una amplia escalinata conduce a la galería de la segunda planta y donde una lámpara con cuatro lucernas de querosén cuelga del techo. El sonido me conduce al corredor del lado opuesto de la casa, dejo atrás salones que hace tiempo no pisa nadie, como el salón de baile, pequeñas salas de estar, el salón de fumar o la salita de las damas. Al fondo del ala oeste se encuentra un amplio comedor con grandes ventanales por los que entra la luz de la tarde. Me detengo ante la puerta cerrada y pego el oído. El sonido viene de dentro. *Tap, tap, tap.*

Abro y contengo la respiración. Tengo que apoyarme en el marco porque me noto desfallecer de alivio, el mismo que debió sentir la Casa cuando puse el pie en sus terrenos.

Veo a Wyn en un lado de la sala subido a una escalera plegable de madera clavando unas tablas sobre una ventana rota.

—Te he visto subir por el sendero —dice entre dientes porque está sujetando varios clavos entre los labios—. Bienvenida. Enseguida termino.

—No hay prisa —respondo yo, intentando no parecer demasiado ansiosa.

Wyn retoma la tarea y el golpeteo del martillo resuena nuevamente en la sala. Se me agita la respiración con cada golpe hasta que es mi corazón el que martillea dentro de mi pecho a toda velocidad.

Miro a Wyn mientras trabaja, intentando decidir en qué clase de persona se ha convertido. Una parte de él no ha cambiado, como su pelo rubio rojizo revuelto o la manera en que bizquea cuando está concentrado. Pero otras partes sí han cambiado, mucho. Su cuerpo es largo y esbelto, y aprecio en él una tirantez, no sólo en su físico, sino también en sus ojos y en lo que se oculta tras ellos. Esa tensión no estaba allí cuando me marché y habla a gritos de los malos tiempos que ha vivido, de la desesperación que ha sentido y de la negrura de la que ha sido testigo. No es el mismo Wyn que recuerdo y a la vez siento que yo apenas he cambiado.

Cuando termina, deja el martillo a un lado, se baja de la escalera y recoge el morral que yo no había notado estaba en el suelo junto a la pared.

—Hola, Violet —dice y acompaña las palabras con un pequeño asentimiento de cabeza—. Adiós, Violet.

—No sabía que estuvieras aquí. ¿Tienes que irte ya? Pensaba que podríamos... hablar un poco, ponernos al día —respondo yo sin poder evitar que mi rostro deje traslucir la decepción que siento.

Wyn se mete las manos en los bolsillos y se encoge de hombros.

—No tengo mucho que decir. Tan sólo estaba esperando a que llegaras para irme, pero ahora que estás aquí, ya puedo marcharme. Buena suerte con Burleigh.

Pasa junto a mí y sale al corredor. Y de repente es demasiado. Mi madre, mi padre, enterarme de que Burleigh se está muriendo. No puedo soportar otra pérdida, otro golpe emocional. Y nunca me he mostrado orgullosa en lo referente a Wyn, así que salgo detrás de él.

—No te vayas, por favor —le suplico—. No he vuelto sólo por Burleigh. También lo he hecho por ti. Te he echado mucho de menos, Wyn.

Él se detiene pero no se da la vuelta. Aguardo lo que tenga que decir mordiéndome las uñas.

—Has echado de menos al Wyn de antes, pero ya no soy esa persona, Vi. Dudo que tú sigas siendo la misma persona. Ya no somos amigos, somos dos desconocidos.

—Pero podríamos volver a ser amigos si te quedas —insisto—. Podríamos aprender a ser como antes. ¿Sabías que hablaba contigo todos los días cuando vivía en los pantanos? No podía escribirte, así que hablaba contigo.

Se produce una larga pausa y yo me muerdo el labio sin saber qué va a hacer.

—Yo también hablaba contigo —admite finalmente al tiempo que se da la vuelta y me mira—. Pero piensa en lo que me pides, Vi. ¿Serías capaz tú de vivir en una prisión por mí?

—La puerta está abierta. Ya no es una prisión —contesto yo.

Wyn emite un gemido de amargura apenas audible.

—Después de siete años, Burleigh siempre será una prisión para mí. Responde a la pregunta. Si fuera al revés, ¿te quedarías?

Lo miro a los ojos y me pregunto: «¿Quién eres? ¿En quién te has convertido?».

—Wyn, yo no he cambiado —le digo.

—Lo que significa que te quedarías —dice él, pasándose la mano sucia por el pelo en un gesto de frustración—. Sangre y mortero. Debería haberme ido en cuanto me enteré de que ibas a volver. No debí quedarme a esperarte.

Nada es como yo creía que sería. Me había pasado todos esos años en los pantanos soñando con este día, con el día de llegar a mi hogar llorando la pérdida de mi padre, pero dispuesta a tomar el relevo como guardiana y la llave de Burleigh. Wyn siempre estuvo allí, en mis sueños; no puedo imaginarme Burleigh House sin él.

Pero tampoco puedo soportar verlo tan triste.

—No te preocupes —le digo, intentando tranquilizarlo—. No tengo derecho a pedirte que te quedes. Es normal que ya no seas feliz en Burleigh House, lo entiendo. He sido muy egoísta, no me hagas caso. Te deseo toda la suerte del mundo, allá donde vayas.

Le tiendo la mano y al principio se queda mirándola sin hacer nada, hasta que finalmente deja caer al suelo el morral que lleva al hombro.

—Me quedaré hasta mañana —dice—. Nada más. Entonces me iré, Violet. Para siempre.

Cuando se aleja de allí sin estrecharme la mano, me siento morir. Me quedo de pie en el corredor un buen rato intentando reunir la compostura para seguir adelante.

❧6❧

LAS PREGUNTAS SE ME AMONTONAN EN LA GARGANTA CUANDO nos sentamos a cenar en la gigantesca cocina tras pasarnos la tarde instalándonos en la casa. La larga mesa de trabajo en la que una vez se sentaban a comer las veinte personas que formaban el servicio en tiempos de mi padre habría parecido casi vacía con nosotros cuatro de no ser porque el sol bajo de la tarde se colaba por las ventanas. La Casa siempre había disfrutado de mucha luz, dorada como una moneda recién acuñada, algo que se agradece como la mejor de las compañías en una situación tan dramática como ésta.

Y aparte de eso están los temas que siempre evitábamos cuando vivíamos en los pantanos, cosas de las que nunca hablábamos, pero que no podemos seguir evitando ahora que hemos vuelto a casa. Reúno el valor para hacer la pregunta que nadie quiere responder.

—Sé que papá lo buscaba, pero ¿llegó a descubrir el lugar en el que se encuentran las escrituras de Burleigh?

Mira se queda con la taza a medio camino de los labios y Jed deja el tenedor junto al plato con un tintineo, la mandíbula tensa.

—¿Qué haces, Violet?

—No es ningún secreto que ése es el motivo por el que lo declararon culpable de traición. Llevaba tiempo buscándolas para liberar a la Casa

—contesto yo mientras unto mantequilla en un trozo de pan y me lo meto en la boca, aunque noto el rumor sordo procedente del suelo ante la mención de las escrituras. Estoy nerviosa, pero no quiero que Jed lo vea. «Aguanta, Burleigh. Sujeta las riendas de las hiedras y las zarzas, porque no podemos vivir si no tenemos cocina»—. Se los pregunto a todos: ¿las encontró?

—Lo mataron sólo por el hecho de buscarlas, debería bastarte con eso —dice Jed, levantándose bruscamente y saliendo al jardín poblado de malas hierbas.

El hecho de que Jed no toque al pasar la *mezuzá* que ya han colgado en la puerta indica que está muy disgustado. Se oye primero el sonido de las herramientas de metal cuando abre el cobertizo y después el que hace la azada al golpear el suelo asilvestrado.

Guardamos silencio durante un buen rato. Wyn se muestra retraído, con la mirada fija en el plato que tiene delante.

Al final, Mira alarga el brazo para darme una palmadita en la mano.

—Él quería mucho a tu padre. Era el centro del universo para él. Pero a ti te quiere todavía más, Violet. Los dos te queremos. Y Jed ha temido que le hicieras esa pregunta desde que George murió.

—¿Por qué? —prostesto yo—. Nadie me dice nada. ¿Acaso no tengo derecho también a saber hasta dónde llegó papá antes de...

El rumor sordo que corre bajo mis pies se intensifica. Una rama cubierta de espinas trepa por la pata de la mesa y me roza la mano. Acaricio las verdes y ásperas hojas con cuidado de no tocar las espinas.

—No es una pregunta cualquiera —responde Mira—. Se considera traición el mero hecho de hablar de quitarle al rey las escrituras de una casa. Por eso, si tu intención es permanecer en esta casa hasta el final y no quieres terminar como tu padre, será mejor que te muerdas la lengua, te preocupes sólo de tus cosas y cumplas las órdenes de Su Majestad.

—Y así seré feliz, ¿verdad? —pregunto yo, sin molestarme siquiera en ocultar lo mucho que me disgusta la sugerencia—. Dando volteretas como un perro bien educado y pidiéndole favores al rey, ¿no? Y permitir que Burleigh House se convierta en una ruina.

Mira me mira a los ojos sin pestañear.

—La felicidad no depende de este o aquel sitio. Lo importante es que estás viva. Eras feliz en los pantanos. Podías haberte labrado una vida allí, pero elegiste volver.

—Yo no era feliz en esos pantanos —replico yo, apartando el plato. Se me ha quitado el hambre.

—Digamos entonces que estabas contenta.

—Tampoco. Estaba esperando, Mira. Aguardando el momento oportuno para volver a mi hogar. Nunca seré feliz en otro sitio que no sea Burleigh House.

—Entonces busca la manera de reconciliarte contigo misma por cómo son las cosas —me advierte Mira—. Su Majestad no te nombrará guardiana. Tu padre no consiguió hacerse con las escrituras. Burleigh House se desmorona. ¿Has visto cómo están las tierras? La gente está pasándolo mal por su culpa. Tal vez sería mejor que...

—No lo digas —la interrumpo yo y aparto la mirada fingiendo buscar algo en la manga de mi blusa para ocultar el dolor que me causan sus palabras.

Mira suspira.

—Vi, mi querida niña, no quiero hacerte daño por decirte la verdad, pero la realidad es que no sé si hay una manera segura de mantener la casa.

Me arrodillo junto a ella y le tomo una de las curtidas manos entre las mías.

—No me hace falta estar segura —le digo—. Me basta con hacer mi trabajo como responsable del bien de Burleigh, como guardiana. ¿Encontró papá las escrituras? Te lo pido por favor, Mira, necesito saberlo.

—¿Y de qué te servirá? —me pregunta, mirándome fijamente a los ojos, pero no puedo aguantarle la mirada. Y no digo nada.

—George encontró el lugar en el que el rey guarda las escrituras —admite finalmente—, aunque no sé si llegó a tocarlas.

Aguanto la respiración. El aire se vuelve denso y la Casa parece estar conteniéndose también, luchando contra la energía impetuosa y destructiva que siento fluir bajo las losas del suelo. Sé que estoy presionando demasiado, pero no puedo parar ahora.

—¿Dónde guarda Su Majestad las escrituras de Burleigh, Mira?

Ella niega con la cabeza.

—Tu padre se lo confesó únicamente a una persona, su amigo Albert Weston, y los dos están muertos y enterrados. Supongo que nadie conoce el secreto, excepto el rey y la propia Burleigh.

Los fogones de hierro se retuercen con un sonido metálico y un árbol joven brota del centro de la enorme cocina de leña y asciende hasta el techo, extendiendo sobre nosotros unas ramas cuajadas de hojas, flores siniestras y unas espinas aún más siniestras.

—Tranquila, tranquila, lo siento —digo con tono tranquilizador, agachándome para posar ambas manos sobre las losas del suelo. Mira se levanta y sale a buscar a Jed porque sabe que las palabras no están dirigidas a ella.

Wyn se levanta también y deja el plato en el fregadero sin decir una palabra antes de abandonar la habitación. Me quedo mirándolo con un nudo de remordimiento y añoranza en la boca del estómago. Quiero que nuestra relación vuelva a ser como antes, pero casi ni me mira. Y aquí estoy ahora. Apenas he sacado el tema de la traición y ya he causado daños. Noto el temor alojado en mi vientre, pero lo aplasto sin contemplaciones.

A la caída del sol, subo a la zona del desván entre el crujido de la madera cuyo eco reverbera largo rato y dejo atrás viejos roperos, cómodas y tendederos de ropa. Abro una conocida ventana y salgo retorciéndome por ella al tejado, rodeo de puntillas una chimenea de ladrillo y me encuentro ni más ni menos que con Wyn, que está tumbado boca arriba sobre las tejas, comiéndose una manzana arrugada de la cosecha invernal mientras contempla el cielo estrellado.

—Me alegra comprobar que algunas cosas no han cambiado —le digo, no sin cierta timidez, porque no sé si le agrada mi compañía o no—. Echaba de menos venir aquí arriba.

—¿Es que no había estrellas en Lincolnshire? —pregunta entre bocado y bocado.

—Sí, pero no como éstas. ¿Interrumpo? ¿Quieres que me vaya?

Wyn se gira y me mira.

—No puedo pedirte que te vayas. Ésta no es mi casa.

—Tampoco mía —contesto yo—. Es del rey.

—Pero tú quieres que deje de ser así. Admítelo.

Me siento con la espalda apoyada contra la chimenea, que todavía conserva la tibieza del sol de la tarde.

—¿Y qué otra cosa puedo hacer? —replico yo, abrazándome las piernas dobladas y apoyando la barbilla en las rodillas—. Su Majestad no quiere darme la llave, pero Burleigh necesita ayuda. No sé qué otra cosa hacer, Wyn. ¿Has visto cómo están los campos? ¿Cómo está la propia Burleigh? Me temo que la Casa no aguantará así hasta el verano y es el plazo que tengo. Después, el rey enviará al nuevo guardián para que se encargue de las cosas.

—Pues deja que elija a ese nuevo guardián ahora y dile a Burleigh que apruebe la decisión del rey —dice él.

La Casa se queja con ese rumor sordo suyo, un sonido que no presagia nada bueno. No sé si lograría convencerla de que aceptara al nuevo guardián, aunque Su Majestad enviara a alguien amable. Es más, creo que no confío en nadie para que cuide de Burleigh. Me arde el estómago sólo de pensar en que un desconocido sea el responsable de la llave. Y la idea no sólo me disgusta a mí, noto el enfado y la inquietud que traspasa las tejas sobre las que estamos sentados.

—No creo que sea suficiente —le digo a Wyn. Ni para Burleigh ni para mí—. Creo que... Sangre y mortero, Wyn, creo que tengo que terminar lo que mi padre empezó.

Ya está dicho. La idea que pesaba sobre mi conciencia desde que abandonamos los pantanos y que no había reconocido ni siquiera para mí misma. Hasta ahora.

—Pero no tienes que hacerlo —dice Wyn con tono desprovisto de toda emoción y sin dejar de mirar el cielo—. No eres una guardiana. No tienes la llave, como ya has dicho, y no puedes canalizar la magia de la Casa sin ella. Es absurdo pensar que vas a poder hacer algo sin ella, Violet, y si intentas encontrar las escrituras, morirás. No tienes que terminar como tu padre.

En el lado de mi cuerpo que queda fuera de la línea de visión de Wyn, unas pequeñas margaritas brotan bajo mi mano, acariciándome los dedos con sus suaves pétalos.

¿No?

—¿Qué ocurrió? —le pregunto a Wyn.

—Tu padre continuó haciendo su trabajo. Continuó haciendo magia después de que el rey le quitara la llave. Eso fue lo que lo mató.

—No me refiero a eso. ¿Por qué te quedaste?

Veo que los músculos de la mandíbula de Wyn se contraen.

—George me lo pidió.

—Aún reconozco cuando me mientes. No es verdad —lo riño.

Wyn se sienta con un fluido movimiento y me mira fijamente. Soy capaz de notar la rabia contenida que irradia, igual que siempre noto el estado de ánimo de Burleigh.

—Es la verdad —responde él—. O al menos la parte de la verdad que estoy dispuesto a compartir.

Apoyo la cabeza contra la chimenea y miro el cielo mientras Burleigh pinta una lúgubre aurora verde pálido a su alrededor. No es habitual ese color en esta época del año, pero aquí, la magia es un elemento atemporal en Burleigh House.

—Violet —dice Wyn, y el alma se me cae a los pies al percibir su tono de voz—, vente conmigo mañana.

—No puedo —le digo con pesar—. Sabes que no puedo.

—Si te empeñas en encontrar las escrituras, conseguirás que te maten. Es mejor abandonar Burleigh a su suerte, dejar que las cosas sigan su cauce y que el rey la sacrifique antes de que arruine todo West Country. Sí, sé que eso es lo que planea hacer, los rumores corren como la pólvora.

Las tejas comienzan a temblar y a saltar despedidas con un repiqueteo que se convierte en un sonido agudo. Me suelto las rodillas y poso una mano sobre la sólida superficie de ladrillos de la chimenea. Burleigh comienza a calmarse de inmediato.

—Ya te he dicho que yo no he cambiado. Burleigh sigue siendo lo primero para mí. Más importante que...

—Calla —me interrumpe él enfadado. La ira que percibiera antes comienza a salir a la superficie—. Burleigh no es un ser humano, Vi. No es tu familia ni tu amiga. Sólo se preocupa de sí misma, eso es todo. Incluso tu padre terminó aceptándolo: una Gran Casa se antepone a sí misma a todo lo demás. Este lugar no se merece tu lealtad ni tu sangre ni tus lágrimas. Es un monstruo al que sólo le preocupa su supervivencia, y todos esos truquitos suyos, todos esos fuegos en la chimenea que enciende para ti, todas esas flores que hace brotar a tus pies no son más que un ardid para ganarse tu cariño.

En ese momento se levanta una brisa que arrastra consigo un lamento triste y discrepante que sale por la chimenea.

—Y si no es más que un monstruo, ¿por qué sigues aquí? —pregunto desafiante y mis palabras resuenan en la noche—. Podrías haberte marchado hace semanas y, sin embargo, aquí estás, Haelwyn de Taunton. Aquí estás.

—Me quedé por ti —replica él entre dientes—. Para intentar hacer que cambiaras de opinión sobre este sitio. Pero veo que tienes razón, no has cambiado nada. Sigues siendo igual de testaruda y cabezota en lo que respecta a Burleigh. ¿Sabes quién comprendió perfectamente lo que ocurría con esta casa? Tu madre. Ella es la inteligente. Se marchó cuando aún no era tarde.

Se pone de pie y se mete en el ático por la lucerna sin darme ocasión a decir nada. Estoy sola otra vez, tragándome las lágrimas; tengo la impresión de que es lo único que he hecho desde que volví a casa.

A unos centímetros de mí, justo donde estaba sentado Wyn, cobran vida un par de fantasmas conocidos. Somos Wyn y yo de pequeños, sentados uno junto al otro, hombro con hombro, bebiendo té de un termo mientras contemplan las estrellas. Los rodea una extraña aura de color azulado y los recorre una especie de ondulación en el aire, como si los iluminara la luz del sol que se refleja en la superficie del agua. Esta capacidad de conjurar viejos recuerdos y hacer que parezcan espíritus que vagan por los corredores y los terrenos es una peculiaridad de las Grandes Casas.

Me quedo mirándolos un momento hasta que al final pestañeo y sacudo la cabeza.

—No hagas eso, por favor, Burleigh.

Las imágenes de nuestra niñez parpadean y desaparecen.

7

AÚN ESTÁ OSCURO CUANDO ME DESPIERTO A LA MAÑANA SI-
guiente con el graznido de los grajos posados en los aleros de la casa. Estoy
desorientada, no entiendo muy bien por qué las gaviotas emiten hoy un
sonido tan extraño hasta que me acuerdo: «Estoy en casa». Siento la cabeza
embotada por haber dormido poco, pero me incorporo igualmente. Me
envuelve el olor a piedra y a humo de leña y a moho, junto al olor fresco y
limpio de la tierra y la hierba húmedas, que se cuela por las ventanas que se
me olvidaron cerrar anoche.

Un movimiento cerca de la chimenea llama mi atención y me quedo de
piedra. Ahí mismo, junto a la chimenea apagada, está mi fantasma. Percibo
la urgencia en el aire, una especie de vibración estática que noto en la piel en
vez de en los oídos. Burleigh reclama mi atención. Tiene algo que decirme y
esta vez dejo que el recuerdo siga su curso.

La pequeña Violet debe de tener unos nueve años, a juzgar por el parche
de pelo más corto que se le ve en la nuca. Me acuerdo de aquel día. Un
trozo de goma de mascar hecha con resina de árbol se me había pegado a
la trenza y Mira tuvo que cortarla. Mi yo infantil, presente ahora ante mí
gracias a la magia de la Casa, está tumbada en la alfombra que hay delante
de la chimenea con su libro de *Los viajes de Gulliver* en las manos. Igual
que la noche anterior, la pequeña Vi no es real, su cuerpo no es sólido.

La observo desde la cama. Me fijo que mira el reloj que hay en la repisa de la chimenea, se guarda el libro debajo del brazo y sale corriendo de la habitación.

De niña, me acostumbré a encontrarme de buenas a primeras con el fantasma de algún antepasado por los corredores o detrás de la puerta, que Burleigh decidía revivir cuando pensaba en algún incidente ocurrido en el pasado, pero nunca antes había tenido la impresión de que los recuerdos que Burleigh despertaba tuvieran una importancia vital, que mi Casa tratara desesperadamente de decirme algo. La curiosidad me impulsa a levantarme de la cama y seguir a la pequeña Vi.

El fantasma baja las escaleras despacio, descalzo y sujetándose a la barandilla para sentir mejor lo que la Casa siente. Yo hago lo mismo y lo que percibo es inquietud unida al nerviosismo y el dolor habituales que irradia el suelo. Algo en este recuerdo que Burleigh quiere que vea le preocupa y pienso que ojalá pudiera preguntarle directamente qué es.

Mi yo infantil recorre haciendo piruetas el corredor del ala este, sale a través del invernadero y atraviesa el rosedal. Se levanta el vestido y cruza la pradera cuajada de flores silvestres brincando como un ciervito, lo que me obliga a apretar el paso si no quiero que se me escape. Aunque ya hay luz suficiente y el rosa del amanecer cubre el cielo en el momento actual, el sol está ya alto en el momento que está reviviendo la Violet del pasado. Debió ocurrir al mediodía, pero no lo recuerdo con exactitud.

Al llegar a la linde de la pradera, justo antes de entrar en el bosque que se abre allí donde terminan los jardines de Burleigh House, la pequeña Violet sube rápidamente los escalones del cenador. Pestañeo sin dar crédito: la pequeña estructura acristalada está ahí delante, pero en realidad no lo está. A veces veo un montón de escombros y, a veces, la estructura completa. Y de pronto creo saber qué es lo que la Casa quiere decirme.

La luz en el interior del cenador presenta el mismo efecto ondulante y diáfano que rodea a mi fantasma. Me siento en el suelo del jardín mientras mi padre y un caballero de tez blanca y aspecto próspero hablan en voz baja.

La pequeña Vi se sienta cerca de ellos y abre nuevamente su libro. Me acuerdo de estar cerca de mi padre con mi libro, pero no de la conversación. Lo único que recuerdo es el aroma dulce de las rosas que cubren las paredes del cenador y a Gulliver rodeado por los houyhnhnms.

Sin embargo, la Casa sí se acuerda. Como también se acuerda de algo que yo no vi en su momento, a Wyn de niño, agazapado entre las altas hierbas fuera del cenador.

—Quieren respuestas, George. Quieren que hagamos algo —dice el caballero desconocido. Su voz suena distante, como si lo escuchara por el agujero de una cerradura—. Es hora de acabar con esto.

Fuera del cenador, se ha levantado aire. Aunque no puedo sentirlo desde el momento presente, los tallos de las flores silvestres del recuerdo fantasmal golpean contra los cristales del cenador como dedos ansiosos. Es como si una legión de duendes quisiera entrar.

—No sirve de nada, Bertie —dice papá, con aspecto ojeroso y demacrado. Entiendo que el episodio tuvo que suceder no mucho después de que el rey apareciera con sus soldados para acusarlo de traición—. He encontrado el lugar en el que guarda las escrituras de todas las casas excepto las de Burleigh. Y si piensas, aunque sólo sea por un instante, que pondré las cosas en marcha cuando mi propia Casa es la única que corre peligro, es que no me conoces. No lo haré.

En mi presente el sol está ya alto y calienta, pero la luz que envuelve a la pequeña Vi y a papá y al desconocido caballero de nombre Bertie se ha vuelto gris. Oigo las fuertes rachas de lluvia que golpean el cenador. Ya de pequeña no tardé en aprender a reconocer el estado de ánimo de la Casa, y que se pusiera a llover en pleno día debería haberme advertido de que algo no iba bien: papá lo tenía todo bien organizado en Blackdown Hills, donde sólo llovía a última hora de la tarde. Pero aquel día me encontraba inmersa en mi libro y no me percaté de que Burleigh estaba incómoda, igual que tampoco vi a Wyn mirando por la ventana en un estado deplorable.

Pero papá sí lo vio.

Observo cómo su versión fantasma lo ve al otro lado del cenador y sacude la cabeza.

—No deberíamos estar hablando de esto dentro de la propiedad, a Burleigh se le hace duro escucharnos. Pero me da miedo que puedan oírnos en el pueblo.

Es probable que el otro hombre no se haya fijado en la incomodidad de la Casa. Para él no son más que los caprichos del clima. No sabe lo amable que es Burleigh normalmente.

—¿No puedes dejar a un lado tus escrúpulos y seguir adelante sin las escrituras de Burleigh? —sugiere el otro hombre—. Este sitio siempre ha sido leal a los Sterling. No la veo capaz de haceros daño, aunque lo ordene el rey. Y podríamos aprovechar que tenemos las otras escrituras para forzar al rey a que nos entregue la de Burleigh.

La lluvia se convierte en granizo. Noto una sensación de ardor y nervios en la boca del estómago y sé que no es una sensación mía, pero no sabría decir si forma parte del recuerdo de la Casa o de mi realidad presente o de ambas.

El rostro de papá se vuelve más serio.

—Ni lo sueñes —le espeta—. No quiero volver a oírte decir algo así, a nadie en realidad, y menos aún a mí. No estoy dispuesto a correr ese riesgo y esto no me gusta. Hay demasiados cabos sueltos. Y el hecho de que la única escritura que no he encontrado sea precisamente la de Burleigh me da mala espina. He sobornado e interrogado a demasiadas personas ya. Esperaba haberla encontrado hace meses. Con cada paso que damos, aparecen obstáculos.

Se produce un denso silencio a mi alrededor tanto en el momento del recuerdo como en el presente, como si la Casa estuviera escuchando. Ha dejado de llover y de granizar. La luz está baja, pero no se oye el canto de un solo pájaro. La pequeña Vi levanta la vista de su lectura y ladea la cabeza con el ceño fruncido.

El amigo de papá se inclina hacia él.

—¿Crees que alguien esté jugando en tu contra, George?

—No sé —contesta papá, pasándose la mano por el rostro—. Desde luego a veces parece ser así. Albert, si me ocurriera algo, cuidarías de Vi, ¿verdad? ¿Le darías un hogar en Weston Manor?

—Por supuesto —promete Albert—. No lo dudes ni por un momento.

—Papá —dice mi yo infantil con voz aguda y temblorosa de preocupación—. La Casa...

El cielo en la mañana del recuerdo ha adquirido un tono verde enfermizo. Del interior del cenador llega el sonido sibilante que producen unas gruesas ramas de hiedra al trepar por las paredes.

—¡Violet! —grita mi padre al tiempo que se lanza hacia delante para protegerme cuando los cristales de las ventanas estallan y las vigas ceden. Pero él está demasiado lejos y Wyn es más rápido. El niño entra de un salto por la puerta abierta del cenador y forma un escudo con su cuerpo sobre mí, derribándome con el impulso y los dos salimos rodando.

Esto sí lo recuerdo: la repentina preocupación que me arrancó de la lectura, el horrible sonido de los cristales rotos y la sorpresa de salir rodando por el suelo. Me cubro instintivamente la cabeza, aunque los fragmentos de madera y cristal que caen por todos lados no me hacen nada. No es más que un leve roce del que apenas tengo recuerdo.

Cuando el clamor cede y el cenador queda reducido a un montón de escombros, tanto en la realidad como en el recuerdo, veo a mi padre en el centro del derrumbe, inclinado sobre Wyn y la pequeña Vi. Y veo algo que tampoco vi en su momento: los fragmentos del cristal recubierto de mortero que han roto la parte de la espalda de la camisa de Wyn y la sangre que le cae por el cuello y los brazos. Creo que no está malherido, pero me asalta un verdadero terror cuando veo la expresión acongojada en el rostro de mi padre.

—¿Ha sido la Casa la que...? —pregunta el amigo de papá, pero éste no le hace caso.

—¿Estás bien, Wyn? —le pregunta, a lo que éste responde con un asentimiento.

—Ve a la Casa y busca a Mira. Ella te curará —lo apremia mi padre.

Y sin decirme una palabra, papá se incorpora. En su postura se ve que está furioso.

—Hemos presionado demasiado a la Casa —le dice a su amigo—. El vínculo la obliga a actuar en cuanto oye hablar de las escrituras, a tratar de impedir a quienquiera que sea que siga hablando de ellas. Burleigh, lo siento mucho.

El sol brilla de nuevo sobre los tres y los pájaros empiezan a cantar de nuevo a lo lejos. Las margaritas brotan delante de la pequeña Vi, que está sentada en el centro de un círculo de cristales rotos totalmente ilesa. Papá y el desconocido observan a la niña mientras recoge las flores con una sonrisa triste.

—Claro que estoy bien —dice la pequeña Vi a Burleigh, ya que nadie más se ha interesado por ella.

El recuerdo se desvanece y regreso del escenario del derrumbe del cenador con un chillido cuando las enormes ramas cuajadas de espinas se enredan en torno a los escombros bañados por el sol con aterradora velocidad.

El persistente dolor sordo que venía percibiendo de la Casa desaparece para dejar paso al esfuerzo constante de Burleigh tratando de contener su propia magia. Del centro del nido de ramas espinosas brota un pequeño rosal silvestre. Alargo la mano con cuidado para no pincharme, corto la flor y huelo su dulce fragancia estival.

—Escrituras y llaves, reyes y Casas —murmuro para mí—. ¿Qué es lo que intentas decirme, Burleigh?

Ojalá pudiera entenderla de forma instintiva como antes. Entonces, saber lo que Burleigh quería me resultaba tan fácil como respirar. Aun sin la llave era capaz de notar qué hacer para ayudarla y consolarla.

—Ya lo averiguarás. Es lo que hacen los Sterling, ¿no?

Wyn está de pie en la linde del bosque, no la versión fantasmal del Wyn niño, sino su persona real, esa persona completamente desconocida. El Wyn con el que no sé cómo comportarme. Me sonrojo y bajo la vista hacia el suelo. La tensión entre nosotros es patente después de la discusión de la noche pasada y no sé cómo arreglar las cosas antes de que se vaya. No puedo retroceder en el tiempo y deshacer lo ocurrido. Lo único que puedo hacer es seguir adelante.

Así que doy un paso hacia él, que se remueve y me mira con esa mata de pelo revuelto suyo y la mano sujetando la tira de su morral.

—Lo siento, Wyn —le digo en voz baja—. Siento todo lo que ha pasado. Nada más llegar, la Casa me mostró lo que le ocurrió a papá. Jamás debiste pasar por ello ni por el arresto. Independientemente de las razones que mi padre tuviera, no estuvo bien obligarte a quedarte aquí. Yo... yo no te culpo por querer irte ahora que puedes. Creo que deberías hacerlo, deberías ser libre.

Wyn me mira fijamente y con la mandíbula tensa.

—¿La Casa te mostró la muerte de tu padre? ¿En serio?

—Sí. Creo que quería asegurarse de que no hubiera secretos entre nosotras.

—Le pedí que no te hiciera mirar —dice él con rabia—. Yo te habría ahorrado el mal rato de ver morir a tu padre. Parece que Burleigh House no tiene la misma compasión.

—Me alegra que me lo mostrara —respondo yo a la defensiva. Siempre he sido la primera en defender a Burleigh. Y no creo que vaya a cambiar, independientemente de lo que se vea obligada a hacer. Mi Casa es mi padre, madre y hogar ahora; es todo lo que tengo—. Prefiero saber todo lo malo.

Doy un paso más hacia él y me abrazo como queriendo escudarme frente al rechazo que empiezo a sentir como inevitable.

—¿No podemos despedirnos como amigos, Wyn? —le suplico—. ¿Aunque no sigamos siendo los mismos de antes? Sé que la vida ha sido injusta y que para ti las cosas han sido aun peores, pero no quiero que te vayas de aquí enfadado conmigo.

Él sacude la cabeza con expresión de cansancio.

—No estoy enfadado contigo, Violet, pero me gustaría que me hubieras hecho caso y no hubieras vuelto. La Casa está muy deteriorada y si se viene abajo por completo antes de que el rey la prenda fuego, la ruina será inevitable para todos. Me agradaba saber que no estarías aquí para verlo. Preferiría que siguiera siendo así.

Se oye un profundo retumbo bajo nuestros pies, es obvio que a la Casa no le gusta la idea de que me enfrente yo sola al destino que le espera.

—Quiero que lo reconozcas por ti misma —continúa Wyn—. Que no hay posibilidad de salvación para Burleigh.

Me abrazo más fuerte y trato de contener la tristeza.

—Hablas como Mira, y no puedo estar de acuerdo con ninguno de los dos. No puedo dejar que Burleigh desaparezca sin haber hecho todo lo posible por salvarla. Tengo que intentarlo, Wyn, a pesar del riesgo.

Y esta vez soy yo la que no cede. Una expresión, posiblemente de decepción o resignación, asoma por el rostro de Wyn, quien da media vuelta y de pronto desaparece en el bosque.

8

EL HECHO DE QUE JED, MIRA Y YO NOS SENTEMOS A DESAYUNAR A media mañana al día siguiente de nuestra llegada da fe de que aún no hemos terminado de instalarnos. Creo que nunca habíamos desayunado tan tarde. Se me hace extraño e incómodo. Jed apura su taza de té sin leche y se levanta para darnos un beso en la cabeza a Mira y a mí.

—Me voy. No sé cuánto tardaré. No me esperen para cenar.

—¿Adónde vas? —le pregunto con cierta melancolía.

—A buscar trabajo —responde él—. Con suerte, encontraré algo que hacer en una de las granjas.

—Ya que buscas, pregunta si alguien necesita que le laven la ropa —le dice Mira—. Necesito hacer algo que me mantenga ocupada.

Y Mira y yo nos quedamos solas.

—¿Dónde está Wyn esta mañana? —pregunta la mujer.

—Se ha ido —contesto yo—. Para siempre. No tengo ganas de hablar de ello.

Mira alarga el brazo por encima de la mesa y me da un suave apretón en la mano.

—Lo siento, tesoro. Todo irá bien.

Y con ello, Mira se levanta, pero yo me quedo un rato más en la mesa. Me inquieta de una forma extraña la idea de recorrer la Casa yo sola. No sé por qué estoy nerviosa, puede que se deba al tiempo que hemos estado separadas o a lo mal que han salido las cosas con Wyn, lo cierto es que de repente me aterra que, pese a insistir en que nací para ser guardiana, tal vez no esté a la altura de lo que Burleigh necesita.

Mira trabaja por la cocina, abriendo y cerrando los armarios, haciendo inventarios de lo que tenemos en la Casa y lo que habrá que comprar o pedir prestado. Al cabo de un rato, se gira hacia mí.

—Violet, tesoro, tienes que encontrar algo que hacer. Empieza por el principio —me dice con un suspiro.

—Tienes razón —digo yo levantándome, y dejo escapar un suspiro de determinación—. ¿Tenemos una escoba y un recogedor?

—En el armario de la esquina. Niña buena.

Salgo de la cocina con mis herramientas y recorro el ala oeste en dirección al salón de baile abandonado hace tiempo. La araña de cristal está hecha añicos en el suelo y nadie se ha molestado en recoger el desastre. Me pongo a barrer y las esquirlas hacen un ruido agudo y musical cuando se rozan. Parece una minucia, una tarea insignificante comparada con la tristeza desmedida de Burleigh, que se desangra bajo mis pies y me presiona por todos los flancos.

Dejo la tarea a medias y me quito los zapatos de suela suave. En cuanto mis pies desnudos tocan la superficie del suelo, la sensación de dolor añejo y esfuerzo portentoso se intensifica. Alargo el brazo y poso la palma de ambas manos sobre la madera noble.

No, no soy lo bastante buena.

Me tumbo de lado, con el oído pegado al suelo, y noto su tacto frío y suave contra la piel de la cara, junto a la boca. Si pudiera, penetraría en el corazón mismo de la Casa para darle fuerza. Pero ladrillo y mortero, piel y hueso nunca se han llevado bien.

—Dime qué es lo que te pasa —le susurro, buscando desesperadamente la forma de ayudarla—. Dime qué te duele.

Un potente gruñido de dolor se eleva desde las profundidades justo debajo de mí.

—Eso es —digo con voz dulce—. Suéltalo todo, cariño. Estoy aquí. No voy a irme a ninguna parte.

La Casa parece vacilar. Tarda en abrirse. Noto que unos hilos de dolor traspasan mi piel y penetran en mi torrente sanguíneo.

—Así, así, muy bien —le digo, tratando de convencerla—. Muéstrame qué es lo que te pasa. No tengas miedo.

Los hilos se convierten en lazos y estos a su vez en cuerdas gruesas que se transforman en hierro. Las obstinadas bandas de dolor de la Casa recubren los blandos órganos vitales de mi interior. Es como si me clavaran puntas de cuatro milímetros en los huesos, cada vez más dentro de ellos, llenándome de pequeñas fracturas.

Me tumbo en el suelo sin poder respirar y los ojos se me llenan de lágrimas. Pero no quiero llorar ni tampoco suplicar a la Casa que pare. Tengo que saber hasta qué punto es malo y estoy comprobando que es peor de lo que pensaba. Ni siquiera Burleigh, más antigua que las propias montañas, más grande de lo que jamás podría imaginar, con un poder sin parangón y una sabiduría que supera con creces la comprensión humana, puede aguantar mucho tiempo con tanto dolor.

No puedo contener el gemido apagado y lleno de angustia que escapa de mis labios y me golpea una poderosa sensación de podredumbre, de ponzoña, de descomposición en el centro de mi ser. Tomo consciencia de que la Casa se muere así como aquellas criaturas resbaladizas no podían escapar de la afilada hoja de mi arpón. La sensación se hace tan inmensa que no puedo soportarla. Después de todo, no soy más que una niña. Una criatura frágil y pequeña hecha de órganos que pueden destruirse.

Y entonces comienza la gélida mordedura del mortero.

Comienza mordisqueándome los dedos y continúa con los nudillos para detenerse en las muñecas. Observo con ojos débiles cómo sobresalen las venas que recorren el dorso de mis manos y se vuelven grises.

«Tienes que detenerlo —dice la superviviente de los pantanos que llevo dentro—. Ahora».

A lo que la parte de mí que nació para ser guardiana responde:

«Es lo único que puedes ofrecer. Lo único que tienes. ¿Acaso no debes anteponer tu Casa a todo lo demás?».

Y es tranquilizador en cierto sentido. Las Grandes Casas son extremadamente meticulosas a la hora de escoger a la persona que utilizarán para canalizar su magia. Si Burleigh está dispuesta a utilizarme a mí como vía de escape para todo ese mortero, es porque me considera su legítima guardiana, tenga la llave o no.

Pero eso no hace que todo esto sea menos peligroso.

Antes de que pueda decidirme, el frío desaparece. El dolor de Burleigh se desvanece mientras la Casa se retuerce y consigue apartar su energía y su atención de mí con un esfuerzo supremo. Se produce un horrible sonido de madera astillada y, al momento, las láminas del suelo saltan y una enorme grieta se abre en mitad del salón de baile. Por un momento, la araña de cristal se tambalea precariamente al borde para terminar cayendo por el hueco hasta chocar contra el suelo del fondo con gran estruendo.

Me incorporo a duras penas y tomo aire. ¿Qué hago aquí? Wyn tenía razón. No tengo la más mínima idea de cómo ser guardiana. A pesar de las enseñanzas que mi padre me repetía una y otra vez sobre que algún día yo sería la encargada de cuidar de Burleigh House, lo único que estoy haciendo es empeorar las cosas. Pero yo quiero ayudarte, Burleigh, de verdad que sí.

Hundo la cara en mis manos y me acuerdo de papá. Del hombre que fue y del vacío que dejó al marcharse. De lo pequeña que me siento cuando me imagino tratando de seguir con su tarea de guardiana de este poderoso e incomprensible lugar. De lo mucho que hay en juego y de lo poco que puedo hacer yo sin la llave de guardián, que he tenido en mis manos sólo una vez en mi vida.

Pero sigo acordándome de lo que sentí. Del peso en la palma de mi mano, de la marca que me dejaron los dientes en la piel cuando la apreté con fuerza. De la tibieza que tomó la piedra de proa en contacto con mi piel y del maldito mortero que salió de mi piel cuando hice magia como un verdadero guardián. Me acuerdo de todo eso mientras me siento y espero a que se me pase el doloroso anhelo de canalizar la magia de la Casa.

Estábamos de vacaciones en la costa de Cornwall el día que mi padre me dejó la llave de Burleigh House. Nunca nos alejábamos mucho de casa en aquella época, porque a papá bastante le molestaba ya tener que viajar a Londres para asistir a las reuniones del Consejo de Casas. Mamá siempre quería que visitáramos el continente, aunque sea Escocia, solía decir, pero nunca salíamos de West Country. Yo me alegraba en secreto.

De manera que aquel verano fuimos a St. Ives. Yo tenía siete años. Mamá estuvo de mal humor toda la semana que pasamos en aquella casita que alquilamos. Papá y yo intentábamos no fijarnos mientras dedicábamos el tiempo a hacer castillos de arena, a jugar entre las olas y a comer helados. Nunca había pasado tanto tiempo con él y me gustó mucho, aunque también me pareció extraño. Wyn se quedó en casa con Jed y Mira, y recuerdo que lo echaba mucho de menos. Fue lo único que exigió mamá, que Wyn se quedaría en Burleigh House.

El día que volvíamos a casa amaneció cubierto de oscuras nubes. Se oía el fragor de los truenos que se acercaban desde el oeste y los rayos rasgaban el horizonte. Papá estaba en la playa, observando la escena, aunque hacía rato que lo teníamos todo preparado y mamá esperaba en el carruaje. Era como si supiera lo que se avecinaba. Y tal vez lo supiera. Tal vez la Casa hubiera encontrado la manera de decírselo.

Mamá me mantuvo a su lado hasta que un pequeño bote apareció a lo lejos, del lugar del que provenía la tormenta, y entró vacilante en el puerto. Cuando vi que papá se acercaba, me lancé a abrir la puerta del carruaje y salí de un salto.

—¡Violet! —me llamó mamá con tono desesperado—. Vuelve aquí ahora mismo. ¡Quédate aquí conmigo, aquí no nos pasará nada!

Pero yo salí corriendo por la arena de la playa hasta donde estaba papá, que me miró con preocupación en los ojos.

—Vamos, Vi, a ver qué podemos hacer con esta tormenta —dijo.

Yo sabía perfectamente que a veces hacía muy mal tiempo en Cornwall, es decir, que no todas las tormentas se calmaban por medio de la magia de la Casa, y que en la costa se producían frecuentes chubascos que Burleigh conseguía atenuar, de modo que minimizaba el coste en vidas y daños materiales. Si bien era capaz de mantener los cielos despejados en el corazón de Blackdown Hills, plantarle cara al mar era muy diferente.

Papá y yo echamos a correr hacia el cercano muelle donde el bote había encontrado un hueco en el que amarrar. Cuando el curtido pescador le lanzó el cabo de cuerda a papá, éste lo agarró y lo amarró rápidamente antes de ayudar al hombre a salir de la embarcación.

—Me llamo George Sterling —dijo papá.

Ya de pequeña me fascinaba la capacidad que tenía de reducir la tensión en las personas con sólo mencionar su nombre. El viento comenzaba a arreciar y a azotar el muelle y a levantar olas de espuma blanca en el mar.

—Señor, se acerca una tormenta de mil demonios —le gritó para hacerse oír por encima del viento—. Antes se veían una vez cada cien años, pero son más frecuentes desde hace unos años. Se acerca muy rápido, será mejor que huyan hacia el interior lo más rápido que puedan y busquen refugio. Van a producirse muchos daños esta noche, de eso no hay duda.

—Me quedaré... —comenzó a decir papá, pero los tres nos volvimos hacia el mar, que se retiraba de la playa con gran estrépito. El agua que ahora subía, al momento retrocedía con sorprendente velocidad.

—Violet.

Aparté la mirada del agua. Mamá había salido del carruaje y me sujetaba de la mano.

—Ven conmigo. Tú y yo nos vamos ahora mismo a algún lugar seguro —continuó—. Deja que te padre se ocupe de esto. Es lo que él hace.

Esto último lo dijo con un deje de amargura en su voz, cosa que no me gustó ni una pizca. Me quedé a su lado, mirando angustiada a papá que se alejaba por el muelle en dirección a la playa desierta. La arena húmeda se extendía hasta donde alcanzaba la vista, punteada de conchas y de los agujeritos que trazaban las almejas. Algunos de los botes amarrados en el muelle se habían soltado y flotaban en el agua embarrada.

—Violet Sterling, te vienes al carruaje conmigo ahora mismo.

Supe por la forma en que se le quebró la voz, que mi madre estaba al borde de la histeria, pero papá parecía muy solo allá en la arena, sin nadie que le hiciera compañía. No se me ha olvidado cómo me miró mamá cuando le solté la mano y eché a correr por el muelle hacia la arena. Ella salió detrás de mí en contra de su voluntad.

—Eloise —dijo papá cuando mamá llegó a su lado, con los ojos llenos de lágrimas, aunque había aprendido tiempo atrás que llorar no servía de nada—. Necesito tu ayuda. Necesito que tomes la llave. Puedo atraer más magia sin ella y tú puedes canalizar parte también.

Aquello me dejó atónita. Nunca había visto a papá sin la llave de guardián, que siempre llevaba guardada en el bolsillo del reloj, sujeta a una leontina de oro. Nadie más podía tocarla, ni mamá, ni Jed ni yo. Mi conocimiento infantil me decía que la llave le permitía trabajar de forma segura con la Casa, que era la herramienta con la que podía hacer la magia de la Casa, dirigir la corriente de poder a uno y otro lado utilizando su energía y atención propias, y evitando al mismo tiempo que el mortero de la Casa entrara en su organismo o le quitara más energía de la que él podía dar.

Mamá se puso pálida.

—No pienso hacerlo, George. No quiero saber nada de ese asunto y lo sabes. ¿No te basta saber lo mucho que sufro teniendo que vivir en Burleigh?

Papá se volvió entonces hacia mí y vi que las mejillas de mamá enrojecían.

—No —dijo con todo el resentimiento y la brusquedad que pudo—. Como le des la llave a nuestra hija, nuestra pequeña, te juro por Dios, George, que haré el equipaje y me iré. ¿Es que nada es más importante que esa Casa?

—¿Quieres sostener tú la llave, Violet? —me preguntó papá y yo asentí con solemnidad al tiempo que le tendía las dos manos.

Mamá se tragó otro sollozo y regresó por la playa al muelle, tropezándose y llorando. Me dolió oírla, pero la llave encajaba en mis manos como si estuviera hecha para ellas, cálida al tacto, más de lo que habría imaginado. Sentí que una descarga eléctrica me recorría de la cabeza a los pies, y noté con mucha más claridad la energía de la Casa que entraba en mí a través de la tierra que había bajo mis pies, energía que se concentró en el horizonte, en la cabeza de la tormenta y en un extraño resplandor que se extendía sobre el mar. Entorné los ojos para ver mejor y el resplandor se transformó en un muro de agua más alto de lo que jamás habría podido imaginar, que se abalanzó sobre la orilla.

Se apoderó de mí una sensación de miedo atroz. La llave estaba al rojo vivo, pero no quería soltarla. Papá me la había confiado y cumpliría mi palabra pasara lo que pasara.

—Está bien, Burleigh —dijo papá, poniéndose en cuclillas como siempre hacía, y hundió las manos en la arena húmeda—. Haz lo que haya que hacer. Toma lo que necesites.

Sentí que me golpeaba una especie de ráfaga de viento, pero lo sentí dentro de mí, no fuera, y supe que debía de ser la magia de la Casa que entraba en el mar para plantarle cara a aquella aterradora ola. Papá hundió las manos en la arena aún más, mientras que yo me aferraba con todas mis fuerzas a la llave, aunque me quemara.

La tierra empezó a temblar a causa del terrible esfuerzo que estaba haciendo la Casa, haciendo presión en la muralla de agua que se nos venía encima para intentar disolverla. Papá también temblaba al no contar con la protección que le brindaba la llave. Se sacudía sin parar hasta que llegó un momento en el que temí que la Casa fuera a despedazarlo.

—Para, para —grité, aferrada a la llave, pero papá se sacudía de una forma horrorosa y aquella aterradora ola estaba cada vez más cerca, a medio camino de la playa, y superaba en altura el edificio de Burleigh House.

Sin nada que me guiara más que la arrolladora corriente de la magia de Burleigh en oposición a la fuerza del mar, me coloqué delante de papá, como queriendo protegerlo. El fragor del mar engulló mi desafiante grito mudo cuando caí de rodillas en la arena aferrada a la llave y hundí las manos en la arena con los ojos cerrados.

Ruido y furia.

Miedo.

El fragor del mar.

El frío contacto del mortero y la magia que fluían por todo mi cuerpo.

Yo temblaba, el suelo temblaba y de repente...

El agua salada se arremolinó alrededor de mis piernas y las acarició suavemente.

Abrí los ojos. Pese a la magia que se habría producido a través de mí, gracias a la llave del guardián no había sufrido daño alguno. Mis manos parecían normales y corrientes, no mostraban señal alguna de mortero, tan sólo las manos pálidas de siempre excepto la banda que me rodeaba la muñeca izquierda, mi marca de nacimiento.

El muro de agua había desaparecido y no quedaba rastro de la tormenta ni del viento. Unas olas pequeñas y dóciles lamían la orilla, comiéndose gradualmente la playa a medida que subía la marea. Me cubría ya por el tobillo cuando me volví hacia mi padre, que yacía exhausto sobre la arena. En su rostro se notaban unas venas grises. Me acerqué tambaleándome y posé la frente tibia sobre la suya, fría. Me eché a llorar.

Pero unas almas caritativas que se atrevieron a asomar la nariz a la calle, salieron de sus casas y llegaron corriendo para ayudarme a llevar a papá al fondo, donde estaba la señal que marcaba por donde llegaba el agua cuando la marea estaba alta.

—¿Dónde está tu madre? —preguntó con voz áspera el pescador que nos había advertido del peligro.

Fue en ese momento cuando me di cuenta de que había cumplido su palabra y se había ido. El carruaje no estaba. Nunca me había sentido más perdida que en el momento en que cobré consciencia de que mi madre se había ido y todo indicaba que mi padre estaba a punto de exhalar su último suspiro.

Nos llevaron hasta la posada del pueblo y yo permanecí junto a la cama de papá durante tres días y tres noches durante los cuales se debatía entre intensos temblores y fiebre alta. El mortero se filtraba por todos sus poros, manchando las sábanas y llenando la habitación de un antinatural olor a piedra. Yo no soltaba ni por un momento la llave de Burleigh, ni despierta ni dormida.

Al cuarto día llegaron a salvarnos, aunque no fue mamá. No volví a verla después de aquel día y nunca la perdoné por completo. Se montó una gran algarabía fuera y Su Majestad entró en la habitación. Yo salí corriendo hacia él entre sollozos y me abrazó.

—Violet, mi querida niña, he venido a solucionarlo todo.

Y lo hizo. El tío Edgar lo preparó todo para que regresáramos a casa y me acompañó en el carruaje todo el camino, distrayéndome con las cartas y juegos de manos, mientras papá, aún delirante, hacía el viaje en otro carruaje con el médico personal del rey.

Pero cuando llegamos a Burleigh House, el tío Edgar se detuvo en el portón. La Casa aguardaba en estado decadente al final del sendero de entrada. La mitad de las tejas habían salido volando y estaban desperdigadas por todo el césped; los cristales de las ventanas habían estallado, como si hubieran disparado contra ellos; y la puerta principal había sido arrancada de cuajo de sus bisagras y salido despedida hasta el sendero de grava.

—No entraré —dijo el tío Edgar, dándome unas palmaditas en la mano—. El doctor Foyle se quedará aquí hasta que George esté mejor. Pero no creo que la Casa me quiera por aquí, estando como está. Las Casas son muy susceptibles con respecto a los titulares de las escrituras, ya sabes, no les gusta vernos si no están en perfecto estado de revista.

Me creí lo que me dijo y me despedí de él con la mano cuando su carruaje dio media vuelta. Cuando desapareció de mi vista, crucé el portón y vi que Wyn llegaba corriendo por el césped. Me quedé sorprendida cuando me estrechó entre sus brazos y yo también lo abracé.

—¿Está todo bien, Wyn? —le pregunté.

Él asintió con los ojos muy abiertos.

—Ahora sí.

Cuando el doctor Foyle ayudó a papá a salir del segundo carruaje, seguía sudando y estaba muy pálido, pero al vernos, nos observó con mirada limpia y dulce.

—Dame la llave, Violet.

Le tendí la mano sin vacilar. No había soltado la llave en ningún momento desde que me la diera en la playa, ni siquiera la había guardado en el bolsillo.

Papá tomó la llave con un suspiro y se dispuso a subir los escalones de la puerta de entrada, apoyándose en la Casa para no caer.

—Señor, debe meterse en la cama de inmediato —protestó el doctor.

—No lo haré hasta que ayude a Burleigh a recuperar su buen aspecto —contestó él.

Me senté a su lado y mi padre me puso su mano en la coronilla.

—Lo has hecho muy bien, Violet. Pero que muy bien. Serás una estupenda guardiana.

Me llené de orgullo mientras el enorme peso de la atención y el poder de Burleigh se centraban en mi padre, que cerró los ojos.

—¿Dónde está mamá? —le pregunté a Wyn en voz baja.

—Violet... —dijo, sacudiendo la cabeza con gesto negativo.

—¿Dónde está? —volví a preguntar con voz más aguda.

Wyn clavó la mirada en el suelo antes de contestar.

—Se fue y se llevó todas sus cosas. Creo... creo que no piensa volver.

—¿Papá? —dije y me volví hacia él, pero estaba demacrado y totalmente absorto en Burleigh.

Cuadré los hombros, me levanté y tomé a Wyn de la mano.

—Estaremos bien, ¿verdad que sí? Siempre lo estamos.

Pero las palabras sonaron huecas, vacías.

Siguen sonando igual cuando las susurro en mitad del desastre que hay en el salón de baile. Me siento tan sola e insegura como en aquel momento.

Fui sincera con Wyn, yo no he cambiado nada. Ha bastado un día en casa para perder toda la seguridad en mí misma que conseguí cuando vivía en los pantanos.

—¿Qué voy a hacer, papá? —pregunto al aire, a la tierra, a las paredes.

—No está aquí para responderte —contesta alguien con tono irónico a mi espalda. Me levanto dando traspiés y al darme la vuelta siento que se me cae el alma a los pies.

Su Majestad está en la puerta del salón y finge limpiarse una mota imaginaria de los puños de encaje blanco.

—Afortunadamente para ti, yo sí estoy aquí dispuesto a resolver tus problemitas, aunque he de decir que no te las estás arreglando tan bien como yo esperaba. ¿Te parece que charlemos un poco?

9

—¿QUÉ HACES TÚ AQUÍ? ¿CÓMO HAS ENTRADO? —LE PREGUNTO al rey ya en el estudio de papá, al sentarme en la silla de su escritorio. Supongo que debería ser más formal, pero las viejas costumbres no se olvidan fácilmente. Y sigo enfadada con mi padrino.

Burleigh tampoco está contenta con su presencia. Noto la irritación en las plantas de mis pies desnudos.

—Soy el titular de las escrituras —contesta Su Majestad con suavidad al tiempo que saca un prístino pañuelo del bolsillo y limpia un rodal de polvo del escritorio—. Las casas no me pueden impedir el paso sin daño para ellas. Aunque siempre que me es posible, trato de tener en cuenta sus sentimientos.

—¿Por qué no estás en Londres?

Me retuerzo las manos debajo de la mesa. El mortero ha desaparecido del dorso, pero aún noto el frío. Ahora que he dejado que entre en mí, no me abandonará jamás. Y si sigo haciendo magia, más mortero entrará.

Su Majestad se encoge de hombros.

—Me apetecía ir a Bath a tomar las aguas. Pasar el verano, tal vez. No me importaría estar cerca para venir a echar un vistazo de vez en cuando y comprobar que todo va bien.

—Déjanos en paz y todo nos irá bien.

Un par de guardias permanecen fuera del estudio y saber que están dentro de la casa me pone los pelos de punta. El suelo ha empezado a vibrar ligeramente, señal de que Burleigh no está cómoda, y una figurita de peltre que hay encima de la mesa se tambalea y casi se cae. Su Majestad la atrapa al vuelo con su ágil mano de largos dedos.

El rey sonríe y yo me obligo a corresponderle. Si no pongo en orden las cosas en Burleigh más pronto que tarde, será el final.

«Cálmate, cálmate», le digo con el pensamiento a mi Casa, que está a punto de perder los nervios.

Una fina capa de polvo de yeso cae del techo en el rincón más alejado de la habitación.

—Te he traído una maravillosa sorpresa —dice el rey—. Se llama lord Pottsworth. Sé que preferirías quedarte en Burleigh House si sobrevive a todo esto —dice, señalando con un gesto del brazo a la ruinosa habitación—, así que se me ha ocurrido algo. He pensado que Pottsworth podría hacerlo muy bien como guardián y como esposo. Para ti. Así podrás seguir viviendo en Burleigh House.

El rey me sonríe de oreja a oreja, como si fuera una niña a la que acaban de darle una paleta dulce.

—¿Cómo dices? —digo yo, mirándolo con incredulidad—. No pienso casarme. De momento. Puede que nunca.

—Vamos, no te pongas así —repone Su Majestad—. Pottsworth es un hombre intachable. Puedes desautorizar sus decisiones domésticas siempre que quieras, y si tú estás satisfecha, sospecho que la Casa también lo estará. Así que, anda, ve a ponerte algo más decente. Vas a casarte.

Me cruzo de brazos, aunque el latido de mi corazón me martillea en los oídos y han empezado a temblarme las manos, pero creo que no tanto de miedo, que lo noto nadar en la superficie de mi mente consciente como un tiburón hambriento, sino de la energía furiosa que vibra por toda la casa.

—Me prometiste que me concederías un tiempo para llegar a un entendimiento con la Casa. Apenas llevo aquí un día. No pienso ir a ninguna parte y desde luego no tengo intención de casarme.

Su Majestad me mira con expresión de reproche.

—Me temo que sí. ¿Burleigh?

Se produce un súbito cambio de ángulo en el suelo, de manera que mi silla se inclina y me caigo al suelo. Me raspo la espinilla con el borde de la mesa al caer y quedo sentada en el suelo de una forma muy humillante, tratando de contener las lágrimas, la rabia y el asco, mientras los sentimientos de la Casa laten dentro de mí a flor de piel.

Pena y rabia. Pena y rabia.

Su Majestad se pone en pie y se me acerca.

—Vamos, querida. Haz lo que se te ordena y todo irá bien. Si me desobedeces, te enseñaré que esta Casa no es capaz de eludir mis órdenes mucho tiempo, da igual lo que sienta.

Pena y rabia.

Miedo.

Y es el miedo lo que me hace despertar. Sin decir una sola palabra, tomo la mano del rey y permito que me ayude a levantarme, aunque su contacto me de náuseas.

—Niña buena —dice, dándome unas palmaditas en el hombro—. Sabía que entrarías en razón. Siempre has sido una chica lista y mucho más sensata que tu padre.

No digo nada porque, como hable, la amargura de mis palabras me costará la vida... la mía y la de mi querida Casa.

—Vamos —me insta—. Haz lo que sea que hagan las jóvenes el día de su boda. Y sonríe, Violet. Es una ocasión feliz para ti y para la Casa. Dentro de poco tendrás un guardián de lo más servicial al que poder utilizar.

Pena. Rabia. Miedo.

No quiero que otro sea el guardián. Burleigh tampoco. Sangre y mortero. Y no quiero casarme.

Salgo al corredor, incapaz de pensar a causa de la neblina que forman los sentimientos de Burleigh dentro de mi cabeza y la presión de su magia insatisfecha. Una cosa está clara: es necesario que Su Majestad abandone los terrenos antes de que Burleigh pierda la compostura.

—Tío Edgar —le digo cuando llegamos al vestíbulo—. Voy a necesitar un momento para cambiarme de ropa, como bien has supuesto. ¿Por qué no nos vemos fuera, en el camino?

El rey me mira subiendo su ceja.

—¿Es por Burleigh?

—Sí, precisamente —respondo yo con la cara roja.

—Muy bien —acuerda él, pasando un dedo por la jamba de la puerta del estudio que hace que todo el marco se estremezca—. Tienes mucho trabajo aquí si de verdad te propones evitar lo que a todas luces parece inevitable, Violet. Jamás había visto una casa en semejante estado.

Me aguanto las ganas de responder y al tiempo alargo el brazo y poso la mano en la pared más cercana para tratar de tranquilizar a Burleigh, pero al hacerlo, la gélida dentellada de su magia me recorre la piel, tiñendo de gris las yemas de mis dedos.

Burleigh está realmente consternada, incluso compungida, pero aquí llega: mi segunda dosis de magia desde que me desperté esta mañana. A este paso, dejaré viudo a lord Pottsworth en un mes.

—Nos vemos dentro de un momento, tío Edgar —digo con una media reverencia. Subo a toda prisa a la segunda planta, recorriendo la barandilla con la mano en todo momento mientras observo cómo se propaga el mortero por mis venas.

¿Pero qué puedo hacer? Burleigh necesita ayuda y yo no soy capaz de negarle nada a mi Casa, cueste lo que cueste.

Cuando cierro la puerta de la habitación, el gris del mortero me llega ya a las muñecas y apenas siento las manos. No obstante, me dejo caer junto a la cama y pongo mis entumecidos dedos en el suelo.

—Tranquila, Burleigh —le susurro—. Tranquila.

Pero la angustia de la Casa y la rabia y el miedo ante la presencia del rey recorren sus paredes y mi sangre. Cierro los ojos y los aprieto con fuerza porque la cabeza me va a estallar y la luz me hace daño.

El frío sigue ascendiendo por mis brazos.

Oigo a lo lejos el gemido de las bisagras de la puerta de mi habitación al abrirse y a continuación la voz de Wyn atraviesa la neblina del dolor de Burleigh y el mío propio; ya no sé de quién es. Pero no puede ser. Wyn se fue.

—Tienes que parar —me dice con tono brusco, todo astillas y espinas.

—¡No estoy haciendo nada! —consigo replicar. Abro los ojos de golpe cuando Wyn se arrodilla ante mí y me toma las manos entre las suyas. No soy capaz de sentir mucho, pero eso sí lo siento.

—No te lo digo a ti. Se lo digo a la Casa. Yo mismo la prenderé fuego como no lo haga.

Una fuerte ráfaga de lluvia golpea la ventana en respuesta. ¿Está lloviendo? El cielo estaba despejado hace un momento, a menos que lleve aquí más de lo que creía absorbiendo mortero. Ya no estoy acostumbrada a los repentinos cambios de humor de Burleigh, esos cambios que antes percibía de forma automática y que ahora me toman por sorpresa.

—Ya basta —dice Wyn, y sé que no me lo dice a mí porque hay un matiz fiero e imperativo en su voz que nunca antes le había notado.

La presión de mi cabeza se relaja en cuanto el foco de atención de Burleigh cambia. Muy despacio, la sangre vuelve a fluir por mis venas, un líquido cálido y vivo. El frío roce del mortero comienza a desaparecer a medida que el flujo se revierte, saliendo de mí para introducirse en Wyn. Cuando lo miro, sus ojos me miran fijamente, pero están vacíos y no me ven.

—¿Wyn? —susurro—. ¿Qué sucede? ¿Qué haces?

No responde. Se limita a quedarse ahí sentado, como si su cuerpo no fuera más que una concha vacía.

Miro nuestras manos entrelazadas. Las de él están pálidas como nunca las había visto y las pecas salpican su piel, pero no parece que el mortero que sale de mi cuerpo circule bajo su piel. No hay rastro del veneno gris emponzoñando sus venas. Y aun así, está canalizando la magia de la Casa. Puedo sentirlo, noto cómo sale de mi cuerpo para entrar en el suyo.

El intercambio se completa, pero Wyn sigue con la mirada vacía y no me ve.

No sé qué hacer. Me inunda una rabia impotente.

Entonces Wyn parpadea y sus ojos se fijan en mí.

—Vi el carruaje del rey cuando iba hacia Taunton —me dice, como si no hubiera ocurrido nada—. Así que decidí volver para advertirte, pero está claro que él ha llegado antes.

—¿Qué demonios ha ocurrido? —le pregunto yo, sin hacerle caso—. ¿Qué has hecho con la magia de la Casa? Jamás había visto algo así. No sabía que se pudiera hacer.

Wyn separa las manos de las mías y agacha los hombros. Vuelve a ser un chico taciturno y retraído.

—No te preocupes. ¿Qué quería Su Majestad?

Esa pregunta es lo único que podría distraerme de lo que acaba de suceder.

—Ha venido a decirme que voy a casarme.

No puedo disimular la consternación. No sé cómo librarme. Todo mi ser me dice que huya, pero no puedo. Burleigh es una atadura de la que no me soltaré.

—El rey ha encontrado a alguien a quien quiere nombrar guardián de Burleigh y sé que si no hago lo que me ordena, me echará de aquí. Felicítame, Wyn.

—No pienso hacerlo.

Cuando levanto la vista, Wyn tiene el ceño fruncido.

—No vas a casarte —continúa—. Eres Violet Sterling. Jamás has hecho nada que no quisieras hacer. Así que deja de ponerte fatalista y líbrate de esta tontería.

—Abandoné Burleigh House. Abandoné a mi padre. Te abandoné a ti —le digo, tensándome al oír su tono—. Así que lo cierto es que a veces sí me han obligado a hacer cosas que no quería hacer. Y no sé cómo evitar que suceda.

Wyn se encoge de hombros.

—Éramos unos niños cuando te fuiste. Ya no lo somos. Piensa.

—¡No es tan fácil! —le contesto con un gruñido de frustración.

Wyn se levanta y se dirige a la puerta.

—Voy a la cocina a hablar con Mira —me informa mientras sale por la puerta—. Me quedaré aquí una hora. Si encuentras la forma de librarte, me quedaré más tiempo y podremos empezar de cero como querías. Pero si dejas que el rey te obligue a aceptar un matrimonio de conveniencia, no estaré aquí cuando vuelvas.

—Como si el hecho de que te quedes aquí fuera un gran premio —digo yo con tono de mofa—. Ya no estoy segura de si quiero que te quedes.

Wyn se da media vuelta y me mira con resignación.

—No soy ningún premio que merezca la pena ser ganado, Violet. Pero tu libertad sí lo es. Si la ganas, me quedaré un tiempo, porque creo que te vendría bien mi ayuda. Pero no me quedaré para ver cómo Su Majestad te pisotea.

Cierra la puerta al salir y toda mi consternación se convierte en rabia, testarudez y determinación. Siempre ha ocurrido lo mismo con todos los Sterling: crecemos ante las adversidades, cuando toca enfrentar lo imposible.

Aprieto los puños y miro hacia la puerta con el ceño fruncido porque sé que Wyn lo sabe. Esta situación no es tan distinta de aquella vez que me golpeé la cabeza al resbalar por unas piedras húmedas sobre el lecho del río en el bosque que empieza detrás de la casa. Wyn ayudó a levantarme y estuvo todo el rato burlándose y mofándose de mí hasta que llegamos a la casa, y todo porque le daba miedo dejarme allí sola para ir a buscar ayuda. «No es tan grave, Violet, no hagas una montaña de un grano de arena. Te estás comportando como una cría», me dijo. Recuerdo el grito de Mira cuando me vio llena de sangre y Wyn desapareció en cuanto llegó Jed. Más tarde, cuando me hubieron vendado la herida, y lavado y cambiado de ropa, encontré a Wyn en mi armario, como siempre. Aún le temblaban las manos, pero había conseguido traerme a casa a fuerza de poner a prueba la testarudez de los Sterling.

—Muy bien —digo, cuadrando los hombros—. Burleigh House, no quiero casarme. Tú no quieres un nuevo guardián. ¿Qué hacemos?

Dos figuras surgen de la nada delante de mí, mi yo a los seis años y el rey. La pequeña Vi está sentada a un lado de una mesita de jugar a las cartas situada junto al fuego, al otro lado, Su Majestad. Están jugando al ecarté y el rey gana todas las bazas, hasta que la pequeña Vi se levanta de la silla frustrada porque pierde todo el rato.

—Ya no quiero jugar más, tío Edgar —dice con una pataleta—. Siempre ganas. ¡Y esta vez tenía el rey del palo de triunfo! No es justo.

Su Majestad sonríe con indulgencia.

—La vida no es justa, querida. Unos ganan y otros pierden. Tienes que aprender a jugar mejor.

La pequeña Vi se cruza de brazos con gesto testarudo y el ceño fruncido.

—Te voy a contar un secreto. La verdad es que te estás convirtiendo en una gran jugadora de ecarté. De verdad. Has mejorado muchísimo desde que empezamos a jugar. Creo que ahora mismo podrías ganarles a muchos —le dice el rey, inclinándose sobre ella.

—¿Cuándo te ganaré a ti? —repone ella, mirándolo con astucia, a lo que el rey echa la cabeza hacia atrás y suelta una sonora y despreocupada carcajada.

—A mí no me gana nadie, Violet Sterling. ¿Y sabes por qué? Porque yo soy el rey del palo de triunfo.

—¿Entonces yo qué soy?

El rey alarga la mano y le da unas palmaditas en la cabeza.

—Una pequeña reina —contesta y ladeando la boca añade—: Y tu padre, una sota, al parecer. ¿Jugamos otra partida?

La pequeña Vi se mantiene firme.

—He dicho que no quiero. Volveré a perder.

—Pues claro —responde el rey—. Pero me divierte mucho verte intentarlo.

—¿Y si jugamos al Slaps? —sugiere la pequeña Vi esperanzada—. Al Slaps sí puedo ganar.

Los ojos de Su Majestad se iluminan con astucia.

—¿Cuándo jugamos al Slaps? Piénsalo bien.

—Ummm. ¿Cuando papá está con nosotros? —responde ella, ladeando la cabeza.

—Casi.

—¿Cuando mi institutriz está con nosotros?

—Caliente, caliente.

—¡Ya lo sé! Sólo me dejas jugar al Slaps cuando hay alguien más en la habitación. Qué gracioso.

—Exacto —contesta el rey mientras reparte las cartas para otra partida de ecarté a la que la pequeña Vi no quiere jugar—. ¿Y por qué crees que pasa eso?

Nunca he sido especialmente lista. Mi yo niña se queda mirando al rey sin entender.

—Si yo soy el rey del palo de triunfo, ¿qué es la vida? —pregunta éste.

—¿Un juego?

—Sí. Lo que significa que cuando las personas se comportan de una determinada manera cuando están acompañadas y de otra cuando están solos, están fingiendo. Lamentablemente para ti, yo soy el padrino entregado que represento. Pero no me gusta perder.

—Estoy de acuerdo con papá —dice la pequeña Vi con aire pragmático, sentándose nuevamente en su silla. Está claro que se ha resignado a echar unas cuantas partidas más—. Dices un montón de tonterías.

El rey suelta otra carcajada cuyo sonido reverbera en la habitación aun después de que el recuerdo se desvanezca.

—Esto no es más que un juego para él —digo más para mí que para la casa—. Acabo de llegar a casa, lo que significa que acabamos de repartir las cartas. ¿Y si en realidad le da igual lo de que me case? ¿Y si sólo quiere ver qué hago, si juego o paso?

Unas florecitas blancas empiezan a brotar alegremente de la repisa de la chimenea y el sol emerge de detrás de las nubes, derramando su luz dorada a través de las ventanas.

—Muy bien, Burleigh —le digo muy seria—. Las cosas claramente no están a nuestro favor, así que creo que ha llegado el momento de fingir.

Su Majestad aguarda en el camino dentro de su carruaje negro escoltado por una docena de guardias reales. Llegó de la misma manera cuando vino a supervisar el encierro de mi padre, lo que me hace sentir miedo otra vez, pero me sobrepongo. «Ánimo, Vi. No dejes que vea que estás asustada».

Al contrario que el rey, yo salgo por la cicatriz cubierta de zarzas que sustituye al portón sin un rasguño, como si tal cosa. Me sujeto las faldas con los dedos y echo a andar por el sendero de grava. Llevo uno de los antiguos vestidos de mamá. El corte delantero me llega un poco más abajo de la cintura, pero servirá, y el color azul me hace parecer inofensiva, que es precisamente lo que quiero. También resulta de lo más apropiado haberme puesto la ropa de mamá porque por una vez es a ella a quien quiero imitar, y no a papá. Por infeliz que fuera, siempre que recibíamos visita, mamá cerraba filas. Estampaba una resplandeciente sonrisa en su rostro y hablaba alegremente de lo maravillosa que era la vida en una Gran Casa y de lo bien que iban las cosas entre mi padre y ella, todo mentira. Ocultó su infelicidad a todos excepto a su propia familia y lo hizo hasta el final.

Y ésa es la persona que debo ser ahora: una chica sin preocupaciones, un junco que se flexiona sin romperse. Da igual el aspecto que tenga mi Casa, la traición que planeo o el miedo que a veces se me hace insoportable, Su Majestad no debe darse cuenta de nada.

—Tío Edgar —digo con una reverencia mientras salvo un agujero entre las mortíferas zarzas que sustituyen al portón de Burleigh—. Gracias por esperar. Me siento mucho mejor ahora que he podido refrescarme un poco.

No es verdad. Después de canalizar la magia de la Casa dos veces en lo que va del día, estoy a punto de desmayarme, pero prefiero soltar un montón de mentiras y emprender cuanto antes el camino que he decidido.

—Ahora sí que estás preciosa —me dice Su Majestad con tono indulgente—. ¿Vamos al pueblo? Lord Pottsworth nos espera en la iglesia.

Se me escapa un pequeño suspiro y el rey enarca una ceja.

—¿Preocupada, querida?

—No conozco a lord Pottsworth. No lo he visto nunca. No es que me niego a casarme con el guardián que has elegido para mí, puesto que tú eres el titular de las escrituras de Burleigh y te corresponde a ti nombrar al nuevo guardián. Eso lo acepto. Pero lo que sí me cuesta aceptar es que mi opinión no cuenta para nada. Y prometiste que me darías tiempo para asentarme. Un día no me parece mucho tiempo.

Me pongo al lado del corcel del rey y paso el dedo por la martingala de cuero labrado. Su Majestad me mira con el ceño fruncido.

—Hay muchos hombres peores que lord Pottsworth como marido —replica él—. Le falta asertividad, pero eso significa que podrás dominarlo a tu antojo. Y siente pasión por las orquídeas. Estoy seguro de que si convences a Burleigh, hará maravillas con los jardines y el invernadero.

No le digo que las zarzas han invadido el invernadero y que sin la llave no puedo devolverlo a su estado original. Tampoco menciono que mi Casa no necesita un guardián nuevo al que pueda dirigir a mi antojo, sino uno con la pasión, la fuerza de voluntad y la firme determinación de anteponer las necesidades de Burleigh a todo lo demás.

Pero en vez de eso, lo miro con lo que espero que sea una expresión esperanzada.

—Lo que me pasa es que me lo han arrebatado todo. De forma repentina, además. Tu matrimonio también fue un acuerdo político. ¿Fuiste feliz antes de que la reina Isabela tuviera que regresar a España?

Me obligo a sostenerle la mirada. Las palabras parecen inocentes, pero fue el propio rey quien me enseñó a dominar los juegos de estrategia, y sé que su matrimonio con Isabela no funcionó, todo el mundo lo sabe. Me mira con curiosidad, pero yo me mantengo firme, mirándolo con los ojos muy abiertos y la expresión inocente de una chica de diecisiete años sin motivos ocultos.

—A nadie le gusta que lo obliguen a casarse por decreto —continúo yo, dejando que mi voz transmita autocompasión—. Lo único que quiero es un poco de tiempo y la oportunidad de tomar parte en la decisión. A cambio, te prometo que convenceré a Burleigh y me casaré cuando encuentres a alguien que me guste.

El rey se queda mirándome sin decir nada largo rato con esos ojos agudos e inquisitivos suyos. Quiero apartar la vista, pero no cedo, ni siquiera cuando empiezo a sospechar que está a punto de obligarme a casarme contra mi voluntad con ese lord Pottsworth.

—Muy bien —contesta por fin. Creo que las piernas se me van a doblar del alivio tan grande que siento, pero sólo dura hasta que escucho el resto de sus condiciones—. Te dejaré que elijas. Puedes casarte con lord Pottsworth ahora, quedarte en Burleigh y buscar la manera de que la Casa lo acepte o quedarte sola en Burleigh la mitad del verano y en agosto le entregaré la llave a lord Falmouth si la Casa aún se mantiene en pie. Falmouth no querrá casarse contigo, pues sus miras son mucho más altas, pero he oído que es muy duro con las doncellas. Tal vez te encuentre un puesto como sirviente en Burleigh.

—¿El mismo lord Falmouth que hizo ese agujero en las paredes de Burleigh? No puedo decir que tenga mucha elección —respondo yo, reduciendo mi voz a una queja insignificante mientras intento buscar otra salida.

—El mismo, sí. Fue él quien me alertó de las inclinaciones traicioneras de tu padre. Acabo de subir la apuesta, pequeña zorra —dice con un tono suave—. ¿Hasta qué punto quieres tiempo con la Casa? Y qué piensas hacer con él, me pregunto.

—Celebrar unas cuantas fiestas en el jardín —respondo con dulzura, aunque tengo los puños apretados entre los pliegues de la falda de mi vestido—. Puede que retome el tenis. Está bien, tú ganas, tío Edgar. En agosto, Burleigh seguirá necesitando guardián, de manera que se la cederé a tu Falmouth sin quejarme.

Tenía dos meses para conseguir lo que mi padre no había logrado.

—Sigue en pie mi plan de pasar el verano en Bath, para poder vigilarte —me advierte—. Y, por supuesto, espero lealtad inquebrantable por tu parte hasta el día de tu boda.

—Ni que decir tiene —respondo yo con una sonrisa—. Eres la única familia que me queda, tío Edgar. Me siento mucho más capaz de perdonar ahora que estoy en casa y que me has dejado algo de margen. Creo que lo mejor será olvidar el pasado.

—Eres una bruja astuta —me dice el rey con tono afectuoso, dándome unas palmaditas en la cabeza como si fuera uno de sus fieles perros—. Siempre me gustó eso de ti. Nos parecemos mucho más de lo que crees, Vi.

De ninguna manera.

—Yo también lo creo, tío. Somos de los que caemos de pie.

—Como tú digas —dice él y con un gesto indica a sus guardias que es hora de ponerse en marcha. Se alejan de Burleigh Halt camino de Taunton—. Ya sabes dónde encontrarme si me necesitas —grita Su Majestad por encima del hombro—. Ah, y enviaré a alguien a que vigile cómo va todo contigo y con la Casa, por si acaso es necesario que despachemos a Burleigh sin preaviso.

De modo que tendremos al verdugo en el pueblo mientras planeo mi traición. Maravilloso. ¿Qué podría salir mal?

En vez de quejarme o responderle, me despido de él con la mano de pie en el camino, como la niña obediente que se despide de su querido padrino. Una vez que el séquito del rey gira por la curva del camino y desaparecen todos de la vista, busco apoyo en el muro de la casa.

—Lo odio —le susurro a la piedra tibia porque ha estado dándole el sol—. Quiero liberarte y que ninguna de las dos tenga que volver a responder ante él nunca más.

Un hilo de mortero rezuma por la pared en respuesta, igual que rezuma la sangre de una herida que no está bien curada.

❧10❧

MIRA ESTÁ EN LA COCINA, PERO NI RASTRO DE WYN.

—Entonces, ¿te has casado? —pregunta Mira, levantando la mirada del lavabo de ropa que está lavando.

—No. De momento al menos —respondo.

—Bien —responde ella con un asentimiento de cabeza de aprobación—. Wyn me lo contó. Lo primero que pensé fue en agarrar el amasador y salir corriendo hasta la iglesia y pegarle con él al pastor en caso necesario. Pero entonces recordé que ya eres casi adulta y estás decidida a ser guardiana, así que tienes que librar tus propias batallas.

Apoyo la barbilla en la mano y suspiro.

—Todo el mundo tiene más fe en mis capacidades que yo.

Mira sonríe con picardía.

—Si las cosas no hubieran salido como tú querías, estaba decidida a hacerle la vida imposible a ese lord mientras viviéramos bajo el mismo techo. Burleigh, Jed y Wyn me habrían ayudado. El hombre habría pedido la anulación del matrimonio en menos de quince días. Y habría utilizado el amasador si se le hubiera ocurrido ponerte la mano encima.

La miro, ahí doblada sobre el lavabo de ropa, con su pelo canoso y los brazos enrojecidos a causa del abrasivo jabón de lavar. La quiero mucho. Sangre y mortero, los quiero tanto a los dos, a Mira y a Jed, que a veces duele.

—Siento haberme enfadado por lo de las escrituras —le digo—. No los merezco, de verdad que no.

—En ninguna familia están siempre todos de acuerdo —responde ella, poniendo los ojos en blanco—. ¿Por qué habríamos de ser nosotros distintos? Pero, Violet, intenta protegerte, ¿me lo prometes?

—Lo intentaré —le prometo, y me acerco a darle un beso en la mejilla—. Wyn no se ha ido todavía, ¿verdad?

—No, dijo que iba a arreglar unos revoques en la pared del comedor. Me pareció que estaba... nervioso mientras estabas ahí fuera con el rey.

—Nervioso porque me dio una hora para arreglar la situación —digo entre dientes.

Pero salgo de la cocina al corredor mal iluminado y húmedo que conduce al comedor. Sigo intentando reconocer esta nueva cara de Burleigh, pero tengo la impresión de que han aparecido más grietas en la pared desde la última vez que pasé por aquí. Estoy segura de que me habría fijado en esas fisuras y en el mortero que brota de ellas o las zarzas negras cuajadas de espinas que atraviesan el papel de la pared.

Encontrar a Wyn en el comedor, esta vez tapando los agujeros de las paredes en vez de reparando una ventana rota, es como si me dieran una oportunidad de redimirme.

—Veo que sigues aquí —digo desde la puerta—. Confío en que ya no estés enfadado conmigo. No he hecho nada, Wyn. Sé que otras personas te han hecho cosas, pero yo no. Y quiero ayudar, no sólo a la Casa, sino a ti también.

Wyn deja la paleta y se vuelve al oír mi voz, y es obvio que intenta serenarse antes de hablar.

—No estoy enfadado —responde él—. Hola, Violet. Te he echado de menos. Bienvenida a casa.

Quiero ser mala, aferrarme a lo distante y duro que ha sido conmigo, pero yo no soy así. Era como si todo estuviera del revés y acabara de ponerse en su sitio. No sé qué necesitaba más, oír que me había echado de menos o que me diera la bienvenida a casa.

—¿Tienes otra paleta?

—En la sábana que he puesto en el suelo para protegerlo —contesta él.

La agarro y trabajamos juntos un rato en silencio, concentrados en curar algunas de las heridas de Burleigh. Puede que no sea magia, pero a medida que avanzamos, noto que disminuye un poco la tensión que se filtra a través del suelo.

Ay, Burleigh, lo único que quieres es que cuiden de ti.

Reúno el valor para hablar cuando estamos llegando ya a la última sección de la pared que hay que reparar y miro a Wyn. Está serio y frunce ligeramente el ceño mientras se afana en cubrir con masilla una grieta.

—¿Por qué regresaste? —le pregunto.

—No lo sé —contesta él sin mirarme.

—¿Te quedarás mucho tiempo?

—Tampoco lo sé —responde él, frunciendo aún más el ceño.

—Sigo teniendo intención de encontrar las escrituras —le advierto—. Terminar lo que mi padre empezó. Estoy más decidida que nunca. Burleigh no soportaba la idea de otro guardián, así que si no puedes vivir con eso...

—No, está bien —me interrumpe él, dando un paso atrás para estudiar el resultado de la pared—. Recordé algo cuando iba de camino a Taunton. Nunca conseguí que cambiaras de opinión cuando algo se te metía en la cabeza, así que he sido yo quien ha cambiado. Dices que has vuelto para ayudarme, pero yo también he vuelto para ayudarte a ti. O al menos evitar que la magia de la Casa te mate.

Esta vez soy yo la que frunce el ceño.

—¿Es así de simple?

Los labios de Wyn se curvan en una sonrisa y me mira con melancolía casi.

—Sí, así de simple. Mira, Violet, lo siento. Siento haber sido tan duro contigo, pero te marchaste. Yo he estado aquí todo este tiempo y he visto todo lo que ha pasado. Por eso sé que si no eres rápida y lista, Burleigh o el rey acabarán contigo. No quiero ver morir a otro Sterling.

—No voy a morir —le digo con mucha más confianza de la que siento en realidad—. Lo único que quiero es hacerme con las escrituras, liberar a mi Casa y vivir para siempre.

Wyn se ríe, un sonido breve y seco, con cierto dejo de amargura.

—Tenías razón —me dice—. No has cambiado.

Pero sí he cambiado. Ahora me doy cuenta. Cuando estaba en el pantano, sabía que podía arreglar las cosas si me daban la oportunidad de volver. Pero ahora que estoy aquí tengo dudas, una desagradable sensación como si tuviera restos de mortero dentro.

Cuando Wyn y yo terminamos con la masilla, busco una excusa para alejarme. Recorro las galerías vacías en las que reverbera el eco de mis pasos y me cruzo con algún que otro fantasma. Al llegar al invernadero, abro de par en par las puertas acristaladas y salgo al jardín. Me recibe el aire cálido por el sol de la tarde. Observo los rosales sin podar y no puedo evitar fijarme en que algo les ocurre. El aterciopelado corazón de las flores es de color gris en vez de rosa.

Pero no es el jardín lo que busco. Atravieso los rosales y la pradera cuajada de flores silvestres que lindan con el bosque por la parte trasera de la casa. Allí, delimitado por tres lados por un muro de piedra y el cuarto por el propio bosque, está el cementerio familiar.

Abro el portón de madera y entro. El ruido que hace al cerrarse tras de mí me parece terriblemente conclusivo, como lo es ver el montón de tierra que corona la tumba de mi padre. Hay una lápida de piedra en la que se leen las fechas de nacimiento y fallecimiento. La tumba es reciente, la tierra está fresca, como una limpia cuchillada sobre la superficie de la tierra de Burleigh.

Me arrodillo junto a la tumba y tomo un puñado de tierra, húmeda todavía por la lluvia. Esto también me recuerda lo mal que han ido las cosas. Cuando mi padre gestionaba los asuntos de Burleigh, nunca llovía antes del anochecer. Burleigh y papá mantenían las tierras en perfecto estado y regulaban el clima cuidadosamente.

Mi padre trabajaba sin cesar por el bien de la Casa. Conocía a todos en la corte y recorrió el condado de punta a punta buscando las escrituras. ¿Cómo voy a arreglármelas para seguir sus pasos y desvelar la información que sacó a la luz? No soy más que una niña, sin contactos, sin ingresos y sin la llave para ayudar a la Casa. Mi determinación de salvar a Burleigh y terminar la labor que comenzó papá no tiene peso. ¿Qué tengo, más allá de mi fuerza de voluntad?

Al otro lado de la pradera de flores silvestres emerge el resplandor azul verdoso de un nuevo recuerdo de la Casa. Aparecemos papá y yo caminando de la mano hacia el bosque, con las cañas de pescar colgadas del hombro. Es lo que más nos gustaba hacer siempre que conseguía sacar una o dos horas de tiempo para mí; nos sentábamos en la orilla del río truchero del bosque, unas veces pescábamos y otras no. Hablábamos sobre los guardianes, sobre la que sería mi obligación hacia Burleigh House y de que siempre que cuidara de ella, Burleigh estaría ahí para mí.

Pero después me fui y ahora papá está muerto. Burleigh se está muriendo. Lo sé, sé que no es culpa mía, pero aun así me da la impresión de que yo tuve algo que ver con ello.

¿Y si me hubiera quedado? ¿Y si papá me hubiera pedido que me quedara en la Casa en vez de pedírselo a Wyn? ¿Serían distintas las cosas?

Me froto la cara con las manos con desesperante frustración.

«Has nacido para ser guardiana, Vi —resuena la voz de papá en mi cabeza—. Y un guardián siempre antepone su Casa a todo».

«Vámonos de aquí —me dice Wyn—. Podríamos ir a cualquier parte, a cualquier lugar lejos de aquí. Burleigh no es la amiga que tú crees que es».

«Tu padre no nos dijo nunca dónde estaban escondidas las escrituras —añade Mira—. Los únicos que conocen el secreto son el rey y la propia Burleigh House».

Observo a las versiones pasadas de mi padre y yo adentrarse en el bosque y desaparecer entre los árboles. Acto seguido, un rayo rasga el cielo.

Mi padre sabía dónde estaban las escrituras.

Es probable que Burleigh aún lo sepa.

Y aunque ella no puede hablar del tema sin autodestruirse, sí puede mostrarme recuerdos de mi padre, de lo que dijo, lo que descubrió y adónde planeaba ir.

Sangre y mortero. Creo que ya sé cómo voy a salvar mi Casa.

Jed llega a casa a la caída del sol, cansado pero contento de que le hayan ofrecido trabajo en la granja Longhill, no muy lejos de Burleigh. Cenamos en la mesa de la cocina en medio de un silencio incómodo. Supongo que nadie tiene ganas de discutir. Me falta tiempo para levantarme de la mesa con la excusa de que estoy muerta de cansancio después de tantos días de largo viaje.

Nadie le habla a Jed de la visita del rey y me alegro. Lo último que necesito es que decida que lo mejor será volver al pantano ahora que tengo un plan por fin.

Cuando salgo de la cocina, Jed, malhumorado, talla un trozo de madera, mientras que Mira y Wyn lavan los platos en el lavabo. No es que no quiera ayudar, sí quiero, y creo que será mejor que mañana salga a buscarme una forma de ganarme la vida, pero esta noche le dedicaré mi tiempo a Burleigh.

Paso por el estudio de papá a recoger su enorme libro de cuentas encuadernado en piel y me lo guardo debajo del brazo. De allí me voy a mi habitación y cierro la puerta. Al hacerlo, un amigable fuego de tonos violáceos prende en la chimenea. Las puertas del ropero se abren. El agua que hay en la jarra del lavabo se calienta sola y sale una fina columna de vapor de ella. Parece que mi nueva determinación ha alegrado también el ánimo de Burleigh.

Aunque casi me siento vibrar de emoción ante la idea de hacer algo productivo, lo que sea, en favor de Burleigh, sonrío. Tienes razón, Casa. Es buena idea ponerme cómoda antes de empezar a hurgar en tus recuerdos. Será mejor para ambas que esté relajada. Así que me lavo con el jabón de suave fragancia y saco un camisón y una bata limpios. Finalmente, me siento con las piernas cruzadas sobre la alfombra delante de la chimenea y exhalo temblorosamente.

Empiezo a hojear el libro de cuentas. Papá lo anotaba todo, el precio de los cultivos, las fechas de las reparaciones, las peticiones y los problemas de los arrendatarios, los lugares que visitaba y la fecha. Estoy buscando esto último.

Hojeo las páginas. La mayoría de sus viajes van acompañados de una breve explicación al margen.

14 de septiembre, 18XX: Londres, dos semanas. Sesión del Consejo de Casas.

20 de febrero, 18XX: Bristol, una semana. Supervisión de envío de provisiones locales.

Pero algunas de las anotaciones son un misterio.

3 de octubre, 18XX: Poole.

25 de abril, 18XX: Minehead.

17 de agosto, 18XX: Exmouth.

Conozco a mi meticuloso padre y sé que no podría resistir la necesidad de registrar y documentar su ilícita búsqueda de las escrituras. Aquí está, negro sobre blanco. Algunos viajes más por asuntos de la Casa, nada digno de mención, a menos que supieras lo que estaba haciendo. Entonces los viajes sin anotación al margen son como un libro abierto.

O eso espero.

No puedo preguntarle a Burleigh sobre las escrituras directamente, porque me da miedo que mi asediada casa pierda el control de su poderosa magia. Pero el vínculo no le impide hablar de mi padre y desde luego parece que se acuerda mucho de él. No sé si alguien le habrá pedido que recuerde, es decir, que rememore un recuerdo específico con todo lujo de detalles y colores.

Pero yo me dispongo a hacerlo. Extiendo la mano sobre el libro.

11 de mayo, 18XX: Tintagel, escribe mi padre con tinta negra.

—¿Burleigh? ¿Recuerdas que mi padre fuera a Tintagel cuando yo tenía siete años? ¿Puedes mostrármelo si es así?

Lo único que espero son conversaciones. No he visto que Burleigh recuerde algo sucedido fuera de sus tierras, y no creo que pueda de hecho. Así que no podré ver los viajes en sí, pero tal vez dijera algo que pueda servirme antes de irse o al volver a casa.

Espero. Al principio no pasa nada. No aparece ningún fantasma titilante. Hasta que todo se vuelve oscuro. Muevo una mano delante de mis ojos y no la veo.

—¿Burleigh? —repito. Mi propia voz suena extraña, amortiguada. Se me forma un nudo de pánico en la garganta. Siento que Burleigh está centrando su atención en mí, pero aún no ha perdido el control, el mortero no ha empezado a fluir por mis venas.

Al cabo de un momento, la oscuridad empieza a ceder y, de repente, es por la mañana y el cielo está nublado. Siento una intensa sensación de vértigo al ver a papá en su estudio, justo encima de mi habitación. La imagen ondula y reluce hasta que el trémulo recuerdo se hace real y la sólida presencia de mi habitación parece un mero espejismo. Parpadeo varias veces hasta que mi mente acepta esta extraña dualidad y se acomoda en el recuerdo, aunque yo sigo sentada en la alfombra delante de la chimenea.

La primera persona que veo es mamá. Algo dentro de mí se remueve al verla. Papá y ella están sentados uno frente al otro en sendos sillones junto a la chimenea del estudio, pero es como si hubiera un abismo entre ellos. Es fácil notar el conflicto que se libra entre los dos: ella está sentada con las rodillas en ángulo, mirando hacia la ventana, y papá se muestra retraído, inmerso en sus pensamientos, con un mapa de West Country desplegado ante él.

—Tengo que volver a ausentarme la semana que viene —dice tras un largo y agónico silencio.

Mamá suspira.

—¿Y adónde te requiere la Casa que vayas esta vez, George? —pregunta, los ojos fijos en el cielo cubierto y el exuberante césped que se extiendo al pie de la Casa, que en el recuerdo adopta un fantasmal tono azulado.

Papá mira el mapa.

—A Tintagel primero, creo. Después continuaré la búsqueda por la costa unos días más, hasta llegar a Port Isaac. Tengo la impresión de que es como buscar una aguja en un pajar, ya que no tengo nada concreto.

—OK —dice mamá con tono gélido.

Aprieto los puños de forma involuntaria. Odio sacar a la luz la infelicidad de mi familia. Si no tuviera un motivo de peso para ello, no lo haría.

—¿Por qué no te llevas al chico? —pregunta mamá a continuación y por primera vez me fijo en la presencia de Wyn. Está agachado debajo del escritorio con un cuaderno en blanco y un lápiz, dibujando.

Papá la mira con gesto de reproche.

—Sabes que no puedo, Eloise.

Mamá aparta la vista de la ventana y sus ojos exhiben la misma frialdad que su voz.

—No me gusta que esté aquí. Jamás debiste traerlo.

—No te dará ningún problema —contesta papá con tono de súplica casi. Me cuesta mucho no taparme los oídos—. Mira cuidará de él si tú no quieres hacerlo.

—Violet cuidará de él y de nada servirá lo que yo diga —replica mamá—. Adora a ese chico y sé que tú la animas a ello, pero ¿con qué propósito, George? Al final sufrirá. Puede que la estés educando para ser guardiana, pero ella y tú no son la misma persona. Ella no renuncia tan fácilmente a lo que ama.

—Eloise, por favor. Te a va a oír —dice papá con el ceño fruncido.

—¿Crees que me importa?

Mamá se levanta y se marcha.

—Wyn —dice papá—. Sal de tu escondite, Wyn. Quiero enseñarte algo.

Wyn sale de debajo de la mesa y se acerca a mi padre despacio, como un gato montés o un conejo asustado.

—¿Ves este mapa? —dice papá, levantándolo, y Wyn asiente—. Esto es el mar y la línea de la costa está llena de cuevas. Voy a salir a buscar un tesoro que se oculta en una de ellas.

—¿Qué clase de tesoro? ¿Oro? ¿Diamantes? —pregunta Wyn.

—Mejor aún —contesta papá—. Cuando lo encuentre, lo traeré a casa y te lo mostraré, y creo que estarás de acuerdo conmigo en que es lo más maravilloso del mundo.

Pero Wyn ya ha perdido todo el interés.

—¿Cómo... cómo es el mar? —pregunta, señalando con el dedo sobre el mapa la costa de Cornwall—. ¿Lo veré algún día? ¿Puedo ir contigo?

Papá sonríe con tristeza.

—Es muy grande, Wyn. Y espero que algún día lo veas, pero no puedes venir conmigo esta vez.

Se oye un golpe amortiguado fuera de mi habitación.

—Burleigh, para —susurro, pues no quiero que Jed o Mira vean lo que estoy haciendo en realidad. Bastante malo es ya que sepan que estoy buscando las escrituras. Bien podría ahorrarles la preocupación de pensar en ello con tanta frecuencia. La Casa me envuelve en la oscuridad de golpe, y cuando se me aclara la visión, estoy de nuevo en mi habitación. El recuerdo superpuesto creado por Burleigh ha desaparecido.

Espero sentada a que llamen a la puerta, pero no sucede nada. Finalmente, me levanto a echar un vistazo y veo a Wyn en el corredor, dando vueltas por todo el pasillo con una manta harapienta y una almohada apolillada como un perro lobero preparándose el lecho para dormir. No consigo conciliar el recuerdo que tengo del niño con el muchacho en que se ha convertido. Me resulta tan desconcertante como el hecho de que Burleigh haya asumido el control de mi realidad.

—¿Qué haces? —le pregunto, incapaz de disimular mi mal humor.

—No te preocupes —replica de forma lacónica—. No te molestaré.

—Wyn —repito—, responde a mi pregunta. ¿Qué haces?

—Burleigh está inquieta por algo —responde él. Es cierto que la atención de la Casa está centrada en mí porque sigue dándole vueltas al recuerdo que le he pedido—. No quiero que se disguste y decida acudir a ti en busca de una vía de escape para su magia.

Me muerdo el labio pues no quiero contarle que la Casa está inquieta por mi culpa, pero el que Wyn saque el tema del mortero y la magia me recuerda otra de las múltiples preguntas para las que no tengo respuesta.

—Ya que lo dices, quería preguntarte sobre lo que pasó antes —comienzo a decir.

Wyn me mira de reojo hasta que, por fin, encuentra un sitio y se tumba boca arriba con los ojos cerrados. Yo me pongo en cuclillas a su lado porque me siento ridícula allí de pie en camisón y bata.

—¿Qué fue lo que ocurrió? —continúo—. Estabas canalizando la magia de la Casa, ¿verdad? Lo noté. Pero no se veía nada, ni un leve rastro de mortero gris bajo tu piel ¿Cómo es posible?

—No lo sé —contesta él sin abrir los ojos.

—¿Lo habías hecho antes? —insisto yo.

—Infinidad de veces.

—¿Infinidad de veces? —repito yo, incrédula—. Pero la magia de la Casa es muy peligrosa... Lo sabes... Sabes que no deberías hacerlo. ¿Fue durante el arresto?

—Sí. Vete a la cama, Vi.

—Estoy hablando contigo —le digo, mordiéndome las uñas de los nervios—. Es que... es que no me gusta, Wyn. No me gusta nada. ¿Y si te está afectando de una manera que no se puede ver o sentir?

Wyn abre un ojo y me mira.

—Escucha, si canalicé esa magia fue porque tú empezaste primero. De hecho, pensaba irme de Burleigh House. ¿Podemos dejar el tema? Me gustaría dormir. Y tú deberías estar ya dormida. Burleigh necesita calma.

Percibo el tono intencionado de Wyn al decir esto último en dirección a las paredes y al aire que está escuchándonos. Burleigh entiende la indirecta y no responde.

Me levanto y miro a Wyn sacudiendo la cabeza, mientras que él se da la vuelta y se coloca mirando a la pared.

—No es necesario que duermas en el pasillo, lo sabes, ¿verdad? —le digo—. Estoy bien sola.

Me doy media vuelta con un suspiro y regreso al santuario de mi propia habitación, me meto en la cama y me tumbo de lado hecha un ovillo. Estoy confundida, me debato entre el júbilo por los progresos que hemos hecho Burleigh y yo en sólo una noche y la incomodidad que me produce saber que Wyn está durmiendo en el pasillo. Bueno, no es su presencia lo que me incomoda, sino la razón por la que está ahí. Antes era yo la que cuidaba de él y ahora parece que es al revés. No me gusta. Me hace sentir como una carga y nunca me ha gustado serlo, para nadie.

Y aun así me tranquiliza saber que Wyn está cerca. El primer año en el pantano, me despertaba todas las noches respirando agitadamente, abrumada por la necesidad de buscarlo, pese a saber que estaba muy lejos de mí. Si estar con Burleigh me hace sentir que estoy de nuevo en casa, estar con Wyn me hace sentir completa otra vez. Él también debe sentirlo, aunque sólo sea un poco. ¿Por qué sino habría vuelto?

Me quedo mirando fijamente la puerta cerrada durante lo que me parece mucho rato, dudando si levantarme y abrirla, pero antes de decidir nada, caigo en un oscuro y vacío sueño.

❧11❧

NO ESPERABA TENER QUE SALIR DE BURLEIGH HOUSE A LOS DOS días de llegar, pero aquí estoy, a paso ligero en el camino que va al pueblo. Nada es como me lo esperaba. Ni la Casa, ni el dolor profundo e infinito, ni Wyn, ni, por supuesto, yo. Esperaba que el instinto se hiciera cargo y me guiara, susurrara las necesidades de Burleigh. No ha sido así, y ahora tengo que recurrir a lo que sé, que a Burleigh le gusta que la cuiden como les gusta a todas las casas. Una mano de pintura y una capa de yeso nuevas siempre la alegran, pero también cuestan dinero, que yo no tengo. Su Majestad es el dueño de Burleigh, pero después del arresto, la Corona confiscó a mi padre todos sus bienes.

Tengo que ganar un salario, igual que el resto de mi particular familia. Jed ya se ha marchado a la granja. Mira está lavando ropa. Y al salir, el ruido de la sierra que reverberaba por las galerías de la casa me decía que Wyn también estaba ocupado. Las reformas no se me dan bien, al contrario que a Wyn, pero sí puedo asegurarme de que no le falten los suministros.

Lo que sea con tal de levantar el ánimo a Burleigh.

Arranco una ramita de un seto y la echo sobre los inofensivos arbustos que bordean el camino. El trino de los pájaros emerge del interior del seto envuelto en un alboroto de plumas y aleteos cuando despegan en dirección a los campos. Verlos volar hace que me sienta culpable. No sé cómo se llama ni uno solo de ellos, mientras que cuando vivía en el pantano sabía diferenciar entre la hembra del escribano palustre y la del escribano triguero a simple vista.

Según me aproximo a la aldea de Burleigh Halt, observo los campos de cultivo con ojo de guardiana y no me gusta lo que veo. Unas sospechosas hojas de color grisáceo brotan entre los setos. Algunas ovejas parecen alicaídas, tienen la cabeza ladeada y parece que les cuesta respirar. Veo un grupito de pájaros muertos en la cuneta. La magia de Burleigh House está extendiéndose por todas las fincas de su propiedad en forma de mortero, como la gangrena, y no puede hacer nada para detener la infección.

Pero yo ya sabía que Burleigh estaba en mal estado cuando regresé. Dudo mucho de que el rey me hubiera permitido volver en caso contrario. Lo único que necesito es que mi asediada Casa aguante hasta que encuentre las escrituras. Un poco cada día, mi querida Burleigh. Iremos averiguando un poco más cada día.

Pero no es sólo la Casa la que no se encuentra bien esta mañana. Yo tengo frío a pesar del agradable tiempo que hace, siento las piernas débiles y escalofríos por todo el cuerpo. Sé que son los efectos del mortero. Puede que Wyn haya podido extraer parte de él, pero no todo, y creo que será mejor no excederme a la hora de pedir a la Casa que me muestre sus recuerdos.

Por fin tomo la última curva del camino y llego a Burleigh Halt. No es gran cosa. Tan sólo una hilera de bonitas casas de piedra alineadas a lo largo de la calle principal, una plaza del mercado atestada de carretas y carretillas los sábados por la mañana, una única tienda que vende de todo al estilo de los vendedores ambulantes y el Red Shilling, la taberna.

Tras un momento de indecisión, me decido a entrar.

Es un establecimiento lóbrego y oscuro pues apenas entra luz por las pequeñas ventanas. El área central está ocupada por mesas y bancos, y una mujer negra con el pelo muy estirado hacia atrás y recogido en un moño saca brillo a los vasos detrás de la barra. Se me ha formado un nudo en el estómago de los nervios que me ha provocado la súbita decisión de entrar, pero me acerco y me siento en un taburete delante de ella. La mujer me mira enarcando una ceja.

—¿Puedo ayudarte?

—Eso espero —contesto yo—. Acabo de llegar al pueblo y busco trabajo.

La mujer niega con la cabeza.

—En ese caso no puedo ayudarte. Prueba a ver en alguna de las granjas grandes.

—Imaginé que me diría eso, pero no perdía nada por preguntar —digo al tiempo que me bajo del taburete—. Que tenga un buen día, señora.

Casi he llegado a la puerta cuando oigo que me llama.

—Oye, niña, por tu ropa diría que has estado en el pantano. Un hermano mío vive allí.

—Viví hasta hace poco cerca de Thiswick —respondo con cautela—. Me dedicaba a pescar y a recoger carrizo para los tejados. Lo que fuera para ganar un salario. No soy orgullosa, y soy muy trabajadora.

Me aguanto las ganas de morderme las uñas mientras espero su respuesta.

—No la mantengas en suspenso, Frey —dice una tercera persona desde un rincón oscuro de la sala común.

Al girarme me fijo en las dos figuras que están sentadas en un banco que no había visto al entrar. Una es un joven impecablemente vestido como un caballero, pero ha sido la otra figura la que ha hablado con voz claramente de chica. Va vestida de negro de pies a cabeza y está sentada de espaldas a mí.

—Sabes que vas a darle trabajo —continúa la chica sin volverse—. Aunque sea sólo para tener la posibilidad de decir que la hija de George Sterling trabajó para ti.

Frey, la posadera, deja en la barra el vaso y el trapo.

—Así que eres la chica de George que ha vuelto a casa —dice y no percibo sorpresa en sus palabras, por lo que pienso que conocía mi identidad desde el principio. Cuando asiento con la cabeza, me estudia de arriba abajo.

—¿Estás dispuesta a hacer un poco de todo? ¿Servir, limpiar y secar? Necesito a alguien ágil y espabilado. La gente del pueblo se cree superior y no les gusta ensuciarse las manos. No hay trabajo para ti si eres como ellos.

Me acerco a ella deseosa de agradar.

—Haré las tareas por las que me pague sin una queja.

La mujer sonríe y me tiende la mano.

—Niña buena. A tu padre le habría gustado esa respuesta. Me llamo Frey, como ha dicho la dama.

Acepto la mano y me la estrecha con fuerza.

—Vi. Encantada de conocerla.

—Igualmente. Necesitaré que vengas por las tardes, tu turno empieza a las tres. Todos los días menos los domingos. Y quiero que empieces hoy. ¿Te viene bien?

—Por supuesto. Gracias, señora —digo sin vacilar.

Su sonrisa se agranda.

—No me llames señora, soy Frey, a secas. Reserva el título para esa que está ahí sentada. Ya he dicho todo lo que tenía que decir, pero estoy segura de que ella aún no ha terminado.

—Yo tampoco soy una señora —contesta malhumorada la chica que está sentada en el banco. Giro la cabeza y me inclino hacia delante intentando verle la cara, pero el rincón está muy oscuro y no la veo—. Cualquiera que te oiga hablar pensará que soy una condesa viuda con cinco hijos ya crecidos. Nada más lejos de la verdad, ¿a que no, Alfred?

—¿Cómo dices? —replica con una sonrisa el joven que está sentado frente a ella levantando la vista del libro—. Eres una verdadera perla entre todas las mujeres. Una deslumbrante estrella. Una verdadera fuente de la juventud. Para nada una señora.

—Un poco demasiado exagerado, ¿no crees, Alfi? —dice ella con afecto—. ¿Podemos usar el comedor privado, Frey? Asegúrate de que no nos moleste nadie.

Frey señala una puerta que está cerca de la mesa de la pareja a modo de respuesta. Vacilo cuando veo que Alfred recoge sus cosas y pasa él primero con un gesto de resignación que se aprecia en la postura de sus hombros.

—Vamos, vamos —dice la chica al ver que me quedo atrás—. Frey está aquí mismo y el personal de la cocina también está cerca. Si tratara de dormirte con cloroformo, hay demasiadas personas que te oirían gritar.

—Creo que el cloroformo no funciona así —respondo yo con tono seco, pero la chica no se da por aludida, sino que se limita a esperar a que yo pase al comedor antes que ella. La curiosidad me puede y al final cedo. Oigo el crujido que hace la tela de su falda cuando se levanta de la mesa y tengo que aguantarme las ganas de volverme hacia atrás para mirar. Si no quiere que vea quién es hasta que estemos a solas, esperaré a que se presente ella misma.

El comedor privado está decorado con mucha más elegancia que la sala común, las paredes recubiertas de papel de damasco de seda en tono plateado y una larga mesa de madera pulida. Estoy tan acostumbrada a soltar mi carga de pescado y almejas en la puerta trasera de los establecimientos que se me hace muy extraño haber estado no en uno sino en dos comedores privados en el último mes, aunque espero que esta reunión sea menos incómoda que la primera. Alfred está ya instalado en la cabecera de la mesa de nuevo con el libro abierto. La chica cierra la puerta a mi espalda y me vuelvo para verla.

Es quince centímetros más baja que yo y tiene el rostro pequeño y redondeado. Su tez desprende un halo dorado, como la arena en un día soleado, y sus ojos son de un castaño oscuro, casi negro. Lleva el pelo negro rizado, recogido en lo alto de la cabeza, y varias pulseras de plata que acompañan los movimientos de sus manos con un tintineo musical. Es la segunda vez en mi vida que la veo y la reconocería en cualquier lugar.

Esperanza, princesa de Gales, heredera al trono de Su Majestad.

—Apártate de mi vista —le digo con un gruñido haciendo ademán de dirigirme a la puerta.

—Violet, espera —exclama ella, colocándose entre la puerta y yo con un rápido movimiento. Se me pasa por la cabeza la idea de apartarla de un empujón. No creo que pueda oponer mucha resistencia con lo pequeña que es—. Quiero ayudarte.

—¿Como tu padre ayudó al mío a morir antes de tiempo? ¿O como intentó ayudarme a mí obligándome a aceptar un matrimonio de conveniencia? No, gracias. Apártate.

—Por favor —repite ella juntando las palmas de las manos—. El rey va a enviar a otra persona a vigilaros a Burleigh y a ti. Alguien mucho peor. Quería advertirte...

—A mí me parece que no. Estás aquí conmigo, por lo que es evidente que te ha enviado a ti. Buenos días.

Intento pasar por su lado y ella aprovecha para lanzarme una mirada fulminante.

—¿Qué era tu padre, Violet Sterling? —pregunta Esperanza, aunque no es una pregunta, sino una orden. Hace hincapié en mi apellido y noto que adopto una actitud aún más desafiante.

—El mejor guardián de Inglaterra —respondo llena de orgullo. Todo el mundo lo sabía antes de que lo arrestaran. La mayoría aún lo piensa. ¿Cómo si no habían sobrevivido Burleigh y él siete años sin la llave?—. Jamás hubo lugar más próspero que West Country mientras fue el guardián de Burleigh. Nadie cumplía con las obligaciones de guardián como él. Antepuso siempre su Casa a todo lo demás, al rey, a su país, a su propia vida.

Esperanza se acerca un poco más.

—Entonces estamos de acuerdo en que es aun más extraño que tu padre, el guardián modélico, lo arriesgara todo, especialmente la salud y la seguridad de Burleigh, ante la posibilidad de encontrar la escritura de la Casa, ¿no te parece? No es el tipo de hombre que haría algo así por ambición personal o por la nobleza del objetivo. No, tuvo que ser por desesperación.

Esperanza extiende la mano y da unas palmaditas en la silla que hay a su lado.

—Vi, él sabía la verdad, que Burleigh está muy deteriorada. Que se está muriendo. Llámalo como quieras. Es la única razón por la que se arriesgaría a jugarse la libertad de la Casa, porque la precaria situación de Burleigh no es el resultado del arresto. Ya estaba enferma antes de que se viera obligada a matar a tu padre.

—No te creo —replico yo y ella asiente—. Pero voy a sentarme.

La princesa saca de su retículo un sobre amarillento sellado y me lo entrega.

—Sé que acabas de llegar a casa y que acabamos de conocernos, y también sé que decir que te llevas mal con mi padre es quedarse muy corto. Debe resultarte difícil oírme y aun más creerme, pero de verdad que quiero ayudarte. Y sé que aún no confías en mí, pero creo que sé en quien sí lo harás.

Acepto el sobre con reticencia y lo abro. Reconozco con un escalofrío la descuidada caligrafía que cubre las dos páginas. Es la letra de mi padre, la reconocería en cualquier parte, y la acompaña un leve olor a tabaco y almidón y a la propia Burleigh. Se apodera de mí un súbito deseo infantil de estar en casa para leer allí las últimas palabras de papá, en la seguridad del armario donde se orea la ropa lavada, con Wyn, como cuando éramos pequeños. Pero Esperanza, princesa de Inglaterra, está ahí delante, observándome, así que me limito a alisar el papel arrugado antes de comenzar a leer.

Querida Violet:

Aún eres pequeña mientras escribo esta carta y puede que te haya ocultado demasiadas cosas, porque detesto la idea de cargarte con la responsabilidad que me ha sido confiada. A mi manera, he tratado de prepararte lo mejor que he sabido para que cuides de Burleigh House cuando yo no esté, pero a la vez me gustaría posponer el momento de trasladarte la obligación todo lo posible. Ha sido una alegría y un privilegio para mí servir a nuestra Casa, Vi, pero no ha sido fácil.

La verdad es que las *Grandes Casas de Inglaterra* están en declive, enfermas pese a los vínculos que se establecen con ellas. Tal como yo lo entiendo, esos acuerdos vinculantes impiden que las Casas agoten toda su magia. Un guardián ayuda, eso es cierto, pero su capacidad de canalizar el inmenso poder de una Casa es limitada. Y no es bueno que se acumulen residuos de magia antigua pues contamina el resto, como cuando tienes una infección en la sangre.

Lo único que puede devolverles la salud a las casas es la disolución de las escrituras. Y digo «puede» porque no lo sé con seguridad y es posible que todos mis esfuerzos para salvar a Burleigh sean insuficientes y lleguen demasiado tarde. Dicen que soy un gran guardián, pero no soy mejor que cualquier otro, y he tardado demasiado tiempo en entender la realidad, Violet, que al quitar el poder a las *Grandes Casas* vinculándolo a nosotros para beneficio propio, hemos interferido en algo que no deberíamos y es posible que con ello hayamos firmado su sentencia de muerte.

Si fracasara en mis intentos de salvar a Burleigh, recaerá sobre ti la tarea de terminar lo que yo empecé. Sé que amas a nuestra Casa, Vi. Si me he mantenido lejos de ti no ha sido sólo porque mis obligaciones de guardián ocuparan gran parte de mi tiempo, sino que lo hice en parte para que aprendieras con el corazón y también con la cabeza a anteponer a Burleigh a todo lo demás. Tal vez te parezca insensible, cruel incluso, por mi parte. He hecho muchas cosas por nuestra Casa que no habría hecho en otras circunstancias. No estoy orgulloso de muchas de ellas. Y creo, cariño mío, que si le pones corazón y cabeza, no sólo serás una gran guardiana, sino que me eclipsarás por completo, harás todo aquello que yo no pude hacer, serás la persona que yo no pude ser.

La situación está alcanzando ya un punto crítico y más pronto que tarde sabremos si he conseguido mi propósito o no. Jed y Mira

cuidarán de ti en caso de que las cosas salgan mal. Hay otras
personas, muy pocas, en las que también podrás confiar: Frey, del
Red Shilling, si consigues ganártela. Los Weston y los Sterling han
trabajado hombro con hombro durante siglos y el vínculo que nos
une es algo que no tirarán por la borda así como así. He pedido
a Bertie Weston, un colega mío, que se ocupe de ti en caso de que
te quedes en la calle. La reina Isabela también es amiga. Puedes
estar segura de que le confiaría tu vida. Por lo demás, tendrás que
cuidar de ti misma y de nuestra Casa.

Siento mucho no haberme quedado contigo. Eres mi vida,
mi corazón, mi alma, pero soy un guardián. Sólo espero y deseo
haberte enseñado bien lo que eso significa.

Con todo mi amor,
Tu padre, George Sterling

P.D. Dile a Wyn que siempre le estaré agradecido. Dile que
no es suficiente, pero que es lo único que tengo.

Leo la carta entera dos veces y al levantar la vista, me encuentro con que
Esperanza y Alfred me están observando.

—¿De dónde has sacado esta carta? —pregunto.

—Mi apellido es Weston —dice Alfred.

Yo lo miro con expresión inquisitiva.

—Claro, la Casa me mostró un recuerdo de alguien llamado Bertie.
¿Era tu padre? Y la carta dice que tu familia me acogería en caso de que le
sucediera algo a papá. ¿Qué ocurrió?

Alfred mueve la cabeza como disculpándose.

—Así es, Albert Weston era mi padre, pero murió poco después de que
se produjera el arresto de tu padre. Un ataque al corazón. Mi madre no fue
capaz de revisar sus cosas hasta varios años después de su muerte y para
entonces yo estaba en el continente. Esta carta llegó a mis manos hace uno

o dos meses, junto con instrucciones de entregártela en caso de que algo les sucediera a George y a la Casa. Te habría buscado mucho antes para entregártela de haber sabido de su existencia.

—Bueno, más vale tarde que nunca, supongo —contesto yo mirando la caligrafía de papá.

—Permíteme que te ofrezca un trozo de tarta de frambuesa —me dice Esperanza—. Hará que te sientas mejor. ¿Te importa, Alfi?

Alfred sale y regresa al momento con un plato de sándwiches y hojaldres rellenos de salchicha en miniatura, y varias tartaletas de frutas, que exhibe ante la mirada de aprobación de Esperanza. Le ofrece la comida en último lugar y ella le sujeta la mano y deposita un beso en la palma.

—Querido —dice Esperanza—, sé que pensabas que jamás me lo oirías decir, pero quiero que hables sobre las Grandes Casas.

Alfred la mira con expresión dubitativa.

—¿De verdad? ¿Y si me dejo llevar por el entusiasmo?

—Ya me ocuparé yo de interrumpirte, pero tengo fe en ti. Incluso tú, Alfred Weston, puedes ser conciso cuando quieres.

Tomo un hojaldrito de salchicha y trato de pasar con él la sensación de vacío que se me ha formado en el pecho después de leer la carta de papá.

—¿Es que sabe mucho sobre las Grandes Casas?

—Está escribiendo un libro sobre ellas, literalmente —contesta Esperanza, tomando cuidadosamente unas moras de su tartaleta—. Es lo más tedioso que he oído en la vida, Vi. Lleva escritos ya tres volúmenes de un total de ocho, supuestamente. Le digo que me los lea cuando no puedo dormir.

—Es que es un trabajo académico muy especializado, Espi, no una novela —responde él con tono ácido.

—Así fue como nos conocimos —dice ella, dándole unas palmaditas conciliadoras en la mano—. Cuando estaba en el continente haciendo una investigación sobre las Grandes Casas que tuvieron problemas y terminaron derrumbándose en aquella zona.

—No había oído hablar de esas casas en el continente.

—Lamentablemente sí lo has hecho, sólo que en ese momento no sabías lo que era —responde Alfred—. ¿Sabes dónde se estableció el primer acuerdo vinculante con una Gran Casa en Europa?

Niego con la cabeza.

—En la campiña italiana. A los pies de una montaña llamada Vesubio. Le pusieron de nombre Arx Oriens y la convirtieron en un altar, con un oráculo en lugar de un guardián. Oriens llevaba sujeta a su acuerdo vinculante casi quinientos años cuando se vino abajo, lo que provocó que la montaña entrara en erupción. Italia cuenta con muchas más Casas-Altar en la actualidad y muy pocos están dispuestos a hablar sobre la Casa que una vez se alzó a las afueras de Pompeya.

—Hubo otras como esa. Casa de Descans en Cataluña, que se derrumbó en 1428 y provocó un terremoto. A la caída de Dutch Zeelicht Landhuis en 1570 siguió un maremoto. Las Grandes Casas mueren igual que viven, con una demostración de su inmenso poder.

Mi mente da vueltas sin cesar a todo lo que sé sobre la historia de Europa e Inglaterra.

—Pero aquí las cosas son diferentes —digo—. En otros lugares, la vinculación de las Casas tiene lugar de forma individual, con un siglo o más de diferencia con la siguiente.

—Exacto —dice Espi, partiendo en dos una de las moras con el ceño fruncido—. En ningún otro sitio ocurre lo que en Inglaterra, donde las seis Casas se vincularon todas en el espacio de un solo año gracias a mi antepasado, William el Registrador. Cinco de dichas Casas siguen en pie y se precipitan hacia el derrumbamiento por culpa de los acuerdos vinculantes que pesan sobre ellas, pero Burleigh es la que está peor. Es lejos la más antigua de todas y el arresto le ha hecho aun más daño. Por eso es la primera de la que hay que ocuparse.

Presiono los labios y me muerdo la lengua. Estoy tentada de creer lo que me dicen, pero eso no significa que haya dejado a un lado todas mis sospechas. Dejaré que me cuenten lo que saben para averiguar qué es lo que traman, pero no compartiré con ellos mis planes.

—Sería un desastre de escala nacional —dice Alfred en voz baja—. Yorkshire sigue siendo una tierra baldía tras el intento fallido de liberar a Ripley Castle. Imagina que algo así ocurriera en todo el país. Llegados a ese punto, hay dos opciones, liberar a las Casas o prenderlas fuego cuando empieza el declive. El padre de Espi está a favor de lo segundo porque es menos arriesgado para la zona colindante y además implica que él seguirá teniendo el control del resto de las Casas hasta el final. No quiere cederlo, así están las cosas.

Cerca de nosotros hay una ventana por la cual se ve una azalea en flor cuajada de pétalos luminosas y perfectas que hace que lo que estoy oyendo ahí dentro parezca una historia de terror para asustar a los niños.

—No te preocupes por Inglaterra —dice Esperanza finalmente—. Ese no es el motivo que nos ha traído aquí, Vi. Lo cierto es que yo tengo contactos, espías y dinero, y confío en poder encontrar las escrituras, pero...

—Pero ¿qué?

Esperanza se mira las manos antes de continuar.

—Queremos que nos ayudes a liberar a Burleigh, claro. Nadie conoce la Casa mejor que tú, pero las condiciones de su acuerdo prevén que ésta destruya a todo aquél que intente liberarla. Ocurre lo mismo con todas las Grandes Casas. Mis ancestros se aseguraron muy bien de que su poder estuviera protegido. Recuerdas lo que le ocurrió a Marianne Ingilby cuando intentó liberar a la Sexta Casa. Y luego está el asunto de cómo llegar al corazón de la Casa si es que consigues encontrar las escrituras. Ya conoces la canción: *sangre en el final, mortero en el comienzo, deshacer el vínculo en el corazón de tu Casa.* Según Alfred, sólo un guardián puede encontrar el corazón de una casa. Pero Burleigh no tiene guardián ahora mismo.

—Burleigh me tiene a mí —contesto yo con firmeza—. Yo soy su guardián. No quiere a ningún otro. Así que, si Burleigh deja que alguien llegue a su corazón, seré yo. De modo que si lo que pretenden es liberar la Casa, seré yo quien lo haga.

—¿Estás segura? —pregunta Esperanza—. Es muy peligroso, Vi.

—Claro que estoy segura —contesto yo sin vacilar—. Lo que no entiendo es por qué lo haces. Las Casas son tu legado, en ellas reside tu poder futuro. ¿Por qué quieres renunciar a ello?

Los ojos castaños de la princesa se suavizan.

—Pasé la mitad de mi niñez en Hampton Court, la Gran Casa de la familia real. Ya sabes cómo son, Vi. Yo adoraba la Casa con toda mi alma, pero el rey, mi padre, utilizaba su magia para controlarla. Dejaba que ésta se acumulase hasta que llegaba un punto en que Hampton estaba fuera de sí y sólo entonces accedía a cumplir con su obligación como guardián. Decía: «Es importante que las Casas sepan que nosotros las gobernamos y no al revés» —dice Esperanza torciendo la boca en un gesto de asco al repetir las palabras de su padre.

—Así es como habla el tío Edgar —mascullo.

Esperanza sacude la cabeza mientras se enrolla un rizo alrededor de un dedo de forma inconsciente.

—A mi padre le gusta utilizar las escrituras y la corona como instrumento de control sobre mí, dice que me desheredará si no obedezco sus órdenes. En cuanto a mi legado, viví durante ocho años en una Gran Casa y todos los días con sus noches pude sentir la tristeza que emanaba de los suelos y las paredes hasta que llegó un momento en que no era capaz de alegrarme por nada.

Conozco el sentimiento. Me resulta familiar esa carga de saber que tu Casa no es feliz.

—Y también tengo miedo —admite—. Hubo otros monarcas que pretendían liberar las Casas, pero todos incumplieron sus promesas una vez que subieron al trono. El poder corrompe, Violet.

—Mi padre siempre decía que las personas no renuncian fácilmente a tenerlo —convengo yo.

Esperanza se inclina hacia delante y me parece ver sinceridad en sus ojos oscuros y su carita redondeada.

—Por eso tengo miedo. Temo que, si bien ahora mismo me compadezco de las Grandes Casas, no quiera renunciar a ellas una vez que yo sea la titular de sus escrituras y estén vinculadas a mí. Por eso quiero solucionar esto antes de subir al trono. Y la misión comienza con Burleigh porque el tiempo se le agota. ¿Qué me dices, Violet Sterling? ¿Unimos nuestras fuerzas? ¿Quieres ayudarnos o dejar que nosotros te ayudemos a ti?

Mira se enfadaría muchísimo si me viera morderme las uñas presa de la indecisión delante de la princesa de Gales. Tal vez esté firmando mi sentencia de muerte al confiar en Espi, pero después de la reticencia de Jed, Mira y Wyn a dejarme buscar las escrituras, resulta alentador encontrar a alguien que me apoya por completo.

—No sé... —respondo, porque aunque mi intención es liberar a Burleigh, aún no sé si puedo confiar en la princesa.

—Espi —dice entonces Alfred—. Háblale de tu madre.

Las comisuras de los labios de Esperanza se vuelven hacia dentro y la luz desaparece de sus ojos.

—No me gusta hablar de mamá, Alfred, ya lo sabes.

—Lo sé, pero estás con la única persona en toda Inglaterra que puede entenderlo, que sabe por lo que estás pasando.

Esperanza se vuelve hacia mí con cara triste y apagada.

—¿Sabes por qué envió mi padre a mi madre de vuelta a España, Vi?

La miro con el ceño fruncido antes de contestar.

—Pensé que no se llevaban bien. Fue un matrimonio concertado por motivos políticos, no salió bien y ella se volvió a su casa —le digo.

La princesa hace un movimiento negativo con la cabeza.

—No. Papá la echó porque... se está muriendo. Mamá no podía soportar ver sufrir a Hampton Court y como mi padre tenía la llave pero no cumplía debidamente con su obligación de guardián, mi madre empezó a hacerlo por él. O, mejor dicho, lo hizo por la Casa. Mamá canalizó la magia de la Casa diez o puede que doce veces. Lo habría hecho más veces si mi padre no le hubiera pedido que se fuera. Pero lleva enferma desde que se fue, empeorando cada día, cada año que pasa. Es una enfermedad lenta, fea y dolorosa. Por eso me asusta tanto abrir las cartas que me llegan de España, porque temo que alguna de ellas me cuente que ha muerto.

Esperanza guarda silencio. Acepta el pañuelo que le tiende Alfred, aunque sus ojos oscuros no están húmedos.

Y sé por qué. No puedes llorar cuando esperas, cuando sabes que te van a romper el corazón. Lo único que puedes hacer es observar que cada vez estás más cerca y prepararte para el dolor que está por llegar.

—¿Cómo lo soportas? —me pregunta Esperanza al cabo de un rato con un susurro—. ¿Cómo hiciste para sobrellevarlo mientras estuviste viviendo en el pantano? Porque a veces siento como si la vida se congelara a mi alrededor y otras me parece que pasa en un abrir y cerrar de ojos.

Me inclino un poco por encima de la mesa y en un impulso tomo la mano de la princesa en la mía.

—Sobreviví igual que lo estás haciendo tú, estoy segura —le digo—. Me despertaba cada mañana y sabía que tenía que seguir. Buscaba algo que hacer. Sabía que eso era lo que papá habría querido, más que cualquier otra cosa. Que siguiera con mi vida. Él nunca se dio por vencido, aguantó hasta el final.

Esperanza asiente con la cabeza. Yo le doy un suave apretón en la mano y en ese momento decido dar un salto de fe.

—¿Entonces estamos juntos en esto? —pregunto.

La princesa cierra fuerte los ojos un momento y cuando los abre no queda ni rastro de la pena y el miedo que ha ocultado con sumo cuidado; en su lugar aflora en ellos una feroz determinación.

—Estamos juntos. Completemos la traición que comenzó tu padre. Dejemos al rey pasmado. Liberemos a Burleigh House.

❊12❊

SON MÁS DE LAS DOS DE LA MAÑANA CUANDO LLEGO A CASA
después de mi primer día de trabajo en el Shilling. Wyn duerme en el pasillo
fuera de mi habitación y percibo un olor a aserrín y yeso cuando paso a su
lado. Intento contener una sonrisa. Me parece irritante y a la vez encantador
que esté convencido de que necesito que cuiden de mí. Se da la vuelta, pero
no se despierta. Recuerdo que siempre se ha movido mucho cuando duerme.

Me meto en mi habitación y cierro la puerta, y acto seguido me dejo caer
agotada en un sillón junto a la chimenea apagada. Unas chispas juguetean
entre la leña y muevo la cabeza de un lado a otro.

—No lo hagas, Burleigh. Ahorra fuerzas. Quiero hablar contigo.

Un puñado de pétalos blancos cae sobre mi regazo de la nada. Los recojo
y me los llevo a la cara y aspiro su dulce fragancia.

—Hoy he conocido a alguien en el pueblo. A la hija del rey. ¿Se conocen?

Se levanta brisa al otro lado de la ventana.

—¿Puedes mostrármelo?

Esta vez estoy preparada para la súbita oscuridad que Burleigh hace caer a
mi alrededor como un telón. Cuando se desvanece al cabo de un momento,
veo la versión acuosa de la entrada de la Casa superpuesta sobre la imagen
de mi habitación.

Esperanza está cerca de la puerta. Las zarzas están por todas partes y brota mortero de los marcos de puertas y ventanas. Nunca he visto a la Casa en semejante estado. Aunque sólo sea un recuerdo suyo, me golpea una ola de tristeza.

—Ay, Burleigh, lo siento muchísimo. Pobrecita —dice Esperanza en voz baja.

—¿Quién eres? —dice Wyn en el recuerdo que se expande en otro plano por detrás de mí, y su voz suena como si las angustiosas zarzas y el mortero de Burleigh fluyeran bajo su piel. Me doy la vuelta y lo veo, acaba de bajar el último escalón que llega de la segunda planta. Parece enfermo, está pálido y tiene unas intensas ojeras que parecen moretones.

—Soy la princesa de Gales, pero puedes llamarme Esperanza. Y tú debes de ser Wyn.

—¿Has venido a regodearte contemplando la obra de tu padre? —pregunta él con una mueca.

—No —responde ella en voz baja, como si hablara con una criatura salvaje y asustada. Y lo cierto es que parece que Wyn fuera a salir corriendo de un momento a otro. Está sucio y andrajoso, y aprieta los puños a lo largo del cuerpo mientras la observa con una expresión insondable y rota. Me da mucha pena verlo así y me llevo la mano al pecho—. He venido a ocuparme de los restos de George si no lo ha hecho nadie. He traído un ataúd y a unos enterradores para que me ayuden. Sé que a nadie le gusta pensar en ese aspecto de las cosas, pero alguien tiene que hacerlo.

Por un momento pienso que Wyn va a espetarle que no necesita su ayuda, pero entonces veo que se le hunden los hombros.

—Acabo de dejarlo en su habitación y he cerrado la puerta —admite—. No he podido...

Esperanza da un paso al frente y posa una mano enguantada en el brazo de Wyn.

—Nadie esperaba que lo hicieras. Por eso he venido.

Se oye el sonido de pasos de alguien que viste botas en el vestíbulo y al momento emerge un caballero del laberinto de corredores que alberga

Burleigh. Lleva ropa de montar y una expresión severa en el rostro. Por su edad podría ser mi padre.

—Esperanza —dice con brusquedad—. ¿Quién es este vagabundo?

Ella da un respingo de incomodidad al oír las palabras del hombre, pero Wyn se queda inmóvil.

—Es Haelwyn de Taunton, lord Falmouth —responde Esperanza—. El chico que se quedó con George Sterling. Estábamos hablando de los preparativos del funeral.

—¿Quieres decir que aún no se han ocupado del cuerpo? —dice lord Falmouth con una mueca de asco—. Estos labriegos de West Country son prácticamente unos bárbaros. No te entretengas demasiado, Esperanza. Te espero para cenar en el Red Lion, en Taunton.

Y con esas palabras sale y cierra la puerta principal tras él, balbuceando entre dientes. Esperanza se vuelve de nuevo hacia Wyn.

—Si no te importa, pediré a mis hombres que se ocupen de todo.

No es tanto una afirmación como una pregunta y Wyn asiente. Se dispone a subir para indicarles el camino cuando Espi lo interrumpe de nuevo.

—Espera —dice con compasiva dulzura—. ¿Quieres buscar una habitación en Burleigh Halt o en Taunton? Yo me encargo de los gastos durante los días que estés, o las semanas. Incluso si quieres quedarte medio año. Y me ocuparé también de que puedas conseguir algunos efectos personales, ropa nueva. Te mereces poder empezar de nuevo después de lo que has hecho.

Wyn la mira largo y tendido con expresión inquisitiva.

—No —contesta al final—. Me quedo aquí. Le prometí a George que me quedaría hasta que volviera Violet.

—Ha pasado mucho tiempo —dice Esperanza con un hilo de voz—. Es posible que... que no venga.

—Tú no conoces a Violet. Vendrá —dice él con absoluta certeza, y echa a andar escaleras arriba.

La oscuridad me envuelve mientras el recuerdo se desvanece. No oigo que llaman a la puerta hasta que no se desvanece por completo.

—¿Todo bien ahí dentro, Vi? —pregunta Wyn con voz ronca de sueño. Me levanto de un salto y voy a abrir la puerta. Wyn está de pie en el umbral con su camisa de dormir y unos pantalones sueltos de lino, y hace guiños como un búho malhumorado—. He oído mi voz. Una forma un poco desconcertante de despertar. ¿Se está portando bien Burleigh?

—Estaba recordando algo —me apresuro a contestar para disimular la inmensa sensación de alivio que siento al ver al Wyn del presente. Me invade la necesidad súbita e irracional de meterlo en mi armario con la esperanza de que no vuelva a ocurrirle nada malo nunca más—. Yo le pedí que me lo mostrara.

Wyn cierra la boca en mitad de un bostezo.

—¿Que tú se lo pediste?

Supongo que ha llegado el momento de contarle la verdad.

—Sí. Así es como pienso encontrar las escrituras. Mira dijo que tanto Burleigh como papá sabían dónde estaban, así que en vez de preguntárselo directamente, estoy leyendo detenidamente el libro de cuentas de papá en busca de pistas que me indiquen dónde buscó cuando se iba de viaje. Así es más fácil para Burleigh.

El suelo vibra bajo nuestros pies, pero no siento el hormigueo del poder mágico de la Casa bajo mi piel. Observo cómo desaparece por completo el adormilamiento de Wyn.

—Qué inteligente, Violet —dice—. ¿Y funciona?

—Hasta el momento sí —digo, encogiéndome de hombros—. Es lo que estoy haciendo ahora mismo. Ojalá supiera con seguridad que no es una pérdida de tiempo. ¿Quién me dice que el rey no ha cambiado de sitio las escrituras desde que papá las encontró?

Ocurren tres cosas en el mismo momento que pronuncio la pregunta. Cae la oscuridad. La Casa centra toda su abrumadora atención en nosotros. Y el mortero me inmoviliza las yemas de los dedos.

—No, Burleigh, no —le suplico—. No te estaba pidiendo que me mostraras nada, sólo me hacía la pregunta en voz alta.

Pero la Casa, ansiosa por agradar ahora que ha encontrado la manera de comunicarse conmigo, nos introduce en una fluctuante versión del estudio de papá. Lo único sólido en esa realidad paralela somos Wyn y yo.

—Dame las manos, Vi —dice Wyn con voz temblorosa de pánico.

—Aún no —contesto yo dando un paso al frente, porque mi padre está sentado en uno de los sillones de respaldo de su estudio con grilletes en los tobillos. Debe ser la noche antes del arresto. La comitiva del rey llegó al mediodía y a papá lo declararon culpable a media tarde. Lo único que falta es que Su Majestad ejecute la sentencia.

Una barba de varios días le oscurece la tez y se lo ve pálido y demacrado. Cruzo esta fantasmal versión de su estudio sin darme cuenta apenas de los silenciosos guardias que vigilan la puerta.

—Papá —susurro, arrodillándome a su lado—. Estoy aquí. Mírame.

Pero no puede oírme. Posiblemente sea la parte más cruel de todo, saber que la Casa es capaz de recordar a mi padre perfectamente, pero eso no le devolverá la vida. Jamás tendré la oportunidad de decirle lo que no pude el día que me fui, que lo quería. Que era, a pesar de la distancia entre los dos, la persona que siempre he querido ser.

—¿Una partida, George? —dice la lacónica voz del rey, y es entonces cuando me doy cuenta de que está sentado entre las sombras detrás del escritorio—. Para pasar el rato hasta que amanezca y comience oficialmente el arresto.

Mi padre no dice nada, tan sólo mira fijamente el suelo, pero la expresión de miedo que veo en su mirada hace que se me forme un nudo en la garganta, a medida que el mortero fluye por mis venas.

El rey se inclina hacia delante y la luz de la lámpara ilumina sus angulosas facciones.

—Puede que la apuesta adecuada despierte tu entusiasmo. ¿Qué te parece si nos jugamos... tu libertad?

Cuando papá levanta la vista, se lee una vana esperanza en cada una de las líneas de su rostro.

—No piques —digo yo con lágrimas en los ojos.

—Vi, por favor —dice Wyn que se encuentra dos pasos por detrás, tendiéndome las manos—. No dejes que Burleigh te haga daño.

—Violet y tú a salvo en un barco adonde quieras ir, siempre y cuando sea lejos de Inglaterra —ofrece el rey a mi padre—. No puedo permitir que un guardián traidor ande a sus anchas por la isla, ¿no crees? Pero tú sí podrías crear una nueva vida para tu hija y para ti.

—Reparte las cartas —dice papá con un gesto de asentimiento.

Como están solos, juegan al ecarté, y se me cae el alma a los pies al verlo. Nunca fue la especialidad de papá. A los Sterling siempre se les ha dado mejor el sacrificio que la estrategia, pero papá se concentra en el juego y se hace con algunos trucos cuando el rey se distrae. No puedo apartar la vista aún cuando siento que Wyn me toma las manos entre las suyas y el mortero empieza a penetrar en él.

De repente, y sin salir de mi asombro, papá gana la partida. Mira sus cartas con la misma incredulidad que siento yo.

—Ahí lo tienes —dice el rey en un alarde de cordialidad, como si acabara de perder un soberano o una minucia sin importancia—. Lo prepararemos todo para que mañana por la mañana llegues a puerto. ¿Cuál será el destino? ¿España? ¿Portugal? ¿O tal vez Suecia? ¿Frío o calor?

Papá vacila. El crepitante fuego lanza chispas azuladas, como siempre en su presencia. De pronto, sus hombros se hunden.

—Una partida más —pide con voz ronca—. Pero esta vez nos jugamos mi indulto. Para que Violet y yo podamos quedarnos con Burleigh.

Su Majestad mantiene una expresión cuidadosamente neutra, pero yo lo conozco, es el demonio, y la forma en que mira a mi padre en ese momento cuando antes fingía estar distraído sólo puede significar una cosa.

Sabía que pasaría. Sabía que George Sterling no podría dejar pasar la oportunidad por pequeña que fuera de conseguir que nos quedáramos con nuestra Casa.

—¿Estás seguro, George? —pregunta el rey y la falsa amabilidad de su voz se me clava como astillas diminutas. Lo odio más que a nadie en este mundo. Los hombres más malvados son directos al menos: como una porra inflexible que golpea con maldad brutal, pero Su Majestad es una daga en plena noche blandida con una sonrisa.

Lo que sigue a continuación es como ver jugar a un gato con su presa: el rey permite que mi padre se haga con unos trucos antes de ganarle con dura solvencia. Mi padre se queda sentado, en silencio. Cuando lo miro, veo que le tiemblan las manos.

Observo a Wyn que está a mi lado. Parece encontrarse bien, pero esa mirada ausente que vi la última vez que canalizó la magia de la Casa le nubla ahora la vista. Me muerdo el labio inferior mientras me debato entre el deseo de poner fin al recuerdo por el bien de Wyn y la necesidad de verlo hasta el final.

—¿Estás segura de que es esto lo que quieres enseñarme, Burleigh? —le susurro y una ola de insistencia me golpea—. Muy bien, pero date prisa, por favor.

—Habría dejado que te marcharas si no hubieras querido quedarte algo que no te pertenece —le dice el rey a mi padre—. Soy fiel a mi palabra y los dos lo sabemos.

—Pero yo soy como soy y los dos lo sabemos también —responde papá—. No puedo evitar hacer lo mejor para esta Casa.

Su Majestad extiende la mano.

—La llave, por favor, George. Dicen que soy un jugador, pero has sido tú quien se ha jugado lo que más valora para terminar perdiendo. Una lástima. Pensé que tal vez consiguieras sacar lo mejor de mí y liberar este viejo caserón.

Papá se saca la llave del bolsillo y la mira. La cabeza de color marrón verdoso tiene un brillo apagado a la luz de la lumbre. La entrega finalmente al rey y en ese momento un quejumbroso gemido de piedra y madera brota de la Casa.

Puedo notar el dolor de la pérdida que siente Burleigh, incluso en el recuerdo. Penetra el suelo y asciende por las plantas de mis pies hasta llegar a los pulmones, fundido con el aire que respiro. Aunque mi padre sigue sentado frente al rey, la Casa sabe que es principio del fin.

En el presente, percibo que Burleigh intenta que vea el recuerdo hasta el final. El peso de su atención sobre mí es opresivo, pero los ojos de Wyn han pasado de la mirada perdida a tener un color gris opaco, la marca del mortero que no se ve fluir bajo su piel. No puedo soportar verlo así.

—¡Burleigh, ya basta! —espeto, pero la Casa no me hace caso y continúa con su exposición.

—Tengo curiosidad, George. ¿Hasta dónde llegaste? —pregunta Su Majestad en ese momento como por casualidad—. ¿Cuánto te acercaste a las escrituras?

—Fui adonde Falmouth me dijo que fuera —dice papá sin apartar la vista de la llave—. Y no pude encontrarla. Pero supongo que si Falmouth me la jugó, significa que me enviaste a una misión inútil desde el principio.

—No —dice el rey jugando con la llave, pasándosela de una mano a la otra, mientras la cabeza lanza destellos con el movimiento—. Puede que Joss Falmouth sea leal a la corona, pero sí te dijo dónde estaban las escrituras. Estabas a centímetros escasos de lo que tu corazón deseaba, George, pero no fuiste lo bastante inteligente como para dar con ello.

Papá no dice nada. Aparta por fin la vista de la llave y la clava en el suelo mientras el rey se inclina hacia delante con una sonrisa exasperante.

—¿Sabes lo poco que has conseguido? —pregunta a mi padre—. No has conseguido que cambie nada, George. Ni siquiera tengo intención de cambiar de sitio las escrituras, están seguras donde están. Y tu Casa está peor después de haberte tenido como guardián que cuando te hiciste cargo de ella.

Unas espesas zarzas de color negro trepan por los brazos del sillón en el que está sentado el rey, desmoronándose por algunos sitios y segregando mortero, pero no forman parte del recuerdo, sino que pertenecen a mi presente. La Casa se estremece y una profunda sensación de malestar, angustia y oscuridad nos envuelve.

Cuando se aclara, vuelvo a estar sentada en la alfombra de mi habitación. Hiedras enfermas se enredan alrededor de mis piernas cruzadas y de las de Wyn, que tiene las manos posadas en el suelo y los ojos opacos que miran sin ver. El sudor brilla en su frente y mueve la boca sin emitir sonido alguno. Me revuelvo de nervios e impaciencia hasta que noto que la Casa desvía por fin su atención de nosotros. Aun cuando la presión de las hiedras que nos rodean cede y en su lugar brotan flores de colores radiantes y los pétalos llueven del cielo, agarro las manos de Wyn y las froto tratando de que entren en calor.

—Ya basta —le digo—. Puedes dejarlo.

Wyn mueve los labios apenas emitiendo sonido y me inclino hacia él para intentar entender lo que no deja de repetir:

—Sangre entre el mortero. Aliento en las paredes. Sangre entre el mortero. Aliento en las paredes.

Me produce una sensación desagradable y rara oírlo hablar cuando el resto de él parece estar muy lejos de allí.

—Wyn, Haelwyn de Taunton, vuelve a mí —susurro.

Pestañea varias veces seguidas y de repente vuelve en sí. Inspiro profundamente y le rodeo el cuello con los brazos en un impulso, el corazón me late desaforadamente.

—Lo siento, lo siento —le digo—. No quería que ocurriera esto.

—No te preocupes. No me ha pasado nada grave —dice él y sus palabras me suenan cálidas y reconfortantes—. Mejor que me ocurra a mí que a ti, ¿no?

—No —respondo sacudiendo la cabeza—. No es mejor.

Lo suelto, me echo hacia atrás y me cubro la cara con las manos. Tienen su color rosado natural, perfecto, ni rastro del mortero que Wyn ha absorbido de mí.

—Tengo miedo, Wyn.

—¿De qué?

—No lo sé.

Son demasiadas cosas y no me atrevo a decir que tengo miedo de Burleigh House. Miedo de su magia, miedo de su poder, miedo de su futuro sin el guardián adecuado.

—Nos vemos en el tejado —responde Wyn con tono pragmático—. Sube con unas mantas. Iré a preparar una tetera.

Hace frío fuera, en lo alto de mi mundo en el silencio y la quietud que precede al alba. Siento un escalofrío y me cubro bien los hombros con la manta de lana, pero las estrellas ya están haciendo su magia particular. El miedo que noto constantemente en mis venas está más calmado, más tranquilo, puedo pensar en otras cosas.

Oigo gemir las bisagras de la ventana del ático y a continuación los pasos de Wyn sobre las tejas.

—Toma —dice y me da el té mientras él se sienta a mi lado, los dos con la espalda apoyada en la chimenea. Lo miro con disimulo y casi puedo ver la imagen superpuesta del Wyn niño sobre esta nueva versión huraña y que aún no me resulta familiar del todo, como en los recuerdos que me muestra Burleigh.

—Veamos, ¿cuál es el problema, Violet Sterling? —dice con un atisbo de sonrisa.

No estoy segura de saberlo siquiera. Me ocurre que a ratos veo que soy la única persona que puede salvar a Burleigh y a ratos me siento absoluta y miserablemente inepta para el cargo. Pero en vez de eso, lo que digo es:

—Tú eres el problema —le digo, arrugando la nariz—. ¿Qué haces con la magia de la Casa? No me gusta. Es peligroso y no quiero que te hagas daño.

Le paso el té y da un sorbo antes de contestar.

—¿Me crees si te digo que sé perfectamente lo que hago?

—Claro que te creo, pero saber lo que haces y no ponerte en peligro de forma deliberada son cosas diferentes.

—Muy astuta —responde él sacudiendo la cabeza—. Siempre lo has sido, una criatura astuta e implacable.

Le quito el termo de té con el ceño fruncido.

—No me cambies de tema. Hablo en serio.

Wyn contempla los jardines de Burleigh y la densa mancha del bosque que se abre al final. Sus ojos están muy lejos, no ausentes, como cuando canaliza la magia de la Casa, pero sí distantes, ven algo que yo no veo.

—Te prometo que no tocaré la magia de Burleigh a menos que se descontrole y empiece a derramar su mortero en ti. No puedo prometerte nada más, no me lo pidas.

—Pero yo puedo... —empiezo a decir, pero Wyn me corta con un gesto de la mano.

—¿Es necesario que lo diga, Vi? —dice con patente frustración—. Me destrozaría ver morir a otro Sterling por esta Casa. Verte morir. Quiero que dejes que te ayude.

No quiero darle la razón. Quiero prohibirle que vuelva a manipular la magia de Burleigh porque la he sentido y he visto lo que le hizo a mi padre. No soporto la idea de que el mortero toque a Wyn, por mucho que yo quiera a Burleigh y esté dispuesta a hacer lo que sea por salvarla.

La Casa está inusualmente tranquila después de revivir la última noche de papá y canalizar su magia a través de Wyn. Una suave brisa me agita el pelo. Diminutos fuegos fatuos brillan entre los árboles del bosque. Eso es todo. Nada de hiedra, ni pétalos, ni susurros en forma de viento en la chimenea.

Pobre Casa muda. ¿Para qué estoy yo en el mundo si no es para hablar en su nombre?

—Lo siento —le digo a Wyn, debatiéndome entre Burleigh y él—. Y puedo vivir con ello si tú puedes, pero ojalá fueras más sincero conmigo. Me gustaría que me contaras toda la verdad.

—Quiero hacerlo —contesta Wyn—. Y lo haré. Te lo juro, Violet, es sólo que tengo que encontrar las palabras adecuadas.

—¿Adónde vas cuando haces magia? Porque es como si tu cuerpo se quedara aquí mientras tú te evades. ¿Se me permite preguntar?

Wyn aparta la mirada del paisaje y me mira, perplejo.

—No sé. Es como caminar por un corredor infinito, uno que no tiene principio ni fin y todas las puertas están cerradas, pero cuando las abro, no hay nada al otro lado.

—¿Nada? ¿Quieres decir que las habitaciones están vacías?

—No —contesta. Se le forma una arruga entre las cejas cuando trata de explicarlo—. No hay habitaciones. Abro las puertas y no hay nada. Ni oscuridad, ni suelo, ni techo, ni paredes. Nada. No sé, creo que no me estoy explicando muy bien.

Me recorre un escalofrío de la cabeza a la base de la columna vertebral.

—No, pero parece aterrador.

—Al principio tal vez, pero ahora ya me he acostumbrado.

—¿Wyn?

—¿Violet?

Trago saliva. Las palabras que estoy a punto de pronunciar reposan como lijas afiladas en mi garganta.

—Creo que sí deberías irte. De Burleigh House, quiero decir. No es seguro quedarse.

—¿Te vas tú?

Me muerdo la uña ya prácticamente comida del todo.

—Sabes que no puedo.

—Entonces yo tampoco puedo. Pensé que podría, pero no.

Más allá de los árboles, el cielo adopta un color rosa claro y Wyn cierra los ojos.

—¿Qué hiciste todo ese tiempo en el pantano, Vi? —me pregunta finalmente, y noto un dejo de desesperación en su voz—. Cuéntamelo.

—Iba a pescar todos los días —respondo con una sonrisa—. No con caña, como hacíamos en el río, sino redes y arpones. Extraía almejas de la arena y recogía turba y carrizo con Jed. Salaba el pescado con Mira y aprendí a hacer galletas de jengibre cuando había tormenta. O por lo menos, Mira intentó enseñarme a hacer galletas de jengibre, aunque nunca me salieron muy bien.

Wyn se ríe.

—Intentó enseñarme a hacer galletas de jengibre también a mí antes de que se marcharan, pero a mí tampoco me salieron bien.

—¿Qué hiciste tú durante todo ese tiempo? No me refiero a lo malo, sino a tus tareas cotidianas.

—Arreglar la Casa. Leer. Cultivar nabos —contesta—. Estuvimos bien los primeros años. La Casa siguió manteniendo los jardines, pero los últimos dos ya nos costó trabajo convencerla. Casi todo se estropeó, menos los nabos.

—Nunca me gustaron mucho los nabos —digo.

Wyn abre los ojos y me mira con una chispa de ironía.

—Yo he terminado odiándolos.

Me muerdo el labio tratando de no reírme, pero no me sale.

—No te preocupes —dice Wyn—. Es algo gracioso. No había otras hortalizas, tenían que ser los nabos.

Los primeros rayos de sol se derraman por encima de los árboles e iluminan el rostro de Wyn. Contengo la respiración durante un momento porque lo conozco. Conozco esa expresión tranquila y un poco tímida. Sin pensarlo siquiera, extiendo el brazo y le pongo un dedo en la barbilla, igual que habría hecho cuando éramos pequeños.

—Hola. Te reconozco —le digo.

Se oye un amenazador retumbo sordo procedente de la Casa y de repente Wyn se pone serio y se cierra de nuevo.

—Tengo cosas que hacer abajo —balbucea al tiempo que se levanta y entra por la ventana haciendo resonar las tejas.

13

—Y ENTONCES LE DIGO: ¿DE DÓNDE VOY A SACAR YO UN CARNERO para cubrir el rebaño a estas alturas del año?

Lo admito, no presto la menor atención al parloteo del viejo John Howard mientras trabajo detrás de la barra del Shilling sirviendo pintas a unos clientes extraordinariamente sedientos. Para empezar, está el asunto de mi cabeza, que me da vueltas sin parar después de haber pasado la noche en vela en el tejado con Wyn. Y, bueno, eso es todo. Estoy hecha un desastre y lo veo todo un poco borroso.

—¡Hija de George Sterling! ¡Tráenos otra ronda!

Agarro con un suspiro una bandeja, la lleno de jarras de cerveza y me abro camino hasta una mesa en la que están sentados media docena de granjeros jugando a los dados. Esperanza y Alfred están en una mesa con sendos bancos junto a la pared, sentados el uno al lado del otro en vez de uno enfrente del otro mientras estudian montañas de documentos polvorientos. No sé cómo pueden pensar siquiera con todo este ruido, pero a ninguno de los dos parece importarle.

Sigue preocupándome que Wyn canalice la magia de la Casa y a la vez empieza a dolerme la cabeza, así que me paro un momento en la mesa de Alfred y Espi.

—¿Algún progreso?

Alfred me mira con ojos de miope.

—No mucho, la verdad.

Esperanza apoya la barbilla en una mano y me mira con gesto suplicante.

—Estoy aburrida, Violet. Esto es pesadísimo. Sálvame. Soy mucho mejor obteniendo información flirteando en las fiestas.

—Debes ser un poco más metódica —sugiere Alfred—. Cuando encuentres referencias a...

—No —lo interrumpe ella poniéndole el dedo sobre los labios—. Alfred, no. No todos tenemos alma de bibliotecario.

—Puedes servir mesas si estás tan aburrida —le digo a Espi—. Nos vendría bien la ayuda.

El rostro de la princesa se ilumina al oír la sugerencia hasta que Alfred la detiene posando una mano en su manga a modo de advertencia.

—Espi, querida, eres la princesa de Gales. Si empiezas a servir cerveza en la taberna de un pueblo perdido, estará en la primera página de todos los diarios de Inglaterra en dos días y tu padre vendrá a sermonearnos. ¿Es eso lo que quieres?

Esperanza se derrumba en el banco, frustrada.

—No, tienes razón. Lo siento, Vi.

—No pasa nada. Pero quería preguntarle algo a Alfred.

Alfred se quita los anteojos y se los guarda en el bolsillo de la solapa antes de mirarme.

—Estoy a tu entera disposición.

—¡Otra pinta, hija de George Sterling! —grita alguien desde la barra, pero hago caso omiso.

—¿Has oído hablar de que alguien pueda canalizar la magia de una Casa sin tener llave y sin sufrir daños? O que tal vez sí sufra daños, pero que comiencen en la mente en vez de en el cuerpo —pregunto.

Espi se yergue en el asiento.

—¿Estás haciendo cosas en Burleigh House que no deberías, Violet

Sterling? Te juro que como estés haciendo magia, te estrangularé con mi mejor collar de azabache. Sabes que es muy peligroso.

—No —me apresuro a decir—. O al menos, no a propósito. He hecho un poco, pero ocurrió por accidente.

—No me suena, pero haré averiguaciones —promete Alfred.

Me doy media vuelta para regresar a la barra, pero en ese momento se abre la puerta y entra un grupo de viajeros. Entre ellos se encuentra un caballero acompañado por dos sirvientes de librea, uno de los cuales se dirige rápidamente a la barra a hablar en privado con Frey. Hace calor dentro de la taberna y el caballero se quita el largo gabán de montar y me lo tiende.

—Toma, tabernera, guárdalo en un sitio seguro.

Me resulta familiar. Hay algo raro en él, mitad recuerdo, mitad advertencia. Y en ese momento dirijo la mirada hacia Alfred y Espi.

El primero ha desaparecido, se ha esfumado como el humo en un día de viento. Capto su presencia de reojo, oculto entre los granjeros que juegan a los dados en la mesa de al lado. Esperanza, por su parte, está pálida por debajo de su tez dorada y exhibe una sonrisa forzada en el rostro.

El caballero se acerca a ella de inmediato y Espi le tiende la mano.

—Lord Falmouth —dice mientras él le besa la mano—. Qué sorpresa. No lo esperaba hasta la próxima semana. Papá dijo que estaba en Bournemouth o no sé dónde y que no llegaría hasta junio para supervisar la situación.

—Pude salir antes —contesta él en voz baja y con tono grave mientras se sienta en el banco con ella. Me produce una sensación de asco inmediata. Es el Falmouth que hizo un agujero en el muro de Burleigh, el mismo Falmouth que trataba con absoluto desprecio a Wyn en el recuerdo de Burleigh. Es más, contempla a Esperanza como si fuera un pastel y no hubiera comido nada desde la mañana.

Me acerco a la mesa y miro a la princesa de un modo significativo.

—¿Puedo ofrecerle alguna cosa, señorita? —pregunto con acento de West Country—. ¿Otra taza de té, quizá?

¿Un bozal para el lobo que acaba de entrar?

Espi recoge los papeles que estaban estudiando Alfred y ella, y me los entrega.

—Llévalos arriba, por favor.

Hago una reverencia para que Falmouth no sospeche.

—Si necesita alguna otra cosa, señorita, estaré en la barra. Avíseme.

—Antes te he dicho muy en serio que tuvieras cuidado con el gabán —me advierte Falmouth—. Será mejor que llegue a mi habitación sin incidentes o me cobraré de ti lo que vale.

—¿Algún problema por aquí? Soy la propietaria del Shilling y si hay algún problema, es conmigo con quien debería hablar —dice Frey con tono suave, apareciendo de repente. Mira a Falmouth con una sonrisa falsa, la misma que emplea con los parroquianos que causan problemas.

—En absoluto —replica éste—. Le decía a tu camarera que tenga mucho cuidado con mis cosas.

—Vete nomás. —Frey me mira y me señala las escaleras con la cabeza—. Yo me ocuparé de estos señores esta noche.

Los lacayos de Falmouth están en una de las habitaciones del piso superior preparando las cosas de su señor. Se sobresaltan como conejos asustados cuando entro.

—No es él, sólo soy yo.

Uno de ellos toma el abrigo que llevo y continúo mi camino hacia la habitación de Alfred y Esperanza. Alfred ha abandonado a los jugadores y está ya dentro, sentado en el borde de la cama, sujetándose la cabeza con las manos, y está pálido.

—¿Qué demonios está ocurriendo? ¿Qué relación tienen Falmouth y Esperanza? Y, ¿qué relación tienen Esperanza y tú? ¿Por qué has salido corriendo y qué haces aquí arriba?

—Ocultarme como un noble —contesta—. Falmouth es el prometido de Espi. Llevan años prometidos, desde que ella cumplió los quince. En cuanto a mí, creo que es mejor que te lo cuente ella misma. Pero sí puedo guardar esos papeles.

Se los doy y vuelvo abajo, poniendo los ojos en blanco. La nobleza y sus enredos. West Country es como una novela gótica últimamente, entre Burleigh, la princesa y sus diversos amantes.

Al menos ahora ya estoy despierta.

Frey se queda cerca de Esperanza y Falmouth el resto de la noche, de manera que yo me ocupo de la barra y de escuchar la letanía de agravios que ha sufrido John Howard. Pasa de la medianoche cuando Falmouth se retira al salón de juego y Espi sube despacio a la planta de arriba.

—¿Puedo tomarme cinco minutos? —le pregunto a Frey cuando se me acerca.

Ella echa un vistazo a la zona común de la taberna, que ya empieza a vaciarse.

—Sí, pero date prisa. Tienes que recoger varias mesas.

Subo las escaleras detrás de Esperanza y llamo suavemente a su puerta.

—Adelante —dice con la voz amortiguada.

Espi está tumbada de lado en la cama con la cabeza en el regazo de Alfred, pero cuando cierro la puerta se incorpora limpiándose los ojos con el dorso de la mano.

—Hola, Violet.

—¿Quieren que me vaya? Sólo quería asegurarme de que estabas bien, no pretendía entrometerme.

—No, está bien. Te lo agradezco.

—Entonces —comienzo a decir con cierta torpeza—, ¿estás comprometida con lord Falmouth?

Esperanza pone los ojos en blanco.

—Lo estoy, en cierto modo.

—Parece que a tu padre le gusta obligar a las jóvenes a casarse contra su voluntad —digo—. ¿Somos las únicas con las que lo ha intentado o suele hacerlo con frecuencia?

Esta vez, Esperanza hace una mueca completa.

—Siempre está haciendo de casamentero. Le gusta controlar a las personas, no somos más que piezas de ajedrez para él.

—Pero encontrarás la manera de librarte, ¿verdad? —pregunto cambiando mi peso de un pie a otro, nerviosa—. Ese Falmouth es...

—Una bestia —termina Esperanza—. El hecho de que haya venido a supervisar las cosas es un problema para Burleigh House y para ti, Vi. Voy a intentar convencerlo de que Burleigh Halt es un pueblucho demasiado pequeño y remoto para que se quede aquí más de una noche. Si consigo que se hospede en Taunton, tendrás un poco más de espacio. Y Dios no quiera que descubra lo de Alfred. Se supone que esa conversación debe tener lugar en público, delante de mi padre, no aquí sin testigos o habrá duelo al amanecer y tendré que vestir de luto.

Abro la boca, pero la cierro a continuación.

—Disculpa, ¿has dicho vestir de luto?

—Sí —responde Esperanza, resplandeciente—. Alfi es mi triunfo. Nos casamos en secreto el año pasado en la corte de España, delante de varios testigos de innegable lealtad. Al principio fue una cuestión práctica para mí. Alfi dijo que lo haría y que podría divorciarme cuando fuera reina si así lo quería, pero después empezó a gustarme. Es un hombre bueno y decente, ¿sabes? Ahora beso el suelo que pisa.

Esperanza le da un beso en la punta de la nariz y Alfred se pone rojo como un tomate, azorado ante la extrovertida demostración de cariño de su esposa.

—Yo la adoré desde la primera vez que la vi, claro está —admite Alfred—. Pero los dos acordamos que sería mejor guardar el secreto y dejar que Falmouth siguiera pensando que se casará con él. Nadie tiene más confianza con el rey y Espi espera poder sacarle información sobre las escrituras.

Al verlos ahí sentados juntos en la cama, decido que es hora de dejar a un lado las sospechas.

—De modo que tú intentas averiguar algo útil de Falmouth y de tus contactos en la corte, mientras que Alfred indaga en la historia de las Casas, ¿no es así?

—Exactamente. Pásame esa caja de bombones, ¿quieres? —dice Esperanza, señalando una caja dorada que hay encima del chifonier. Se la acerco y se mete uno en la boca.

—Yo puedo ayudar —digo. Es hora de sincerarme—. Mi padre sabía exactamente dónde estaban las escrituras de Burleigh, y creo que la Casa aún lo sabe. No puedo preguntárselo directamente, pues al ser un documento vinculante, la Casa se vería obligada a castigarme, de manera que estoy utilizando el libro de cuentas de mi padre como guía para revivir viejos recuerdos que me indiquen qué dirección seguir.

—¡Bien hecho! —exclama Esperanza y me ofrece la caja de bombones—. Cómete uno, te lo mereces.

—No puedo —digo yo, sacudiendo la cabeza al mismo tiempo—. Ya llevo demasiado tiempo aquí arriba. Frey me está esperando.

Pero me paro un momento en la puerta, antes de salir.

—¿Espi? Gracias por haber sido tan amable con Wyn cuando fuiste a la Casa una vez concluido el arresto. Burleigh me lo mostró.

—Claro, querida. No puedo soportar ver sufrir a nadie, y ese chico lo pasó muy mal. Pero tiene mucha fe en ti —contesta ella con una sonrisa, la cabeza apoyada en el hombro de Alfred.

—Más de la que merezco, creo.

La sonrisa de Esperanza se hace más grande.

—Lo dudo.

Lo último que veo antes de cerrar es a Esperanza poniéndole un bombón en la boca a Alfred, que trata de seguir leyendo con una expresión de resignación perpleja en el rostro.

14

SUEÑO CON LA INFAME SEXTA CASA DE INGLATERRA. O MÁS BIEN con la noche en que mamá me habló de la Sexta Casa por primera vez.

En mi sueño, mis recuerdos adoptan el mismo halo acuoso que los que me muestra Burleigh. Estoy acostada en la cama, no de niña, sino tal como soy ahora, una chica alta, de piernas largas y un cuerpo prácticamente de adulta. Mamá me retira el pelo de la frente y yo miro más allá de ella, hacia el armario donde se orea la ropa. La puerta ha quedado entreabierta. Wyn debe de estar escuchando en su escondite.

—Cuéntame un cuento —le suplico, y aunque puede que tenga cuerpo de mayor, mi voz sigue siendo la de una niña—. Papá siempre me cuenta un cuento cuando está en casa. ¿Adónde se ha ido esta vez?

—A un castillo junto al mar —responde ella al tiempo que me da un vaso de leche endulzada con miel y bebo un sorbito—. ¿Quieres que te cuente un cuento sobre un castillo?

—Sí, por favor.

—Érase una vez una Gran Casa llamada Ripley Castle.

Su voz suena muy lejana. La habitual lluvia nocturna dispuesta por Burleigh llega justo cuando mamá empieza a hablar; oímos su golpeteo en el tejado y vemos resbalar el agua por los cristales de las ventanas.

—¿Es un cuento inventado, mamá? —le pregunto—. Sólo hay cinco

Casas. Burleigh, Hampton Court, la Torre de Londres, la catedral de Salisbury y Plas Newydd, aunque algunas han cambiado de nombre y de forma. Me lo he estudiado.

—Eres una niña muy lista —dice mi madre—. Pero hace tiempo había seis casas y llamaron Ripley Castle a la sexta Casa. Ripley...

—¿Qué le ocurrió? —la interrumpo yo.

Mamá frunce la nariz.

—Lo sabrás si escuchas.

—Perdona —contesto mientras me acomodo en la cama y me subo las mantas hasta los hombros—. No diré nada más.

—Ripley Castle se parecía mucho a Burleigh House. Estaba a cargo de una familia llamada Ingilby. Igual que los Sterling se han ocupado de Burleigh desde hace mucho tiempo, los Ingilby llevaban en Ripley Castle cuatrocientos años.

Yo escucho con los ojos como platos. Nada me gusta más que escuchar historias sobre las Grandes Casas.

—Antes de que tú nacieras, hubo una niña en Ripley Castle, Marianne Ingilby, y cuando su padre murió de forma inesperada poco después de que ésta cumpliera los dieciocho años, quiso ser la guardiana de la Casa. Ella lo deseaba y Ripley Castle también, pero el tío Edgar no pensaba lo mismo.

—¿Por qué no? —pregunto yo dando otro sorbo de leche.

Una expresión ceñuda afea el hermoso rostro de mi madre.

—¿Quién sabe? Pero tu tío Edgar es el rey y él quería entregar Ripley Castle a unos de sus nobles como regalo. Marianne se enfadó mucho. La Casa también detestaba la idea y se negó a aceptar al guardián impuesto por el rey, incumpliendo con ello las condiciones expresas en las escrituras.

Yo escucho extasiada con las manos entrelazadas debajo de la barbilla. En todas las historias de papá hay algún momento lóbrego o una circunstancia desalentadora en la que parece que todo está perdido. Pero entonces se produce un giro y la Casa y su guardián trabajan al unísono, dos almas con un único propósito, y solucionan el problema. Estoy segura de que ocurrirá lo mismo en la historia de mamá.

—Ver que su Casa estaba triste le rompía el alma a Marianne Ingilby —continúa mi madre, acariciándome el pelo con suavidad—. Y confiaba en ella más que en nada, así que hizo lo que nadie se había atrevido a hacer hasta ese momento. Robó las escrituras y trató de liberarla.

Fuera se oye una especie de rumor sinuoso que asciende por las paredes. La hiedra recién nacida comienza a golpear los cristales. Saltan chispas verdes del fuego de la chimenea.

—Esta historia no la has escuchado antes, Violet. Hay algo de lo que tu padre no quiere hablar, aunque en secreto confía poder seguir los pasos de Marianne, y tratar de liberar a Burleigh. Pero es una empresa peligrosa ya que, para liberar una Gran Casa, debes llevar sus escrituras al corazón de ésta y romper las condiciones que la atan con sangre y mortero, de la misma forma en que fue creada.

—¿Por qué es peligroso? —pregunto yo.

Fuera, la hiedra me hace gestos, trepa por el cristal de la ventana. Detrás de mi madre, la puerta del armario se abre unos centímetros más. Vislumbro el rostro pálido de Wyn en la penumbra; él sí es el Wyn niño, no el muchacho que he llegado a conocer y, aunque estoy soñando, siento una punzada de decepción.

—Sé que tu padre quiere a Burleigh House más que a nada en el mundo, Vi —contesta ella y no hago caso del dejo amargo de su voz—. Sé que te está enseñando a amarla. Pero cada Casa, por muy dócil que pueda parecer, independientemente de lo entregado que sea su guardián, debe cumplir las condiciones vinculantes que figuran en sus escrituras hasta el final. Y las Casas están obligadas a matar a todo aquél que intente devolvérselas.

Un zarcillo de hiedra se abre camino por una rendija que hay en el marco de una de las ventanas y levanta el pestillo. Cuando la ventana se abre, la hiedra penetra en la habitación y se derrama silenciosamente por el banco situado bajo la ventana y los suelos.

—Burleigh no es así —afirmo yo con inquebrantable confianza—. Burleigh jamás haría daño a nadie.

—Estoy segura de que Marianne Ingilby pensaba lo mismo de Ripley Castle —replica mi madre, mirando por encima del hombro la hiedra que está entrando en la habitación y reprime un escalofrío—. Pero esa Casa la mató, Violet. Ripley la estranguló porque era su obligación. No quedó libre con sangre y mortero como Marianne había planeado. Sin embargo, matarla fue demasiado para la Casa; se volvió loca y desató su arrollador poder destructor por todo el condado. ¿Qué es lo que siempre dice tu padre? Un guardián antepone su Casa a todo lo demás, pero una Casa se antepone a sí misma a todo lo demás. El caso es que eso fue lo que hizo Ripley Castle y a consecuencia de ello, presa de un dolor insoportable, destruyó Yorkshire.

Me miro las manos que se han convertido en las de una niña. Me he encogido. Mi cuerpo vuelve a ser el de la niña Violet y noto las lágrimas que me caen por las mejillas.

Mamá continúa, implacable, mientras la hiedra avanza centímetro a centímetro hacia ella. Con cada palabra y cada rumor de hojas, siento que el eje de mi mundo está cambiando.

—Tras la muerte de Marianne, Ripley Castle convirtió el norte del país en un páramo. Su magia se convirtió en algo oscuro y retorcido que se extendía por todas las tierras colindantes. Los daños que ocasionó fueron tan graves que incluso después de que Su Majestad terminara con la Casa, los habitantes tuvieron que abandonar el condado, que sigue deshabitado.

Mamá me toma las manos entre las suyas, pero el relato me ha dejado tan estupefacta que las aparto.

—Las Casas no nos quieren, Violet. Obedecen o desobedecen y nos utilizan para sus propios fines.

Noto que inspira bruscamente, sobresaltada cuando la hiedra le roza el tobillo.

—Burleigh, ya basta —le ordeno y nada más decirlo, las ramas de hiedra se convierten en ceniza. Contemplo las manchas negras que han dejado por todo el suelo de la habitación, porque no soy capaz de mirar a mi madre.

—Tenías que saberlo —me dice y me da un beso en la frente. Noto sus labios fríos en la piel y huelo su perfume de rosas cuando se levanta y se dirige hacia la puerta.

—Espera —le digo y se detiene—. ¿Qué le ocurrió a Ripley Castle después de que se descontrolara?

—El rey mandó quemarla. Hasta la última piedra y la última viga de madera.

Cuando sale con la lamparilla y cierra tras de sí, me levanto de la cama y me acerco al armario. Me siento al lado de Wyn y cierro la puerta, de manera que estamos hombro con hombro, solos en la oscuridad, en absoluto silencio.

—Tengo miedo, Violet —dice Wyn al cabo de un rato—. ¿Y si es verdad eso que ha dicho de las Casas?

—Yo también tengo miedo. ¿Qué haría yo si hubiera que quemar Burleigh?

Y de repente todo cambia como sólo sucede en los sueños. Ya no estoy dentro del armario a oscuras con Wyn, sino de pie ante el portón delantero, que vuelve a ser de hierro forjado en vez de zarzas. Wyn está al otro lado, dentro de los terrenos ajardinados, el niño Wyn que conozco, con su pelo rubio rojizo y su actitud reticente, familiar y desconocido al mismo tiempo. Se aferra con ambas manos a los barrotes y yo se las cubro con las mías.

—Adelante, Violet. Busca tu propio camino.

A mi lado en el seto, un pajarillo abre el pico para cantar y la voz que sale de su garganta es la de mamá, una dulce y cristalina voz de soprano.

Burleigh es como el mercurio
Burleigh es la ruina absoluta
Sin sangre fundida con su mortero
Aliento fluye por sus muros

Me quedo mirando a Wyn que regresa a la casa por el sendero de grava y cierra la puerta tras de sí mientras el pájaro canta. Sale humo por las ventanas. Las llamas devoran la piedra, los cristales estallan y las vigas de madera gimen. Burleigh House se derrumba con Wyn dentro y siento como si yo misma estuviera atrapada en el incendio y mi cuerpo fuera a derretirse.

Cuando despierto, el dolor sigue presente, me aplasta el pecho como si fuera un torno de banco, me extrae el aire de los pulmones. Emito un grito sofocado, un grito sofocado, sofocado.

15

HACE UNA BUENA MAÑANA DE MAYO, LA ÚLTIMA DEL MES DE hecho, y Burleigh está preciosa en el umbral del verano. Estoy en el jardín de la cocina, sentada en un banco al sol con la espalda apoyada en la pared. Corre una brisa cálida y pese a que lo han invadido las malas hierbas, las abejas zumban alegremente entre las flores. Un jilguero revolotea entre los cardos. Soy feliz durante este breve instante y Burleigh es feliz porque yo lo soy. Aunque sigo percibiendo el dolor que emana de los ladrillos y la inmensa tensión que soporta la Casa debido a la magia contenida, también noto alegría, bondad y mucho cariño.

Sonrío mientras paso el pulgar por los ladrillos sobre los que me apoyo. En respuesta, Burleigh hace brotar zarcillos de madreselva y sus flores se abren, despidiendo una dulce fragancia en la brisa.

—Engreída —gruñe Wyn desde donde trabaja cortando y almacenando madera delante de la leñera—. Ya eras insufrible cuando éramos pequeños, presumiendo siempre de que eras la favorita de la Casa.

Deja el hacha a un lado y se incorpora al tiempo que se limpia la frente con el dorso de la mano. Yo me muerdo una uña y trato de no quedarme mirándolo demasiado rato. Wyn se ha vuelto tan... competente. Antes no era así. Y aunque no me gusta pensar en las circunstancias que han hecho de él el muchacho que es ahora, el resultado es una distracción para mí.

Especialmente cuando se supone que estoy repasando el libro de cuentas de papá que tengo en el regazo.

—La Casa es un edificio viejo y mohoso que tiene favoritos y no aprecia a las personas que más cosas hacen por ella —le digo yo—. Fíjate en Jed y Mira. Se encargaron del mantenimiento en la época de papá y ¿cuándo has visto tú que Burleigh se lo reconozca?

Una madeja de tallos de madreselva me toca la oreja y yo la aparto con la mano.

—Pero a ti te encanta —dice Wyn con un buscado tono hueco, desprovisto de emoción. Como si estuviera hablando del tiempo—. Da igual lo egoísta e injusta que sea. Da igual lo que le haya hecho a tu familia o lo que ellos hayan hecho por ella. Por eso volviste.

Le frunzo el ceño mientras apila bloques de madera bajo del tejadillo de la leñera.

—Volví por muchas otras razones.

—¿Has descubierto algo nuevo? —pregunta, señalando con una ramita el libro de cuentas. Sé que está cambiando de tema, pero se lo permito y bajo la vista hacia el libro.

—La verdad es que creo que sí. He ido siguiendo los lugares a los que viajó mi padre y he comprobado que durante el último año previo al arresto viajó repetidamente a Cornwall. Pero no dejó reflejado el motivo. Lo que quiere decir que o tenía allí una amante de la que yo no sabía nada...

—Muy improbable —me interrumpe él.

—O descubrió que las escrituras estaban en algún lugar de Cornwall, algún lugar a lo largo de la costa, en alguna cueva marina.

Cuando me mira, Wyn está sonriendo casi.

—Y tú que decías que no eras muy lista, ni para hacer acertijos.

—Soy lo que Burleigh necesita que sea —contesto, observando los jardines invadidos por las malas hierbas, el deterioro de las paredes y los charcos de mortero a nuestro alrededor.

Wyn está a punto de decir algo cuando la brisa se detiene por completo.

El cielo se cubre de nubes y se torna de un verde enfermizo. De repente cae una ráfaga de gélida lluvia y después se produce una calma tensa.

—¿Burleigh? ¿Qué ocurre? —pregunto.

La Casa no responde, como es natural, pero Wyn aguza la vista y mira qué ocurre al otro lado del edificio.

—Creo que hay alguien en el portón. Hay una buena tormenta ahí fuera y las zarzas que cubren el muro parecen más espinosas de lo habitual.

Cierro el libro y dejo escapar un profundo suspiro.

—Supongo que será lord Falmouth. Llegó ayer a Burleigh Halt. El rey lo ha enviado a vigilarnos a Burleigh y a mí.

—Eso va a ser un problema —contesta él, sacudiendo la cabeza—. Burleigh detesta a Falmouth. Y tampoco puedo decir que me dejara cautivado, aunque sólo nos hayamos visto una vez.

Me levanto y me acerco a Wyn.

—¿Me lo guardas? —le pregunto, tendiéndole el libro—. Tengo que salir a fingir que soy una anfitriona encantadora. Ojalá Burleigh lo fuera también. Lo último que necesitamos es que le hable mal de nosotras al rey.

Wyn toma el libro, pero yo no lo suelto. Por un momento nos quedamos atrapados en el presente, en cierto modo, unidos por mi padre.

—No vayas, Violet —dice Wyn sin mirarme—. No lo dejes entrar. Esto acabará mal.

—Ay, Wyn —respondo yo. Me duele decirle que no, pero si no obedezco las normas del rey, incendiará la Casa y todo habrá acabado—. Tengo que hacerlo.

—Pues no me gusta —dice él. Esta vez sí que me mira y la desolación que veo en sus ojos grises me parte el alma.

—Intentaré deshacerme de él lo más rápido posible —le prometo, soltando el libro finalmente. Hago el esfuerzo de recuperar la compostura y, recogiéndome las desgastadas faldas que solía vestir cuando vivía en el pantano, me dirijo a toda prisa al jardín delantero y al portón de zarzas que se encuentra al fondo.

Al llegar al comienzo del sendero, me asomo entre la maraña de espinas que cubren el boquete del muro. Me golpea una racha de aire frío a este lado del portón de zarzas, pero al otro llueve a cántaros. Falmouth aguarda bajo la lluvia montado en un corcel negro con cara de pocos amigos. Lo flanquean sus lacayos, con los hombros hundidos y resignados a terminar hechos una sopa.

—Hola. ¿Qué puedo hacer por usted?

—He venido a ver a su señora —responde Falmouth con tono brusco y lacónico—. ¿Está en casa?

Yo dibujo una sonrisa forzada. Debería habérmelo pensado mejor, pero no puedo evitar jugar un poco con él.

—La última vez que me fijé, estaba.

El caballo de Falmouth se remueve inquieto y Falmouth comprueba el bocado con frustración.

—Déjame entrar ahora mismo.

—No me está permitido dejar entrar a desconocidos —le digo—. Y no sabía que vendría usted.

Falmouth balbucea algo.

—Mira, muchacha, estoy aquí para ocuparme de un asunto de Su Majestad y espero que me dejes entrar o te aseguro que el rey se enterará.

No quiero hacerlo. La Casa no quiere que lo haga. Wyn no quiere que lo haga. Pero si no lo hago y le cuenta al rey que no he querido cooperar, me lo hará pagar.

—No pasa nada, Burleigh —susurro, posando la mano en una rama desprovista de espinas—. Sé que te hizo daño, pero ahora estoy yo aquí y no permitiré que te ocurra nada.

Percibo su reticencia en la palma.

—Adelante —añado intentando convencerla—. No pasará nada, te lo prometo.

Las zarzas se retiran muy despacio y noto que la Casa no está de buen humor. Al final, deja espacio suficiente para que pase un caballo, nada más, se niega a apartarse más. Le echo una mirada decepcionada al muro.

Lord Falmouth espolea a su caballo, pero este retrocede un poco ante el boquete cuando Burleigh extiende hacia el animal sus dedos puntiagudos.

—Compórtate, lo hago por tu bien —siseo al aire, la hierba y la grava del sendero. La respuesta es el rumor de un trueno a lo lejos.

De cerca, compruebo que lord Falmouth debe tener unos treinta años más que yo y exhibe un mentón severo y unos astutos ojos a los que no se les escapa nada.

—Eres la camarera de la taberna —dice mientras desmonta—. ¿Sabe tu señora dónde pasas las noches?

—Oh, sí. Y no le importa en absoluto —respondo yo.

Falmouth frunce aún más el ceño.

—Pues ésa no es forma de dirigir una Casa. Las cosas serán muy distintas cuando yo sea el guardián, no se te olvide.

No digo nada porque me niego a contemplar la idea de que este noble tan grosero pueda llegar a ser el guardián de Burleigh House.

—Que un mozo de cuadras se ocupe de mi caballo —ordena con brusquedad—. Y ve a buscar a tu señora. Quiero hablar con ella sobre la gestión de Burleigh. Esta Casa es una vergüenza.

Detrás de Falmouth brota de la pared una zarza espinosa que serpentea por el suelo hacia las patas traseras de su caballo.

—Señor —le digo al tiempo que tomo las riendas del caballo y tiro de él para que no le haga daño—, me temo que no tenemos mozos de cuadra, así que tendrá que conformarse conmigo. El personal de servicio actualmente no es lo que era cuando mi... cuando vivía el señor Sterling.

—Te refieres a antes de que fuera sentenciado a muerte por traicionar al rey.

Estampo una sonrisa tenue dirigida más a Burleigh que a este odioso caballero. Retumba otro trueno en el cielo y media docena de tejas caen del tejado y se hacen añicos en el sendero de entrada de la casa.

—Exacto. ¿Quiere acompañarme a los establos o prefiere esperar dentro?

—Iré contigo. Burleigh no estuvo muy afable la última vez que estuve aquí y me gustaría ver un poco más de los terrenos.

Conduzco al caballo y lord Falmouth camina a mi lado.

—¿Estuvo aquí cuando vivía el señor? —pregunto, en parte para conversar y en parte para evitar que se vuelva a mirar a la Casa. Desde este ángulo se ven las amplias grietas que decoran la cara externa de las paredes del ala de los invitados y no quiero que sepa que la situación de Burleigh es realmente grave.

—No, nunca estuve de visita cuando vivía George Sterling, aunque sí nos conocíamos bien. Pero soy el apoderado del rey en su ausencia. Él establece en las condiciones del acuerdo vinculante de las Casas que éstas deben obedecerme cuando él está de viaje. Estaba en Bélgica cuando terminó el arresto de George, por lo que fui yo quien vino a retirar el cuerpo, aunque Burleigh House no se portó bien. Tuve que forzar el portón de la entrada.

El suelo tiembla ligeramente. Me detengo en seco y me vuelvo a mirarlo.

—Le agradecería que no hablara tan a la ligera del daño que provocó.

Falmouth enrojece.

—¿Quién te crees que eres para hablarme así, muchacha? Haré que te azoten por tu impertinencia.

Burleigh está furiosa. Las piedrecitas de grava del sendero empiezan a agitarse y a entrechocar con un sonido que recuerda al castañeteo de unos dientes con muy malas intenciones.

«Cálmate, Burleigh, cálmate», pienso para mí intentando transmitírselo a la Casa.

No puedo seguir adelante con esta farsa.

—Soy Violet Sterling, la hija de George y la señora de esta Casa. Como acabo de decirle, no me gusta oírlo hablar del daño que le infligió en su última visita. Hacerle algo así a una Casa que cumple las condiciones que se estipulan en sus escrituras es inadmisible.

—Claro, cómo no. La sucesora de George trabajando como camarera. Él también pasaba mucho tiempo en el Shilling —contesta lord Falmouth poniendo los ojos en blanco—. Y no seas dramática. La Casa se lo hizo ella sola. ¿Qué se suponía que debía hacer? ¿Dejar que tu padre se corrompiera en el lecho de muerte y que la Casa fuera deteriorándose y pudriéndose hasta morir? ¿Sabías que el chico que George mantuvo a su lado durante el arresto no fue capaz siquiera de disponer el cuerpo para su enterramiento? Lo dejó en la cama para que se pudriera. Lo único que quedaba cuando llegué eran los huesos. Yo mismo tuve que encargarme de que lo enterraran y le pusieran una lápida.

Me concentro en el sonido rítmico de mi respiración y mis pasos, porque sus palabras son venenosas, pero, sobre todo, son mentira. Vi el recuerdo de Burleigh. Sé que fue Esperanza quien se ocupó del entierro cuando mi padre murió.

Inspiro, espiro. Inspiro, espiro. Un pie hacia delante y después otro.

El sonido del hacha de Wyn rasga el aire cada pocos segundos, como una salva de disparos. Me resulta extrañamente reconfortante saber que está cerca. Saber que tengo un aliado fiel en caso de que lo necesite.

De camino a los establos vacíos y en ruinas, brotan margaritas entre la grava ante mí. La luz se filtra entre las amenazadoras nubes y me sigue, de manera que camino envuelta en un halo dorado, como una santa o una madona. Me alegra la evidente atención de Burleigh, igual que me alegra oír el ruido del hacha de Wyn. Es un consuelo saber que por muy contundente que pueda ser lord Falmouth, no estoy sola. Me ocupo del caballo mientras él mira. Sus hombres guardan silencio, sin trabar contacto visual ni pronunciar una sola palabra. Están más nerviosos que el caballo. Me imagino la clase de amo que debe ser el duque.

Falmouth les ordena que se queden en el establo y nosotros dos salimos corriendo hacia el invernadero mientras empieza a llover en forma de gruesas gotas. El agua tamborilea en el cristal y el sonido me tranquiliza. Un escalofrío me recorre el cuerpo y de inmediato el fuego arde en la chimenea y me acerco a calentarme las manos. Estaríamos más cómodos en el estudio, pero las zarzas han empezado a invadir los rincones y el invernadero aún no muestra señales de la enfermedad de Burleigh.

—Su Majestad dijo que la Casa se muestra extrañamente solícita contigo —señala Falmouth desde donde observa los terrenos bajo la lluvia—. Y estoy dispuesto a dejar que te quedes aquí de forma permanente de algún modo. Como fregona en la cocina tal vez.

Las llamas de la chimenea crecen en una súbita llamarada que recorre las paredes interiores.

—¿Tiene mucha experiencia con Grandes Casas? —le pregunto, porque debe creer que tengo intención de dejarle vía libre cuando termine el verano—. Burleigh necesitará mucha atención y diestros cuidados si quiere que se recupere por completo.

Lord Falmouth se vuelve hacia mí y me mira de arriba abajo. Se me eriza el vello de la nuca. No me gusta ese aire de dueño y señor; cualquiera diría al verlo ahí de pie que le pertenece todo lo que lo rodea.

—Señorita Sterling, el rey y yo somos de la misma opinión en esto. Burleigh ha sido consentida por los Sterling durante siglos. Hay que acabar con ello. Una mano firme haría maravillas en un sitio como éste, y si persiste en su obstinación, bueno, no es más que una Casa. Hay otras en caso de que Burleigh decida acabar reducida a cenizas.

—No es una cuestión de elección —le espeto con brusquedad—. Burleigh está sufriendo por culpa de la obligación contractual establecida en sus escrituras. Ya estaba sufriendo antes del arresto de mi padre y seguiría enfermando aunque tuviera la llave en mi poder en este momento.

No sé si Burleigh está tomando fuerzas de mi agitación o si es que yo estoy canalizando la furia que siente mi Casa, el caso es que el fuego crepita y saltan chispas, y la lluvia azota los cristales.

«Por favor, Burleigh, cálmate», le suplico en silencio.

Pero por dentro mi corazón late desaforadamente.

Falmouth no le presta atención a la Casa. En su lugar, atraviesa la habitación y se coloca junto a mí frente al fuego, demasiado cerca para mi gusto. Me sujeto a la repisa con una mano, en un gesto de apoyo tanto para Burleigh como para mí.

—Entonces tal vez sea mejor que vaya a ver a Su Majestad mañana para decirle que lo único que se puede hacer por Burleigh es prenderla fuego —dice Falmouth con voz tersa.

Fuera, el viento aúlla en los aleros y la tierra tiembla bajo nuestros pies, pero Falmouth es tan ignorante que no hace caso.

—Silencio, Burleigh. Cálmate, querida mía —murmuro para mí, acariciando la repisa al mismo tiempo.

Pero la incomodidad de la Casa va en aumento hasta que llega un punto que se me hace insoportable. Lord Falmouth que, obviamente, no lo percibe, me mira como si estuviera a punto de darme un ataque de histeria. Y es posible que así sea.

—Burleigh, no deberías... —comienzo a decir, pero mis palabras quedan silenciadas por el estallido de los cristales cuando las ramas de hiedra penetran en el invernadero y comienzan a enredarse alrededor de las muñecas y los tobillos del duque obligándolo a caer de rodillas. Yo misma pierdo el equilibrio al notar el súbito peso de la atención de Burleigh sobre nosotros dos.

—Informaré al rey de todo esto —brama el duque mientras Burleigh lo saca a rastras del invernadero y lo lleva hasta el portón de la entrada. Sigue lloviendo y Falmouth no tarda en estar cubierto de barro. Yo salgo detrás, suplicándole a Burleigh que se detenga, pero ella no atiende a razones. Los sirvientes de Falmouth salen corriendo del establo, atraídos por el ruido, pero se detienen a unos pasos de distancia pues no quieren inmiscuirse.

—¿Crees que Su Majestad dejará que te quedes aquí cuando se entere de que Burleigh ha enloquecido? —continúa lord Falmouth—. En tres días, el ejército real se presentará aquí armado con antorchas y querosén.

Las palabras del duque se me clavan en el corazón como un cuchillo mientras Burleigh lo arroja en mitad del camino. Pero en ese momento, ésta centra la atención en otra parte. La hoja del cuchillo se retuerce.

—¡Fuera! —grito a los sirvientes de Falmouth, que se escabullen justo antes de que las zarzas vuelvan a cubrir el agujero, cerrando los jardines al exterior con más seguridad que cualquier cerrojo.

—¿Qué pasa con mi caballo? —grita Falmouth desde el otro lado.

—Tendrá que apañárselas sin él —respondo yo por encima del hombro—. Tengo asuntos más urgentes de los que ocuparme.

Las nubes se han oscurecido más todavía tras el ataque de ira de Burleigh y sigue lloviendo a cántaros. Algo me golpea en la nuca, salpicándome de forma muy desagradable, y cuando me llevo la mano para secarme, toco algo áspero y noto que se cubre de mortero húmedo. El sonido y la textura de la lluvia cambia, se suaviza y se vuelve más densa y más siniestra a medida que la hierba se cubre de mortero y el agua de los charcos se densifica. Nunca había visto nada igual cuando mi padre era guardián y el miedo se apodera de mí.

Echo a correr hacia la casa y por el camino el miedo se convierte en una horrible premonición. No se oye nada más que el golpeteo del mortero húmedo y denso al chocar contra todas las superficies a mi alrededor. El hacha de Wyn ha dejado de sonar.

Sigue cerca de la leñera, apoyado contra el montón de leña cuidadosamente apilada. Parece dormido, pero cuando lo sacudo frenéticamente por los hombros, no se despierta.

—¡Wyn, despierta, Wyn! ¡Abre los ojos!

Burleigh está centrando toda su atención sobre él y la antinatural lluvia no amaina. Hundo las manos en el lodazal formado por el barro y el mortero.

—Para, por favor, Burleigh House. Déjalo en paz —suplico.

La resistencia y la frustración se filtran a través de mi piel.

—Te lo suplico —continúo yo—. Si alguna vez me has querido, apártate de él.

Muy, muy despacio, el foco de atención de Burleigh comienza a virar. Las nubes se aligeran poco a poco hasta disiparse por completo.

—¿Wyn?

Tiene las manos frías. Las tomo entre las mías, pero sigue sin despertar. Echo un vistazo por encima del hombro presa de la angustia para calcular la distancia que hay hasta la puerta de la cocina. Unos noventa metros. No quiero dejarlo solo, pero tampoco puedo llevarlo hasta allí yo sola.

—No te muevas —le susurro—. Ahora mismo vuelvo. Como vuelvas a tocarlo, Burleigh, no te lo perdonaré.

La Casa gruñe, pero un rayo de sol se abre paso a través de la capa de nubes y se derrama sobre la silueta inconsciente de Wyn.

Me levanto dando traspiés y salgo corriendo a la puerta de la cocina.

—¿Mira? ¿Dónde estás, Mira?

No se la ve por ninguna parte. Recorro los pasillos llamándola hasta que oigo una voz lejana y echo a correr hacia el origen del sonido.

Mira está en el invernadero y nada más entrar viene hacia mí, me agarra la cara con las manos y me mira de arriba abajo para comprobar que no me falta nada.

—¿Estás bien, Violet? —pregunta, aterrada—. ¿Qué ha pasado aquí?

—Su Majestad envió al duque de Falmouth a supervisar la casa —contesto mecánicamente—. Fue horrible, y Burleigh se puso furiosa. Lo arrastró por todo el jardín, pero después de eso perdió el control de su magia. Empezó a llover mortero y Wyn trató de detenerla canalizando la magia él mismo, y ahora no puedo despertarlo. Mira, por favor, necesito tu ayuda.

Hasta ese momento no soy plenamente consciente de lo horrible que es la situación: la mala bestia de lord Falmouth, la ira de Burleigh y Wyn, inmóvil donde lo dejé.

—¿Dónde está Wyn? —pregunta cuando ve que me tapo la boca con la mano y empiezo a llorar—. Vi, ¿dónde está?

—Fuera, junto a la leñera —contesto una vez recuperada la compostura—. Tenemos que meterlo en la casa.

Los charcos de mortero formados a lo largo del sendero del jardín han empezado a secarse. Las hierbas han quedado aplastadas bajo el peso de una lluvia tan antinatural. Todo huele a piedra húmeda y fría.

Y al llegar a la leñera se me cae el alma a los pies. Ni rastro de Wyn.

—Estaba aquí mismo —digo, mirando a nuestro alrededor—. Te lo juro, Mira. ¿Adónde se habrá metido?

Mira se pone dos dedos en la sien, como si le doliera la cabeza.

—¿Había hecho magia antes? —pregunta muy despacio.

Yo bajo la vista hacia el suelo recubierto de mortero y me muerdo el labio.

—Sí.

—¿Y tú? ¿Has hecho magia desde que estamos aquí? Violet Helena Sterling, espero que me digas la verdad.

Jamás había visto a Mira tan seria.

—No a propósito —respondo yo con un hilo de voz.

—Lo que quiere decir que sí. Entra ahora mismo y haz el equipaje, señorita. Nos vamos.

—¿Qué? —pregunto yo, ahogando un grito—. Mira, no puedes...

—Se me ocurre que han podido ocurrirle dos cosas a ese chico —me interrumpe ella—. O bien se ha dado cuenta de que este lugar es peligroso y se ha ido como era su intención en un principio, o...

—¿O qué? —pregunto yo con los brazos cruzados y el ceño fruncido.

—Dices que Burleigh ha sacado a rastras a Falmouth. Esta Casa no está bien. ¿Y si le ha hecho lo mismo a Wyn? ¿Y si ha incumplido sus obligaciones contractuales y ha acabado con él?

—¿Acabar con él? —La rabia que me recorre por dentro es como una corriente eléctrica que me quema por dentro—. ¿Estás diciendo que Burleigh es una asesina? Mi Casa jamás haría algo así.

Mira me observa con hastío.

—Violet, cariño. Ya lo ha hecho. Y conozco las enseñanzas que tu padre te inculcó, lo que siempre has creído que serías. Pero ¿de verdad eres capaz de anteponer esta Casa a todo lo demás llegado el momento? ¿A todo y a todos? Piensa en ello. Piénsalo detenidamente. Y hazlo mientras guardas tus cosas. Mi conciencia no me permite dejar que vivas en un sitio que atenta contra tu vida constantemente.

Por un momento me dan ganas de ponerme a patalear o a gritar, pero la rabia cede ante la pena. Si en la expresión de Mira se aprecia el agotamiento, yo me siento como si llevara viviendo en este mundo un millar de años.

—No importa que no quieras que me quede —le digo y mi voz se rompe porque quiero a Mira y a Jed con todo mi corazón. No sabría qué hacer sin ellos—. Pero no puedo irme. No puedo hasta que libere a Burleigh o quede reducida a cenizas.

Una alfombra de violetas brota alrededor de mis pies conforme hablo.

—¿Por qué? —pregunta Mira—. Ayúdame a entenderlo, Vi. ¿Por qué no puedes dejar atrás este sitio?

Me sorbo la nariz y la miro entre lágrimas.

—¿Qué otra persona podría hablar en nombre de Burleigh House? Nadie, Mira. Nadie. Sin mí, estaría completamente sola.

—¿Adónde vas? —me pregunta cuando echo a andar dando traspiés.

—A buscar a Wyn. No puede haber ido muy lejos.

16

WYN HA DESAPARECIDO POR COMPLETO.

Lo busco por todas partes. Recorro los jardines, la pradera, el cementerio. Miro en todos los edificios adyacentes. Al final, tengo que irme al Shilling, pero me parte el corazón no haber podido verlo antes. Saber que es posible que se haya ido o que le haya sucedido algo malo me carcome por dentro, es una sensación fría y tóxica como el mortero.

En el Shilling no hay señales de Esperanza ni de Alfred. Supongo que se habrán ocultado para evitar encontrarse con Falmouth, que sigue hospedándose en la posada, pero cuando llego está enclaustrado en el salón de juego, de manera que no lo veo hasta bien entrada la noche. Oigo ruido en la cocina. Frey mira por encima del hombro desde su puesto al final de la barra en dirección al corredor.

—Toma, Vi —dice al tiempo que me pasa una bandeja llena de vasos con whisky fuerte y caro—. Lleva esta bandeja al salón de juego mientras yo me ocupo de la cocina.

Yo obedezco, repitiéndome todo el rato: «No pierdas las formas, no pierdas las formas, no pierdas las formas».

Pero nada más entrar en la sala llena de humo iluminada con lámparas, noto los hombros tensos y se me forma un nudo en el estómago. Falmouth está sentado en la mesa más alejada, concentrado en su partida de whist.

Serpenteo entre las mesas reponiendo los vasos vacíos de whisky sin hacer caso de las obscenidades que me dicen los comerciantes de paso en el pueblo, pues los clientes habituales no me molestan nunca. Observo a Falmouth mientras sirvo las bebidas. Veo que gana la mano y sonríe con expresión de saber que el mundo existe para satisfacer sus deseos. Lo imagino quebrantando a la fuerza el portón de Burleigh House y dejando una herida que aún no ha curado. Recuerdo la ira de mi Casa ante su presencia. Y pienso que cuando vuelva a dormir esta noche, Wyn no estará haciendo guardia fielmente delante de la puerta de mi habitación, a menos que se produzca un milagro. Y todo por culpa de lord Falmouth.

—Vaya, vaya, aquí está, la guardiana convertida en camarera —dice Falmouth cuando repongo las bebidas de su mesa—. Justo les decía a estos caballeros que salgo para Bath mañana a primera hora a informar a Su Majestad de que lo mejor es prender fuego a esa temperamental Casa tuya. No queremos que se repita lo de Ripley Castle, ¿verdad?

Aprieto los dientes mientras sustituyo su vaso sin decir una palabra.

Pero el duque no deja de hablar, palabras malintencionadas que pronuncia entre dientes.

—¿Sabías que también conocí a Marianne Ingilby? Sí. La chica que provocó el hundimiento de la Sexta Casa y arruinó el condado de Yorkshire. Marianne, su padre y yo éramos como uña y carne por entonces. Creo que a George le gustaba Marianne hasta que Ripley Castle acabó con ella y tuvo que conformarse con tu madre.

Todo el mundo nos mira, pero yo no dejo que se me note lo que pienso.

—No te gusta que te cuenten cosas sobre la Sexta Casa, ¿verdad? —sigue el duque en tono de mofa—. A tu padre tampoco le gustaba. ¿No te parece curioso que se repita la historia? Otra casa en proceso de deterioro. Otra chica desesperada. Otro condado que se enfrenta a la ruina.

Un murmullo de desagrado se extiende entre los viajantes presentes en la habitación, y me obligo a tragar el nudo que se me ha hecho. De todos los riesgos que corro en mi intento de liberar a Burleigh, el bien de West Country es precisamente lo que más peso tiene.

—Burleigh no es como Ripley —respondo lacónicamente—. Durante ochocientos años ha protegido este rincón del país y siempre ha sido buena y afable.

Falmouth se remanga la camisa deliberadamente despacio para mostrar las marcas rojas causadas por la hiedra cuando Burleigh lo sacó a rastras de sus terrenos.

—¿Ésta es la bondad que muestra tu Casa con la gente?

Los murmullos crecen.

—¡Usted la provocó deliberadamente! Entró en sus terrenos fanfarroneando, amenazando y hablando de su muerte como si mi Casa no pudiera oír ni sentir.

—No es humana, señorita Sterling —responde él sacudiendo la cabeza como si yo hubiera perdido la cabeza. Sangre y mortero, creo que lo odio aún más que al rey.

—No lo es, no, pero está viva —insisto—. Es capaz de pensar y tiene voluntad propia, y sabe lo que todo el mundo dice sobre ella, que no merece la pena salvarla. Que sería mejor dejar que ardiera. Así que sí, es normal que mi Casa esté nerviosa. Está sufriendo.

—¿Y qué es lo más humano que se puede hacer por una criatura que está sufriendo? —dice él con dulzura fingida—. Acabar con ella. En estos momentos, el mayor impedimento para el bienestar de West Country es precisamente Burleigh House, señorita Sterling. De hecho, es usted y su absurda obstinación en lograr lo imposible. Si su padre, un guardián reconocido, fue incapaz de salvarla, ¿qué le hace pensar que tiene usted la más mínima oportunidad? ¿Cómo exactamente piensa reparar la casa?

Aprieto la mandíbula y lo fulmino con la mirada, pero no digo nada. Ya he hablado demasiado, pero no soy tan tonta como para dejar que este noble arrogante me provoque para reconocer mi propia traición.

Falmouth deja un puñado de billetes en la mesa y se levanta.

—Buenas noches, caballeros —dice a todo aquel que quiera escuchar—. La compañía ha estado muy bien, pero el personal de este sitio deja mucho que desear.

Dejo que se vaya. Me guardo la rabia de manera tan honda que me duelen hasta los huesos, pero dejo que se vaya.

No tengo un recuerdo muy nítido de las últimas horas del turno. Cuando por fin salgo, inspiro profundamente el aire nocturno y fresco. No sé cuánto tiempo me queda con Burleigh, pero tengo la intención de dedicar todo mi tiempo libre a trabajar para ella.

Y cuando llegue la mañana, saldré a buscar a Wyn, aunque empiezo a sospechar que se ha ido. Puede que este último contacto con la magia de Burleigh lo haya hecho entrar en razón, lo haya hecho ver lo peligrosa que es la situación. Es posible que haya decidido abandonarnos a mi atormentada Casa y a mí en nombre de la autoconservación.

Por el momento es hora de ir a casa y buscar en el libro de cuentas de papá la pregunta sobre las escrituras que mi Casa esté dispuesta a responder.

Cuando rodeo la taberna, me arrastran con brusquedad hacia las sombras y me empujan contra la pared. Me retuerzo como un pez fuera del agua, pero el duque de Falmouth me sujeta con fuerza las muñecas.

—¿Te atreves a faltarme el respeto en público, señorita Sterling? —balbucea y noto su aliento caliente muy cerca de mi oído. En ese momento estoy tan asustada y furiosa que no puedo ni hablar—. Ya te enseñaré yo a controlar esa lengua rebelde.

Me inmoviliza aplastando su brazo contra mi garganta. No puedo respirar y mi campo de visión se reduce.

—Pídeme disculpas ahora mismo por contestarme en público —gruñe—. Y llámame por mi título.

Pero no puedo hablar. Falmouth se inclina sobre mí, echando todo su peso sobre el brazo que me aplasta la garganta. Cierro los ojos y empiezo a verlo todo negro.

El áspero clic de la aguja al amartillar una pistola resuena en el silencio de la noche.

—Apártese de mi camarera —dice Frey con frialdad, de pie en el umbral de la puerta trasera de la taberna.

El duque vacila un momento, pero al final cambia el peso y tomo una gran bocanada de aire. Frey avanza un paso.

—Fuera —ordena, apuntando directamente a Falmouth—. Fuera de este pueblo y no vuelva.

El duque la fulmina con la mirada.

—Reduciré Burleigh House a cenizas y después me ocuparé de esta pequeña taberna tuya. Te aseguro que nadie respetable volverá a parar aquí.

Frey se limita a sacudir la cabeza.

—¿Cree que es usted el primer caballero descontento al que echo de mi establecimiento por sobrepasarse con una camarera? No es el primero ni tampoco será el último. Han amenazado con echarme el cierre muchas veces y nunca ha pasado nada. No, la gente reconoce al diablo vestido de seda en cuanto lo ve.

Falmouth se dirige hacia la puerta principal de la posada, maldiciendo entre dientes.

—Por ahí no —le espeta Frey—. Esta noche no dormirá bajo mi techo, así que ya puede largarse. Tal vez encuentre sitio en el Gilded Apple, en Taunton. Enviaré a sus sirvientes hacia allí mañana por la mañana.

Falmouth se detiene un momento con los hombros rígidos como si fuera a protestar o amenazar a Frey, pero ésta se adelanta una vez más y no hay duda de sus intenciones.

—He dicho que fuera de aquí.

Al final, Falmouth obedece. Frey espera a que el duque esté lejos, a unos ochocientos metros de distancia, para hablarme.

—¿Estás bien, Violet?

Yo asiento temblorosamente con la cabeza.

—Bien —dice ella, guardándose la pistola bajo la cinturilla del delantal y poniendo sus manos sobre las caderas—. Ahora escúchame bien, porque no lo repetiré y te aconsejo que no lo olvides. En este mundo hay hombres con los que puedes jugar y ganar, que se ciñen a las normas y protestan cuando lo haces mejor que ellos, pero ya está. Y hay otros con los que sólo puedes perder, aunque en algún momento te parezca que vas ganando. Aprende a verlos venir y no te interpongas en su camino.

—Gracias, Frey. No sé qué habría hecho él si no hubieras llegado a intervenir.

Ella se encoge de hombros.

—Tengo un sexto sentido para los problemas y suelo aparecer cuando me necesitan. Vete a casa, Vi.

Frey aguarda en el umbral oculta entre las sombras mientras yo me alejo por el sendero en dirección opuesta a la que el duque de Falmouth se ha visto obligado a tomar, pero me tiemblan las manos y me duele la garganta, y no me siento segura hasta que entro en los jardines de mi amada Casa y las zarzas de la entrada se cierran tras de mí.

Llego hasta el jacarandá y no puedo dar un paso más, caigo de rodillas y me echo a llorar. Burleigh me envuelve en sus brazos de hiedra y hace que brote un lecho de musgo bajo mi cuerpo mientras la brisa arranca de las ramas susurros reconfortantes carentes de palabras. Cuando me quedo sin lágrimas, la pálida aurora se dibuja en el cielo. La contemplo un buen rato ahí tumbada, inmóvil como una piedra, y pienso que jamás me había sentido tan perdida y tan sola, a pesar de la presencia de Burleigh.

❊17❊

AÚN NO HA AMANECIDO CUANDO ME DESPIERTO PORQUE ALGUIEN llama con firmeza a la puerta. Me da un vuelco el corazón. A estas horas Jed ya se ha marchado y Mira nunca llama.

Salgo apresuradamente de la cama y me pongo la bata mientras me acerco a la puerta.

—Wyn...

Pero el nombre se queda suspendido en el aire. Es Esperanza la que está frente a mí, elegantemente vestida con ropa de montar.

—Me voy a Bath —me explica con tono enérgico y formal—. Alguien tendrá que convencer a mi padre de que Falmouth es un patán incapaz de manejar la situación de Burleigh y yo soy la persona más adecuada para hacerlo. Pero te dejo a Alfred aquí por si necesitas algo o por si surgen novedades. Creo que nuestra relación es ya lo bastante íntima, querida, así que te informo de que tenemos una lista de varias ciudades portuarias en Cornwall que al parecer mi padre visita cada vez que tiene que salir de Inglaterra. Tal vez consiga sacarle algo de información a Falmouth durante mi visita a Bath.

Me da un beso en la mejilla y capto su aroma a jazmín.

—Espi, ten cuidado, por favor. Falmouth es...

—Lo sé, créeme —me interrumpe ella—. Pero soy lista y resulta que estoy al corriente de las atrocidades de ese odioso hombre, secretos que dañarían severamente su reputación si salieran a la luz.

Yo sacudo la cabeza. No sé cómo se las arregla en ese mundo de espionaje, intrigas secretas y chusmerío perpetuos. Yo me marchitaría como una flor y moriría si tuviera que vivir de esa forma.

—¿De dónde demonios sacas la información?

Esperanza le quita importancia con un gesto despreocupado de la mano.

—De todas las chicas de la corte, de dónde va a ser. Nadie nos toma en serio, lo que nos convierte en las espías perfectas. Y ahora será mejor que me vaya si quiero llegar a Bath antes que Falmouth. Pórtate bien. No hagas nada que yo no haría.

Y se va tan rápido como vino.

Me acerco a la ventana y apoyo el libro de cuentas de papá en las rodillas, no tanto con intención de repasar a fondo su contenido, sino por la fuerza de la costumbre. Pero no me concentro. El cielo se está cubriendo por el este y tras unos minutos de removerme inquieta sin hacer nada realmente, me visto rápidamente y salgo de la casa.

La neblina empaña el color verde de los árboles que se extienden a partir de la linde que separa la casa y el bosque, aunque se ven algunos charcos de mortero en el suelo. Los pájaros cantan en las ramas y aún quedan algunos jacintos silvestres en flor.

—¿Wyn? —grito mientras me adentro en el bosque sin molestarme por seguir el sendero marcado—. ¿Estás aquí, Wyn?

No tengo muchas esperanzas de encontrarlo. La verdad es que lleva diciendo que se va desde que llegué, creo que mi presencia sólo sirvió para retrasar su marcha. Pero no puedo resignarme a que no está hasta no haber buscado por todas partes, hasta no dejar ni una piedra sin levantar. Si le hubiera ocurrido algo terrible y no que se haya ido simplemente, jamás me perdonaría no haberlo buscado a fondo.

—¿Wyn?

Un petirrojo comienza a cantar sobre mi cabeza y las líquidas notas de su canto se extienden por todo el bosque. Vislumbro la mancha rojiza de una ardilla que trepa velozmente por un árbol. Cierro los ojos un momento mientras interiorizo los aromas y los sonidos del bosque. Puedo casi imaginar los siete años que he vivido fuera. Puedo casi dibujar una vida mejor.

Mamá aún está con nosotros. Wyn está junto al río y dentro de nada Mira nos avisará de que el desayuno está listo. Papá es guardián...

Pero no. Aunque papá continuara siendo guardián, Burleigh seguiría muriendo, empeorando un poco cada día por culpa de la obligación contractual presente en las escrituras.

Abro los ojos y me encuentro con Wyn a menos de diez metros de distancia en mitad del sendero. Entorno los ojos para asegurarme de que es real, de carne y hueso, y no un recuerdo de la casa, pero no lo rodea un halo acuoso, tan sólo la luz del sol que se filtra entre las hojas.

Pareciera estar bien. Mejor que en los últimos días, ahora que lo pienso. Ya no hay sombras ojerosas bajo sus ojos y el pelo rebelde se le ondula a la altura del cuello de la camisa. Está húmedo, como si acabara de bañarse en el río.

Toda la preocupación que me he obligado a aplastar implacablemente durante siete años y que anoche no me permití sentir por miedo a desmoronarme sin remedio, me golpea como una ola gigante. Me tiemblan las manos y siento náuseas. De repente no puedo soportar mirarlo siquiera. Me giro sobre los talones y echo a correr sin ver por dónde voy, aunque soy consciente de que Wyn me sigue.

—¡Violet! ¡Espera un momento, Vi!

Pero yo no lo hago, no me detengo hasta que salgo del bosque y llego a la pradera. Las flores silvestres tienen una forma extraña, parecen retorcidas. Aprieto los puños e intento recuperar el aliento mientras un seto espinoso se eleva a mi alrededor hasta la cintura.

Wyn se para en seco.

—Lo siento —dice en voz baja, avergonzado—. No me habría ido si hubiera podido evitarlo.

Niego con la cabeza, deseando no sentir todo lo que siento, no recordar lo que fue que mamá se marchara y que papá muriera después. Pero en mi corazón, no importa por qué se fue Wyn. Lo único que importa es que lo hizo. Sin avisar. Pese a saber que mi corazón puede ser implacable e injusto, hago el esfuerzo titánico de tragarme la soledad y el dolor.

—No —le digo yo—. No pasa nada. No debería haber esperado algo que no me puedes dar. Me dejaste bien claro desde el principio que no tenías intención de quedarte mucho. Soy una estúpida. No te preocupes.

Wyn avanza hacia mí sin prestar atención a las espinas que me envuelven. Estas retroceden para darle paso.

—Violet, di lo que piensas de verdad por una vez. Dime la verdad. Dime que estás enfadada conmigo.

—No. Sí. Te fuiste. Estoy cansada de que las personas me abandonen, Wyn. Mucho. Mi madre, mi padre, tú...

—Y volví —ofrece él y por su tono no parece que esté a la defensiva.

—No es sólo esta vez. ¿Por qué no te fuiste conmigo? Me refiero a cuando sentenciaron a papá al arresto. ¿Por qué te quedaste? Yo te necesitaba, Wyn. Mamá siempre se antepuso a sí misma a todo lo demás y papá tenía que pensar en Burleigh. Tú eras la única persona con la que me sentía a salvo y me diste la espalda para quedarte aquí precisamente, y no logro entender por qué.

—Sangre y mortero —balbucea Wyn por lo bajo mientras me acaricia la cara con una mano—. ¿Puedo enseñarte una cosa, Violet?

—Como quieras —respondo en tono resignado porque ahora que he dicho lo que tenía que decir, me siento triste y vacía.

Las zarzas se retiran y se secan a mi paso.

—Por aquí —dice Wyn, conduciéndome de nuevo hacia el interior del bosque. Yo vacilo en un primer instante. Una parte de mí quiere quedarse al sol, desde donde pueda ver la Casa, que nunca me ha decepcionado. Pero Wyn se detiene y me espera, y termino siguiéndolo.

Nos alejamos por el pequeño bosque, pero sin salir de los terrenos de

Burleigh. Giramos en la esquina del camino y llegamos a una arboleda cerca de la tapia que rodea la propiedad, y entonces me fijo en algo que no había visto antes.

Entre los árboles hay una cabaña de pastores construida con tablones desparejados y con un delgado techo de paja. No tiene ventanas y sólo hay una puerta.

—¿Qué es esto? ¿De dónde ha salido?

—La he construido yo —contesta Wyn, metiéndose las manos en los bolsillos—. Durante el primer año de arresto. Puedes entrar. Creo que así entenderás por qué.

Abro la puerta y me detengo en el umbral.

—¿No me acompañas?

Wyn se acerca de inmediato. Me tranquiliza saber que está detrás de mí cuando entro en el interior en penumbra. Al principio, la única luz que hay es la que se filtra entre las ranuras de las paredes de tablones y los agujeros del techo, pero entonces Wyn enciende una lámpara con una cerilla y es como si estuviéramos los dos solos dentro de una pequeña burbuja dorada, cuando en el resto de la propiedad resulta imposible escapar de la avasalladora presencia de Burleigh House.

Sin embargo, aquí mi percepción de que Burleigh se da cuenta de todo lo que me rodea se amortigua. Dejo escapar un sonoro suspiro de alivio cuando dejo de sentir el dolor y el agotamiento de la Casa. No es que se desvanezcan por completo, pero su presencia se reduce a un mero susurro.

—Es porque nada de lo que hay aquí dentro forma parte de Burleigh —explica Wyn, sin que haga falta que le explique lo que acabo de sentir—. Encontré los tablones en el viejo granero y todos los clavos y la paja han venido del pueblo, donde estaban olvidados acumulando polvo. De manera que la construí yo solo. La Casa no tiene nada que ver. Cuando comenzó el arresto, Burleigh estaba todo el tiempo... pendiente de mis movimientos. Ya sabes a qué me refiero, cuando concentra su atención en ti y te cuesta trabajo incluso mantenerte en pie. Podía pasarse así varios días y acabé tan harto que no veía con claridad. Quería un sitio para mí solo, un sitio donde esconderme. Y eso es este sitio.

Me siento con las piernas cruzadas sobre los ásperos tablones del suelo. Wyn se sienta también enfrente de mí y deja la lámpara entre los dos.

—Venir aquí me ayuda después de usar la magia de la Casa —dice con gesto arrepentido—. Si he usado mucha, no puedo pensar en otra cosa. No fue mi intención defraudarte, Vi. ¿Sigues enfadada?

—¿Alguna vez me ha durado mucho el enfado cuando se trata de ti?

Wyn sonríe, una expresión medio quebrada y melancólica.

—No, supongo que no.

—¿Puedo echar un vistazo? —pregunto, señalando el espacio que nos rodea.

Wyn se encoge de hombros.

—Sí, aunque no hay mucho que ver.

Pero no es del todo verdad. Levanto la lámpara y veo que hay dibujos a carboncillo en las paredes. Representan un paisaje dolorosamente familiar: amplias extensiones de aguas tranquilas y hierba, y aves marinas sobrevuelan el cielo. Casi puedo oír el mar; saborear la sal; oler el salitre.

—Son los pantanos —digo, volviéndome hacia él—. Son dibujos de los pantanos. ¿Cómo sabías que estábamos allí?

—Jed me lo dijo antes de que se fueran.

Se levanta, pero sin erguirse por completo para no darse con la cabeza con unos pájaros tallados en madera que cuelgan del techo. Los miro aguzando la vista en la penumbra y los reconozco: una cerceta, un aguilucho lagunero, una grulla común y un alcaudón con su diminuto pico curvo. Son todas ellas aves del pantano.

—Encontré varios libros en la biblioteca de la Casa y me informé sobre la zona —contesta él.

De repente, mis cálidas lágrimas hacen arder los ojos y se me hace un nudo en la garganta. Incluso viviendo fuera, Wyn y yo seguíamos estando juntos en cierta manera. A veces me siento tan unida a él como a Burleigh

House. Y el pánico que sintiera antes se desvanece porque él no se ha ido, sigue aquí.

Sigue aquí.

—¿Wyn? —digo y me mira de manera interrogativa—. No vuelvas a usar la magia de la Casa, por favor. No es seguro y no me gusta ver lo que te hace.

—Lo sé. Sé que no debería. Y también sé que te prometí que no lo haría más, pero si hubiera dejado todo ese mortero ahí fuera, sobre la tierra...

Los dos guardamos silencio. Burleigh se está deteriorando y alguien debe hacer el trabajo sucio mientras yo busco las escrituras.

Si es que las encuentro.

Miro de nuevo los dibujos que decoran las paredes. Me llama la atención uno de unas gaviotas que sobrevuelan la playa. Cuando me acerco, me fijo en unas extrañas marcas sobre las olas y las alas de las gaviotas. No son marcas, sino palabras escritas a mano con tinta por el otro lado del papel.

—¿Te importa? —pregunto con un gesto.

—Mira todo lo que quieras.

Quito los alfileres que sujetan el papel a la pared y lo doy vuelta.

Hay un poema escrito, pero no reconozco la caligrafía. La métrica y la fluidez de los versos me recuerdan la canción que me cantaba papá cuando era pequeña, pero las palabras no son las que yo recuerdo. Parecen más bien indicaciones y siento que se me eriza el vello de la nuca.

Primero, pronuncia el vínculo

Segundo, blande un cuchillo

Tercero, ofrece tu espíritu

Cuarto, ofrece tu vida

Quinto, toma el poder

Sexto, tómalo todo

Hasta que por tu sangre fluya el mortero

Hasta que tu aliento inunde los muros

—¿Sabes lo que es esto? —le pregunto mientras le tiendo el papel. Wyn guarda silencio un buen rato y lee.

—No —responde, y sé que miente porque evita mirarme a los ojos. Nunca ha sido bueno finjiendo.

—¿Qué es esto? —insisto.

—Ya te he dicho que no lo sé. Tonterías escritas en un papel que encontré hace años. Déjalo donde estaba.

—Quiero quedármelo. Podría ser importante —contesto yo con el ceño fruncido.

—Como quieras.

Pero se nota la tensión que hay entre nosotros cuando regresamos a la Casa por el bosque. Tensión que aumenta hasta que salimos del bosque y me remango la basta blusa de campesina porque hoy hace un calor húmedo. Entonces oigo el suspiro de Wyn.

—¿Qué te ha pasado, Violet Sterling?

—¿Cómo dices? —pregunto yo, mirándolo, confusa.

Wyn me toma una mano y la levanta a modo de respuesta. Es la primera vez que me toca aparte de cuando hemos hecho magia, y aunque aún no nos llevamos bien del todo, el tacto de su piel me abruma.

No tardo en comprender qué es lo que le preocupa. Me han salido unos oscuros moretones en las muñecas que contrastan vivamente con mi piel blanca. La marca rosada que rodea mi brazo justo al final de la mano izquierda es más prominente que nunca.

—Ah, eso —digo, tratando de quitarle importancia al hecho, aunque mi voz suena algo forzada—. A Falmouth no le gustó cómo me comporté con él. Tuvimos una... animada conversación anoche cuando salía del Red Shilling.

Nunca antes había visto a Wyn tan furioso.

—¿Sigue en la posada?

—No, se ha ido a Bath, pero no te preocupes.

—¿Estás segura?

Le dirijo una sonrisa forzada antes de contestar.

—Frey lo echó a punta de pistola. Creo que no volverá por aquí de momento.

Mis palabras suenan huecas y poco convincentes, incluso a mis oídos. No le he contado a Wyn el trato al que llegué con el rey, que si Burleigh aguanta el verano pero no encuentra las escrituras, Falmouth se hará cargo de la Casa. Y no pienso sacar el tema justo ahora, cuando no puedo imaginar siquiera qué haré si las cosas llegan a tales extremos.

Entramos por el deteriorado invernadero, pisando los cristales rotos. Debería recoger todo esto, vivir en ruinas es duro para Burleigh, pero hay demasiadas cosas que hacer. Faltan tantas tejas en el ala de los invitados que parece que la Casa sufre algún tipo de sarna arquitectónica. Pese a todos los esfuerzos de Wyn, siguen formándose grietas en las paredes del comedor. El salón de baile sigue partido en dos tras mi desafortunado incidente con la magia de Burleigh. Y la hiedra se cuela por todas partes a través de las ventanas y el arranque del tejado. El daño me pesa de forma constante.

—¿Cuándo acabas el turno en el Shilling esta noche? —pregunta Wyn, sujetándome por el codo cuando casi tropiezo con un otomano que estaba volcado.

—Suelo salir poco después de las dos de la mañana.

—Estaré allí a las dos entonces, y te acompañaré a casa.

—Vamos, Wyn —protesto—. No seas ridículo. Falmouth se ha ido y no...

—Deja que lo haga. Tal vez ahora te dé lo mismo, pero probablemente quieras compañía esta noche. Confía en mí, por favor. Lo sé.

—Está bien, haz lo que quieras.

Wyn me sujeta la puerta y mira los escombros que hay dentro del invernadero mientras yo salgo.

—Ya tengo trabajo para hoy —dice—. Pero vamos a buscar a Mira a ver si puede darnos algo de comer. Me muero de hambre. No he comido nada desde ayer por la mañana.

Wyn me sonríe y por un momento parece un chico normal, el tipo de persona que habría podido ser si no hubiera estado atado a mi familia y a mi Casa.

—Estoy peleada con Mira —digo con cara triste porque me gusta que Wyn se compadezca de mí—. Supongo que también lo estaría con Jed si no saliera de casa antes del amanecer y no se acostara antes de que vuelva del Shilling. No pensamos igual con respecto a Burleigh.

—Bueno, yo no estoy peleado contigo.

—¿De verdad? —pregunto, esperanzada. Puede que ya se le haya olvidado el extraño poema que llevo guardado en el bolsillo.

—De verdad —contesta él, tratando de disimular la sonrisa—. No quiero volver a pelearme contigo. Simplemente no siempre opinamos lo mismo.

—Eso es lo mismo —mascullo.

—No, no lo es. Si me peleara contigo, me enfadaría. Yo nunca me enfado contigo.

—Yo sí me enfado a veces contigo —señalo—. ¿Por qué eres tú más amable que yo?

Camino un poco más despacio y Wyn sigue caminando.

—Siempre he sido más amable que tú. Todo el mundo lo sabe.

Cuando Wyn se da cuenta de que no lo sigo, se detiene y se da la vuelta para esperarme pacientemente. Ladeo un poco la cabeza y lo miro. Cuando regresé a casa, ver a Wyn me resultó raro porque esperaba encontrar al niño con el que me crie. Pero ya no me lo parece. Ahora mismo no quiero ver a nadie más, solo a él, tal como es en este momento.

Y sangre y mortero, me alegra que haya vuelto.

—¿Qué miras? —pregunta Wyn, perplejo.

—Nada —contesto yo, alcanzándolo—. Nada en absoluto.

❧18❧

A MITAD DE MI TURNO EN EL SHILLING, ALFRED BAJA AL SALÓN con cara de funeral y un poco perdido sin Esperanza. Se sienta en su mesa de siempre y dispone todos sus papeles, cuadernos, libros de cuentas y textos antiguos hasta que no queda un centímetro libre.

Alfred sólo bebe té, ya me lo he aprendido, y la segunda vez que paso por su mesa a rellenarle la taza, me siento un rato con él.

—¿Has visto alguna vez este poema? —le pregunto, sacando el dibujo y lo coloco por el otro lado encima de la mesa para que Alfred pueda ver los versos.

Él entrecierra los ojos y palidece de repente.

—¿De dónde lo has sacado?

—Lo he encontrado en la Casa.

—Olvídalo —dice Alfred, sumergiéndose de nuevo en su lectura.

Alargo el brazo por encima de la mesa y bajo el libro detrás del que se oculta.

—Wyn y tú se han mostrado muy reservados con el tema y no sé qué pretenden con ello. Es mi Casa, Alfred. Tengo derecho a saber qué significa.

Me mira con gesto compungido.

—Esperanza me matará como se entere de que te lo he contado.

—Entonces no tiene que enterarse.

—No me gusta tener secretos con ella —contesta Alfred, contrariado, y yo lo miro inflexible.

—A mí no me gusta tener una Casa que se está muriendo.

—Está bien, está bien.

Alfred revuelve entre los muchos papeles que tiene en la mesa y saca un libro muy viejo que coloca entre ambos. Me doy cuenta mientras lo hojea de que está escrito a mano con tinta muy desgastada ya y de que está encuadernado en piel de algún tipo de animal. Aunque reconozco la mayoría de las palabras, el lenguaje me resulta poco familiar.

Alfred señala una sección de un texto y yo sacudo la cabeza.

—No lo leo bien. ¿Qué es?

—Lo siento. Es un texto anglosajón, del reinado de Alfred el Grande. Se remonta a casi dos siglos antes de que se establecieran las condiciones vinculantes de las Grandes Casas. ¿Ves esto? —Señala unas cuantas líneas sangradas—. Es el poema que me enseñas, más o menos. Más en realidad. Es casi idéntico. Son las instrucciones que explican cómo vincular una Gran Casa. Los historiadores de las Grandes Casas los conocen como versos vinculantes.

—¿Qué necesidad había de vincularse a una Gran Casa antes de que William el Registrador estableciera las condiciones vinculantes?

—Existen dos versiones —dice Alfred una vez superada esa reticencia suya que entra en conflicto permanente con su deseo crónico de hablar sobre los aspectos más desconocidos de la historia de las Casas—. Una hace referencia a una Casa en las Tierras Altas escocesas, aunque en el texto no se la considera aún una Casa, sino una morada de brujas. Según este libro, era muy antigua, más que cualquier otra construcción de la zona, y se estaba desmoronando. Necesitaba nuevas tierras donde poder empezar de nuevo. Así que el hombre que la cuidaba por entonces, llamémoslo monje, chamán o guardián, estableció unas obligaciones que lo vinculaban a dicha construcción. Hizo una ofrenda de su sangre, sus huesos y su aliento, y la trajo a Yorkshire, donde se convirtió en Ripley Castle. Fascinante.

—¿Y la otra versión?

—Aguanta un segundo —dice Alfred mientras pasa varias páginas—. Aquí está. El cronista menciona un lugar en Exmoor, cerca de Withypool. Habla de un extraño pueblo llamado Burglæcan, que significa «pueblo que crece hacia arriba». Al parecer, los habitantes de este extraño pueblo recibían el nombre de stiorling, que viene de *stioran*, que significa «guiar» o «dirigir». Burglæcan llevaba ahí siglos también, pero aparentemente se encontraba bien hasta que sufrió el ataque de un grupo danés. Los asaltantes murieron repentinamente, sin previo aviso ni violencia, y según el cronista, a todos ellos les salía una sustancia gris de los oídos, los ojos y la nariz. Después de aquello, Burglæcan entra en rápido declive hasta que una de las stiorling se vincula al lugar y lo cambia de ubicación.

—Blackdown Hills —digo yo.

—Exacto —confirma Alfred—. Blackdown Hills, donde tengo la impresión de que se convirtió en Burleigh House.

—Y nosotros pasamos a ser los Sterling.

—Exacto.

—¿Qué le ocurrió a la mujer que cambió la ubicación de Burleigh? —pregunto, inclinándome hacia delante—. ¿Y al hombre que se fue a vivir a la casa escocesa? —La emoción me embarga—. ¿Podría cambiar la ubicación de Burleigh una vez más para darle la oportunidad de empezar de nuevo?

Puede que no me haga falta encontrar las esquivas escrituras después de todo. Puede que haya una respuesta más sencilla a todos mis problemas.

Alfred baja la vista.

—Murieron. Existen más versiones respecto a las Casas del continente, pero ocurre lo mismo. Puedes salvar a una Gran Casa vinculándote a ella, pero constituye una sentencia de muerte para el que lo hace.

—Entiendo —digo con un hilo de voz—. Por eso no quería Esperanza que me lo contaras. Ella cree que yo...

—Sí —responde Alfred—. Le asusta.

Se quita los anteojos y se pellizca el puente de la nariz con dos dedos, como si le doliera la cabeza.

—No puedo decirte qué es lo que debes hacer, Violet. Supongo que al final todo se reduce a una pregunta: ¿Es Burleigh lo que más amas en el mundo? Espi es eso para mí, y si tuviera que hacerlo, moriría por ella sin pensármelo. ¿Estarías tú dispuesta a morir por Burleigh?

Debería estar tan segura como Alfred. Al fin y al cabo, pasé toda mi niñez aprendiendo cuál era mi lugar, mi obligación, mi destino. Soy la guardiana de Burleigh House y un buen guardián antepone su Casa a todo lo demás, incluso a su propia vida.

Pero tengo la impresión de que acabo de empezar a vivir.

Hubo un tiempo en que estaba totalmente segura de mí misma y de mi deber en este mundo. De niña lo tenía muy claro: cuidaría de Burleigh y ésta cuidaría de mí. Incluso en el tiempo que viví en los pantanos sabía que, si me dieran la oportunidad de volver a casa, todo iría bien.

Pero no. Todo se está desmoronando.

—Gracias, Alfred —le digo, guardándome el papel con los versos—. Me alegra que me hayas contado la verdad.

—¿Qué vas a hacer?

—Aún no lo sé —contesto y es la verdad—. Tengo que pensarlo.

Y ya lo creo que lo hago. Como resultado, todo lo hago mal el resto del turno, hasta que Frey me lleva aparte y me pregunta si me encuentro bien. No estoy bien, no físicamente, sino espiritualmente. Estoy hecha un lío por dentro, un ovillo de miedo e inquietud por lo que se avecina. Según me dirijo a la puerta a la hora del cierre y me acuerdo de las manos de Falmouth en mis muñecas y mi cuello, el miedo se apodera de mí. Nada más poner la mano en el picaporte, vuelvo a sentir su brazo contra mi cuello, sus dedos que se hunden en mi carne.

Sacudo la cabeza para aclararme las ideas y salgo al húmedo exterior. No lo haré. No permitiré que este hombre arrogante por muy noble con título que sea me haga temer el lugar en el que nací. Ya tengo bastantes miedos y no deseo añadir uno más a la colección.

Levanto la vista y empiezo a contar estrellas, pero me interrumpen antes de llegar a la docena.

—¿Se te había olvidado que venía? —pregunta Wyn, apoyado en el muro de la posada iluminado por la luna. Y, de repente, inexplicablemente, todos mis miedos se desvanecen al verlo.

—Sí —admito un tanto avergonzada—. Y tenías razón. Me alegro de que estés aquí.

Wyn sonríe de oreja a oreja y echamos a andar el uno al lado del otro por el camino que lleva a casa. Aunque estamos en junio, cuanto más nos acercamos a Burleigh House, más frío hace. A unos ochocientos metros de la casa, los setos están festoneados de escarcha. Las estrellas brillan en el cielo y me sale vapor de la boca al respirar. Siento un escalofrío y me rodeo el cuerpo con los brazos.

—Esto no puede ser nada bueno —le digo a Wyn.

—No. Por cierto... ha ocurrido algo mientras estabas trabajando.

Me paro en seco.

—¿Cómo que ha ocurrido algo? ¿Qué quieres decir?

—Enseguida lo verás —dice él con una mueca de dolor al tiempo que sacude la cabeza.

Todos mis miedos brotan con fuerzas renovadas, nadan en círculo en mis venas. Nada más llegar al portón de zarzas, lo noto. El dolor de Burleigh, del que soy plenamente consciente en todo momento cuando estoy dentro de la propiedad, ya no es un dolor sordo, sino algo mucho más agudo, inmediato e imposible de ignorar. Ahogo un grito cuando me golpea.

La hiedra serpentea por todo el sendero de entrada en cuanto atravieso el portón y trepa por mi cuerpo hasta enredarse en mi mano. Unas diminutas flores blancas empiezan a brotar entre el verde y noto la angustiosa necesidad que tenía Burleigh de que volviera a casa.

—Pobrecita —susurro—. ¿Qué ha ocurrido?

Al levantar la vista y contemplar la casa se me atraganta un sollozo.

El tejado del ala de los invitados se ha derrumbado. Sale mortero de las vigas partidas y las piedras rotas, y unas zarzas negras han empezado a trepar por las paredes. Me recojo la falda y echo a correr por el sendero. Entro en la casa allí donde el dolor es más intenso, rojo como una baliza.

Al abrir la puerta del ala de invitados, sale una bocanada de polvo. Cuando se asienta, me quedo mirando el estado decadente, horrorizada.

Hay un boquete enorme sobre nuestras cabezas por el que se ve el cielo estrellado y lo que queda de las habitaciones está desperdigado entre toneladas de escombros. También hay mortero por todas partes, el alimento vital de mi Casa, se está desangrando. Me tapo la boca al verlo.

—Vi, ¿estás bien? —dice Wyn en voz baja, a mi lado. Yo me he quedado inmóvil.

No. Ver sufrir a mi Casa hace que sienta que yo también me estoy desmoronando por dentro. Aunque me pasara quinientos años sirviendo comida y bebida, y limpiando mesas en el Shilling, jamás ganaría lo suficiente para pagar el arreglo de los desperfectos. Por no hablar de las escrituras. Un verano para tratar de conseguir lo que mi padre no logró en años contando con todos los recursos de West Country y las tierras ancestrales de los Sterling.

Yo no tengo dinero ni llave ni experiencia en comparación. No soy suficiente. Pasaré a los anales de la historia como la primera y última Sterling que fracasó con Burleigh House.

Todos estos sentimientos bullen bajo mi piel, pero hay una cosa que Burleigh y yo tenemos en común, y es la capacidad para esconder los aspectos oscuros y desagradables en nuestro interior. No me desmoronaré. No sucumbiré al pánico.

Pero me siento muy pequeña y desamparada. Lo único que quiero es que Wyn me tome de la mano. Que me prometa que todo saldrá bien al final. No estoy segura de que así sea, pero creo que, si me lo dijera, lo creería. Y a pesar de todo, sé que no está bien esperar tal cosa de él. Burleigh es mi carga.

De manera que los dos permanecemos el uno junto al otro, en silencio, contemplando el principio del fin de Burleigh.

—¿Estarías dispuesto a morir por lo que amas? —pregunto al fin—. Si fuera la única manera de evitar que sufriera, ¿lo harías?

Wyn vacila un momento.

—Lo haría —dice al cabo. Y se vuelve hacia mí.

—Ven conmigo, Violet. Te prometo que no volveré a preguntártelo. Vámonos de aquí.

No hay esperanza en su voz. Me pregunta por costumbre, no porque crea que tiene alguna posibilidad de que le diga que sí.

Alargo el brazo y poso la mano en una de las paredes medio derruidas. El miedo se cuela a través de mi piel. Y el pánico. Y la soledad.

Jamás he deseado tanto decirle que sí a Wyn y dejar atrás todo esto, pero no puedo.

Me vuelvo hacia él yo también. Nos miramos hasta que me atrevo a cerrar el espacio existente entre los dos. Le acaricio el mentón con el pulgar mientras mis demás dedos acarician el pelo alborotado de su nuca. Sentir su piel contra la mía es como hacer magia pero sin que se filtre el mortero. Noto la electricidad y la posibilidad, y también que es el principio del fin precisamente por lo que estoy a punto de decir.

Wyn toma aire entrecortadamente y me mira, y veo todos sus anhelos pintados en su rostro.

Yo, sola, lejos de Burleigh House. Nosotros dos juntos.

Y la verdad es que, a veces, yo también quiero eso.

—¿Quién sería si me fuera, Wyn? ¿Quién? —pregunto, aplastando nuestros deseos implacablemente.

A solas en mi habitación, me acomodo en el banco que hay debajo de la ventana. Me siento magullada por dentro, pero saco los versos del bolsillo y extiendo el papel sobre un cojín.

—Burleigh —susurro—, sé que has tenido un mal día. Sé que estás cansada, pero ¿puedes enseñarme algo sobre esto?

La habitación cae en una penumbra y, finalmente, todo se oscurece.

La habitación de papá cobra vida cuando la oscuridad desaparece. Mi padre está junto a la cama, muy joven, apenas unos años más de los que tengo yo ahora mismo, y hay alguien más bajo las mantas. Un caballero mayor, al que tardo un momento en reconocer. He visto su retrato antes en lo que son ahora las ruinas del salón-comedor. Es mi abuelo, Henry Sterling, que murió años antes de que yo naciera. Parece enfermo. Le entrega un papel doblado a mi padre.

—Esto es para ti, hijo. La llave será tuya muy pronto. Y espero que tengas una larga vida y que seas un guardián admirable. Pero si las cosas se pusieran feas, si la Casa empezara a desmoronarse, como ha ocurrido con algunas en el continente o como le ocurrió a la Sexta Casa, debes saber que siempre se puede hacer algo si se tiene el coraje suficiente.

El hombre joven que es mi padre desdobla el papel y lee los versos escritos en él.

—¿Qué es esto?

—Un recordatorio —le dice mi abuelo—. De que, igual que William el Registrador y todos sus herederos han vinculado las Grandes Casas a sus personas con sangre y mortero, tú también puedes vincularte a Burleigh House.

—¿Vincularme a la Casa? Jamás lo había oído —contesta mi padre con el ceño fruncido.

Henry Sterling hace un esfuerzo para sentarse en la cama y papá lo ayuda.

—No suele hablarse mucho de ello —dice mi abuelo—. La mayoría de los guardianes han decidido olvidar que puede hacerse. Han dejado que el recuerdo se difumine en sus familias, pero nosotros sí nos acordamos.

—Está bien. Si quieres que lo haga y es por el bien de Burleigh, dime qué es lo que tengo que hacer —contesta papá sin vacilación.

—No —dice mi abuelo, poniendo la mano en el brazo de mi padre a modo de advertencia—. Es un último recurso, George, reservado en caso de que Burleigh esté en tan mal estado que empiece a desmoronarse. Sólo entonces tú, como guardián que eres, puedes vincularte a ella, como un servicio más a la Casa. Te convertirías en el recipiente que transportará a Burleigh a otro lugar para que pueda empezar una nueva vida, lejos de sus propias ruinas.

—¿Y luego?

Henry Sterling, el abuelo que no llegué a conocer, sacude la cabeza negativamente.

—No hay un «luego», George. La casa te consumirá por completo para poder empezar de nuevo. Te absorberá y dejará sin vida una vez que eche sus raíces en otra tierra.

Mi padre palidece, mira boquiabierto a su padre, y entiendo perfectamente cómo se siente; entiendo lo que debió ser para él recibir la carga de la realidad y la responsabilidad que conlleva ser un guardián.

—¿Cómo se hace, en caso de que sea necesario? —pregunta mi padre al cabo de un momento.

—Es sencillo. Tendrás que pronunciar tu intención de entregarte a Burleigh y dejar que tu sangre se mezcle con su mortero. Podrás sentir todo lo que la Casa sienta, incluso sin la llave. Burleigh se amoldará a ti. Es como... como una unión de almas, o así me dijo mi bisabuelo que le habían dicho a él. Si te entraran dudas, tendrás una última oportunidad de echarte atrás, ya que tendrás que hacer magia tras celebrar el ritual de la vinculación para poder absorber la esencia de Burleigh. Al recibir el poder de Burleigh, te eclipsará un poco más, hasta que al final llegue a tu propio corazón. En ese momento te apagarás por completo, serás el último sirviente para nuestra Casa, la persona que le permitirá renacer, libre y sin ataduras.

Papá toma las manos de su padre entre las suyas.

—Te juro que lo haré si Burleigh me necesita.

Henry Sterling asiente y sonríe, y la tensión de su rostro parece aliviarse un poco.

—Estás muy seguro, hijo mío. Y certeza es lo que se necesita. Estar dispuesto a entregarse. Asegúrate de que estás dispuesto a hacerlo llegado el momento, porque una vez que te vinculas a una casa, no puedes deshacerlo, a menos que otra persona ocupe tu lugar. Y, aun así, tendrías que retirarte por completo de la casa para que esta pueda aceptar a su nuevo portador y quedar libre.

El recuerdo se desvanece y vuelvo a estar sentada en el banco de la ventana con las piernas cruzadas mirando la caligrafía de mi abuelo a la luz de la luna, pero sus palabras siguen resonando en mi cabeza.

«Podrás sentir todo lo que la Casa sienta, incluso sin la llave. Burleigh se amoldará a ti. Es como una unión de almas».

«Te eclipsará».

«Te apagarás por completo».

«Te absorberá y dejará sin vida una vez que eche sus raíces en otra tierra».

Me llevo las rodillas a la barbilla y las abrazo intentando hacerme lo más pequeña posible. Conozco mi obligación, pero eso no impide que sienta que es más de lo que debería tener que soportar. Y tampoco calma mi miedo.

❊19❊

DEDICO LAS MAÑANAS A LA HERCÚLEA LABOR DE RETIRAR LOS escombros del ala de los invitados. Y por las tardes voy al Shilling y pregunto a Alfred si ha habido algún progreso en la búsqueda de las escrituras. Nada. Espi está consiguiendo retener a su padre y al odioso lord Falmouth, pero eso es todo. Los nervios me corroen por dentro mientras sirvo mesas en la taberna y por la noche vuelvo a casa y me pierdo en los recuerdos de Burleigh en mi propia y peculiar búsqueda.

Nada. Leo el libro de cuentas de papá de principio a fin y vuelvo a empezar. Pido a la Casa que me muestre sus recuerdos de innumerables días que no me dicen nada. Veo discutir a mis padres. Veo a mi padre irse de la casa, una y otra vez. La veo a ella irse de casa. Veo a papá beber. Lo veo con el rey y veo la tensión que pesa sobre sus hombros, la extenuación que asoma a sus ojos, en la que no me había fijado cuando era pequeña.

Pero no hay nada en mi historia familiar que me resulte útil, y cada día son más visibles los signos de que Burleigh se muere lentamente. Los búhos descansan en las lámparas de querosén. Las zarzas y las hojas muertas se acumulan en los rincones. El mortero se filtra por las grietas que recorren las paredes. Burleigh se pierde en sus propios recuerdos cada vez con más frecuencia. Los fantasmas que antes aparecían en las galerías muy de vez en cuando ahora son habituales. A veces doblo una esquina y me encuentro en el mundo acuoso de los recuerdos de Burleigh. Otras, no puedo dormir por culpa de los fantasmas que hay en mi propia habitación.

Una mañana me despierto al oír voces fuera de mi habitación.

Desorientada, al principio pienso que es otro recuerdo de Burleigh, pero de repente la confusión se desvanece y reconozco la voz.

—Lo peor se lo ha llevado la granja Longhill —dice Jed sin levantar mucho la voz. Aguzo el oído—. La de Sam Worthing, hacia el este saliendo por el bosque de atrás. He estado trabajando como jornalero y se encuentra en un estado penoso. Por todas partes hay mortero y animales muertos, y la mitad de los manzanos se ha perdido.

—¿Qué podemos hacer? —pregunta Wyn.

—Nada —dice Jed con un audible tono de resignación. Me rodeo el cuerpo con los brazos—. Necesitamos un guardián autorizado o habrá que sacrificar la Casa lo más rápido posible para evitar que siga derramando magia por las tierras colindantes.

Un guardián autorizado. Sacrificar la Casa lo más rápidamente posible. Hago una mueca de dolor.

—Deja que vaya esta tarde cuando Violet esté en el Shilling —se ofrece Wyn—. Canalicé magia varias veces durante el arresto cuando George no podía con todo él solo. A lo mejor puedo ayudar.

Sangre y mortero, Wyn. No te atrevas.

—No me gusta tener que pedírtelo —dice Jed—. No me gusta ni un poquito, pero si nuestra Vi no encuentra lo que busca y Su Majestad quema la Casa, será demasiado tarde para los Worthing y su granja. Algo hay que hacer antes de que todo ese mortero seque la tierra.

Por la voz, Wyn parece cansado. Puede que Jed no se dé cuenta, pero yo sí.

—Lo sé. Y mejor arriesgar mi vida que la suya.

—Yo no lo habría dicho así, hijo —reconoce Jed.

—Nadie lo hace —dice Wyn con tono pragmático, sin rencor alguno—. Pero si me quedé con George durante el arresto fue porque al final me reveló por qué estoy aquí, en Burleigh House. Es por Vi, para asegurarme de que Burleigh no le haga daño. Ella debe anteponer la Casa a todo lo demás y yo debo anteponerla a ella. No me importa, Jed, de verdad. Hubo un tiempo que sí, cuando volvieron, pero no duró mucho.

Sus palabras me recuerdan algo que mi padre me dijo cuando trajo a Wyn a casa. «Lo he traído para que lo cuides, Vi. Tómatelo como un ensayo de cómo será cuidar de la Casa». No le encuentro el sentido.

—El día que George te trajo fue nuestro día de suerte —dice Jed.

—No fue suerte —responde él—. Fue el destino. George Sterling sabía perfectamente lo que hacía cuando me trajo.

Intercambian unas pocas palabras más, pero hablan demasiado bajo y no los entiendo. Sólo capto lo último:

—Me voy a buscar trabajo —dice Jed—. No sé si encontraré algo estando las cosas como están, pero lo intentaré. Los Worthing están empacando. Se van con un primo que vive en Sheffield, a menos que logres solucionar la situación.

Oigo alejarse los pasos por el corredor y cierro los ojos con fuerza.

No quiero hacerlo.

Es mi obligación.

No puedo dejar que Wyn lo haga.

Nací para esto.

Me levanto a toda prisa de la cama y busco un bolso. Meto unas medias largas y unos guantes viejos de montar a caballo de mamá. Me pongo rápidamente la blusa y la falda llenas de parches, y echo en la bolsa una bufanda fina y un espejo de mano por si acaso.

Bajo deprisa y me detengo en el vestíbulo. Hay zarzas por todas partes y los pájaros trinan suavemente desde las lámparas de querosén. Ante mí se extiende el corredor que conduce a la cocina y al final la puerta que conduce a la parte trasera. Estoy tentada de seguir como siempre. Entrar en la cocina y fingir creer, una mañana más, que puedo salvar mi Casa sin que me cueste más de lo que ya he dado. Pero en vez de ello, doy media vuelta y salgo por la puerta delantera. Hace mucho calor. Con la protección de la llave de guardián o sin ella, soy Violet Helena Sterling. Nací para cuidar de estas tierras y de Burleigh House.

Sin importar lo que cueste. Sin importar los riesgos que implique.

Recuerdo la granja Longhill de cuando era pequeña. De vez en cuando, Wyn me convencía para salir de Burleigh a través de la portilla del bosque de atrás de la casa. Pasado el bosque estaba Longhill y los hijos medio salvajes pero de buen corazón de los Worthing. Atravesábamos a la carrera los campos, jugando con las plácidas vacas y recogiendo manzanas maduras de los árboles del huerto por el camino. Era como un pequeño paraíso.

Pero las cosas han cambiado. El bosque de atrás ya no es un lugar soleado y acogedor. A medida que avanzo entre los árboles, oscuras zarzas serpentean entre las oquedades y se oye el inquietante graznido de los cuervos entre las ramas de los árboles retorcidos y con manchas de mortero tóxico en los troncos allí donde se ha caído la corteza.

Cuando por fin salgo por la portilla, el cielo está cubierto. La temperatura cae drásticamente fuera de los terrenos de Burleigh y un viento que huele a tierra helada recorre los campos baldíos. Bueno, al menos no parecerá raro que me ponga las medias largas, los guantes y la bufanda.

El portón que está al final del sendero de entrada de Longhill no se abre. Me asomo entre las bisagras para mirar y es cuando me doy cuenta de que están recubiertos de una gruesa capa de mortero seco. La tierra también está gris por el mortero y cuando traspaso el portón y avanzo hacia la granja, reconozco las señales de la magia descontrolada de Burleigh allá donde miro.

Varias hectáreas de manzanos se han partido por la base del tronco y derrumbado sobre la tierra bajo el peso de las ramas cubiertas de mortero. Las vacas también están cubiertas de él, sólo en sus hocicos se adivina el tono pardo rojizo del pelo que hay debajo.

Sam Worthing está sentado en una silla en el devastado jardín, meditando. El fino polvo del mortero blanquea las profundas arrugas de su curtido rostro y también su pelo castaño al que asoman ya las canas. A papá le gustaba contarme que la familia de Sam Worthing llevaba siglos cuidando de aquellas tierras y que formaban parte del paisaje de Burleigh Halt tanto como los Sterling. No quiero ni imaginar lo que nos ocurrirá a nosotros si ellos se ven obligados a marcharse.

—Hola, señor Worthing. Tanto tiempo —digo con tristeza.

—Pero si es la señorita Violet —dice él con expresión ilegible—. ¿Ha venido a ver lo que está haciendo su Casa?

—Sí —le contesto, tragándome el sentimiento de culpa. He estado tan ocupada cuidando de Burleigh que he descuidado las tierras colindantes. Aunque no se me ocurre cómo podría cuidar del condado y de mi Casa moribunda sin la llave—. Quiero ayudar.

—No puede —dice él, encogiéndose de hombros—. No puede si no es la guardiana autorizada. Y, aun así, todos sabemos que la Casa se está muriendo. Sólo podría ganar un poco de tiempo. Señorita Violet, Burleigh ha sido muy buena con nosotros. Hemos gozado de años de abundancia, pero creo que es hora de dejarla ir para evitar que cause más daño.

Un buen guardián antepone su Casa y las tierras que dependen de ella, me recuerdo. Al rey. Al país. A su propia vida.

—Con llave o sin ella, he venido a hacer mi trabajo como guardiana —le digo—. ¿Me haría el favor de enseñarme la granja y las tierras?

El hombre me mira con ojos entornados.

—No quiero problemas, señorita. Ni con usted ni con la Casa. ¿Qué es lo que se propone?

—Intento arreglar las cosas.

Me muerdo un cayo en una uña mientras observo la destrucción que mi Casa ha sembrado a mi alrededor. Ay, Burleigh, ¿qué vamos a hacer?

—Será mejor que venga conmigo.

Sam me lleva al establo de las vacas y enciende una lámpara con una cerilla. Lo sigo hasta el último cubículo; en él se encuentra una novilla a la que han tratado de aislar todo lo posible del resto de los animales. Sam levanta la lámpara y yo me acerco a la pobre vaca.

Está tumbada de lado, respira con dificultad y sigue con la mirada mis movimientos.

—Shhh —le digo—. Tranquila, no voy a hacerte daño.

Le acaricio el costado, pero no tardo en comprender lo que le pasa. Por debajo del pelo rojizo se ve el mortero que corre por sus venas a la altura del corazón y también le sale por una de sus fosas nasales.

—El ganado está enfermo, llevan así meses. Creemos que sufren un golpe de mortero.

—¿Podemos ir a ver los manzanos? —pregunto mientras me incorporo.

De cerca, los frutales están aún peor. La corteza se desprende de los troncos dejando al descubierto húmedas manchas grises y a los pies de los árboles se acumulan montones de hojas secas y zarzas. Este año no habrá cosecha. Esta granja, en el pasado un oasis pacífico y productivo, se ha convertido en una tierra baldía que sólo augura hambre para todos aquellos que viven en ella.

Burleigh lo intenta, sé que lo hace. Soy capaz de sentir lo mucho que se esfuerza para tratar de evitar que su magia tóxica se extienda sobre las tierras cuando yo estoy fuera de la Casa. La energía y la concentración que se requiere. Pero todo ese poder debe salir por algún sitio, a menos que la Casa quede reducida a cenizas, y su magia se aleje en el viento con el humo del incendio. Hasta entonces, o hasta que encuentre las escrituras y la libere, mi Casa continuará envenenando sus tierras, aunque no quiera hacerlo.

Todo este sufrimiento, de las personas y los lugares y las casas, se terminaría si el rey estuviera dispuesto a renunciar a parte de su poder.

—Lo siento, señor Worthing, pero puedo arreglarlo —le digo.

O espero poder hacerlo en cualquier caso. ¿Qué clase de Sterling sería si no lo intentara, a pesar de lo peligroso que pueda ser?

Sam Worthing no parece tan seguro.

—Señorita Violet, si no puede... —comienza a decir con expresión de angustia, pero no lo dejo que siga.

—Sí puedo. Ya se lo he dicho. Pero dese la vuelta. Hacer magia sin la llave no es un espectáculo agradable. No quiero que mire.

Cuando se da la vuelta, me arrodillo, levantándome las faldas lo bastante como para poder sentir la tierra y el poder de la Casa a través de los pies, las pantorrillas y las rodillas, y hundo las dos manos en lo que antes era la rica tierra de Somerset. Sonrío. Esté donde esté, siempre que sea dentro de West Country, sé que mi Casa me ve.

—Burleigh House, toma lo que necesites —murmuro.

El poder de la Casa no llega despacio y con cuidado. No presta atención a mi fragilidad como ser humano. La energía me golpea como un muro de negrura y todo mi ser queda inmóvil mientras el mortero penetra por mis venas.

Al principio no puedo pensar, no puedo respirar, no puedo moverme. Lo único que puedo hacer es doblarme de dolor como un insecto clavado a un trozo de cartón o un pez atravesado por un arpón.

Pero tengo mi orgullo. Sam Worthing, a quien conozco desde que era pequeña, sigue de pie a poco menos de diez metros de distancia, pero no dejaré que vea cómo tiemblo; no gritaré; no apartaré las manos de la tierra hasta que termine, hasta canalizar hasta la última pizca de oscuridad que ha empapado esta tierra y vuelva a ser suelo fértil.

Sobre mi cabeza, el sol prosigue su camino por el cielo. Una suave brisa de verano agita las hojas de los manzanos. Y, por fin, veo que las zarzas se van secando, que el mortero seco que cubre todo a mi alrededor se resquebraja y se convierte en polvo, y el polvo se mezcla con la tierra.

Ya es suficiente.

Tendrá que serlo, porque no me queda nada más dentro.

Me incorporo un poco y saco las manos del suelo. La tierra que las cubre oculta el mortero que fluye bajo mi piel, pero sigo sintiendo el veneno frío y denso. Jamás me abandonará. Permanecerá dentro de mi cuerpo hasta que un día, dentro de diez años, veinte tal vez, puede que treinta, enferme y muera. Sam me mira y es como si él hubiera envejecido diez años en la última media hora.

—Ahí lo tiene —le digo, limpiándome el mortero que mana de mis ojos—. Le pido disculpas en nombre de Burleigh. Le prometo que estoy haciendo todo lo posible para enmendar todo lo que está ocurriendo en West Country. Y le doy mi palabra de que rehabilitaré a Burleigh o quedará reducida a cenizas, pero sus tierras no volverán a enfermar.

—Me alegro de haber recuperado mis tierras —dice mientras sacude la cabeza. La amarga tristeza ha desaparecido de su expresión, igual que el mortero de la superficie de sus tierras—. Pero no estoy seguro de que merezca la pena al final, señorita Violet. ¿Puedo llevarla a casa?

—No. Su familia lo espera. Estoy bien.

Permanezco sentada en mitad del huerto regenerado. Algunos manzanos están en el suelo y eso no puedo remediarlo, pero el resto ha sacudido el mortero de sus copas y docenas de manzanas rosadas han empezado a brotar de cada rama. Oigo un ruido metálico seguido de un alegre mugido procedente del establo cuando Sam deja salir del cubículo a la novilla en cuarentena, que corre alegremente a reunirse con sus compañeros, totalmente curada.

No dejo de darle vueltas al viejo lema de mi padre. Un buen guardián antepone su Casa al rey, a su país, a su propia vida.

Me pregunto cuánta vida me queda.

Me pongo las medias largas y los guantes de montar, y me rodeo el cuello con la bufanda para ocultar las marcas grises del mortero que corre por mis venas. Para terminar, me miro en el espejo de mano que eché en la bolsa.

Aunque se ve que tengo ojeras y no muy buena cara, nadie sabría decir el motivo. Nadie diría al verme: «Ahí va Violet Sterling, una chica con mortero en las venas». Y para cuando quiera volver a casa por la noche, ya se habrá mezclado con mi sangre, invisible, a la espera.

Algún día moriré por Burleigh House. La cuestión es cuándo.

✻20✻

—TIENES MUY MALA CARA, VI. ¿QUÉ HAS ESTADO HACIENDO?

Casi se me cae la bandeja llena de jarras de sidra cuando me doy la vuelta y me encuentro con Esperanza en el umbral de la taberna. Lleva ropa de montar, huele a caballo y también parece agotada.

—Has estado fuera un mes —mascullo—. He hecho muchas cosas y tú tampoco estás radiante que digamos.

He venido a trabajar directamente desde la granja de los Worthing. En mi cara se notan aún los efectos del mortero, pero no pienso reconocerlo.

—Supongo —admite Espi con un suspiro—. ¿Sabes que he sido la mejor vestida en la corte de España? Dios mío, hasta los poderosos caen. Y también estoy exhausta. Casi tanto como tú lo pareces.

—Déjalo ya, anda.

Alfred levanta la vista de su libro y clava en ella una mirada abrasadora, como si no llevaran un mes separados.

—Permite que te diga que desde mi sitio estás tan preciosa como siempre. No menosprecies al amor de mi vida.

—Huelo como el trasero de un caballo, Alfi —se queja ella—. Ni siquiera tú puedes sentirte atraído por algo así.

Él hace un gesto con la mano para señalar lo poco que le importa.

—*Eau de cheval* es mi fragancia favorita, pero sólo cuando la llevas tú.

—Te quiero, cariño —responde ella con un suspiro.

Pongo los ojos en blanco, pero lo cierto es que es agradable tenerla de vuelta.

—¿Qué tal te ha ido? —le pregunto, porque tengo mesas que atender y si no los detengo, se pasarán el día intercambiando piropos.

Ahora es Espi la que pone los ojos en blanco.

—Todo un mes aguantando a un montón de hombres imposibles. Son un bálsamo para mis doloridos ojos, se los aseguro.

—No has averiguado nada prometedor sobre las escrituras, ¿verdad? —pregunto intentando no sonar demasiado esperanzada, pero no puedo evitarlo.

—No —responde—. Ojalá tuviera mejores noticias. Esperaba que ustedes hubieran averiguado algo.

—Nada —respondo yo bajando la vista—. Y se nos agota el tiempo. Burleigh no está bien.

—Seguimos intentándolo —dice Alfred para tranquilizarme—. No dejaremos de buscar hasta que no nos quede más remedio. Es tan frustrante para nosotros como para ti que no estén saliendo las cosas como queremos. No hay que perder las esperanzas, Vi.

Me obligo a sonreír, aunque sinceramente dudo que ninguno de ellos esté tan frustrado como para arriesgar su vida para sacar a Burleigh de su penosa situación.

—No volveré a marcharme, a menos que encontremos las escrituras —dice Espi, extendiendo el brazo para apretarme la mano, y tengo que tragar saliva para evitar sollozar—. Estaremos en esto contigo hasta el final. Aunque mi padre... me ha pedido que te diga que tienes hasta principios de agosto y que no lo estás haciendo muy bien hasta el momento.

—Estupendo. Como si no lo supiera.

—¿Cómo podría compensarte por mi familia tan horrorosa? —dice ella—. Toma, empecemos por una buena propina.

Saca un enorme fajo de billetes del bolsillo y me lo da, pero yo lo rechazo poniendo los ojos en blanco una vez más.

—Qué princesa tan extraña —balbucea Alfred—. Gastándose el dinero con camareras de taberna y traiciones en vez de comprando guantes y abanicos.

—Alguien tiene que gastarse el dinero con camareras de taberna, Alfi, dado que tú no lo haces y es prerrogativa de un caballero —replica Esperanza.

Cuando regreso a la barra, veo a Frey por primera vez en el día. Lleva toda la tarde hablando con mercaderes, verduleros y personal de cocina, y me mira con gesto serio cuando tomo la bandeja llena de jarras que me da.

—¿Podemos hablar un momento, Violet Sterling? En mi despacho.

La sigo reticente por el estrecho corredor que conduce hacia la parte trasera de la posada hasta una pequeña habitación en la que guarda los libros de contabilidad y hace los pedidos. Frey es una patrona justa, que se porta bien con su gente, pero últimamente he andado preocupada y distraída, y me pregunto si irá a regañarme por algo.

Pero en vez de eso, señala mis manos enguantadas.

—¿Qué escondes bajo esos guantes?

—Nada —miento de nuevo—. Hace frío para estar en julio.

—Entonces, quítatelos.

Me los quito muy despacio con un nudo en el estómago, rogando al cielo que no se vea ya el mortero que se mezcla con mi sangre. Pero sí se ve. Sigue ahí, bajo mi piel. Tengo mucho frío desde que llegué y me duelen mucho las extremidades.

—¿Puedo? —pregunta Frey.

—Adelante. De todos modos ya lo sabías —mascullo.

Me sube la manga y aguanta una exclamación de sorpresa al ver la sustancia gris que recorre mi brazo hasta el codo.

—No lo habrás hecho, Violet.

—Me temo que sí. Burleigh está cada vez peor y la granja Longhill se ha llevado la peor parte. No podía dejar que mi Casa arruinara a los Worthing de esa manera. Llevan toda la vida en estas tierras. ¿Pero cómo sabías que había hecho magia por ellos?

Frey se sienta en su mesa, que prácticamente llena todo el espacio, y me indica con un gesto que me siente en una pequeña silla de madera, el único otro mueble de la habitación.

—Tu padre empezó a canalizar mortero sin la protección de la llave mucho antes de que comenzara el arresto, durante su último año de libertad. Decía que podía desviar más energía de la Casa de esa forma, que así podía sacarle más cantidad de la magia que se estaba descontrolando. Vi muchas veces los efectos de esta práctica en él.

No me sorprende. Burleigh lo era todo para papá. Debió de ser terrible para él ver lo mal que lo estaba pasando la Casa, aunque no dejara que los demás lo viéramos.

—Papá te mencionó en una carta que me dejó —digo—. Dijo que podía confiar en ti. ¿Se conocían bien?

Frey sonríe.

—Es una manera de decirlo. Los dos colaborábamos en la búsqueda de las escrituras. Yo trataba de sacarles información a los clientes borrachos cuando recibíamos la visita de algún miembro de la nobleza y sus sirvientes, y transmitía toda aquella información útil a tu padre. Ahora hago lo mismo con tus amigos.

Frey hace una pausa antes de continuar.

—Y poco después de que tu madre se fuera, tu padre y yo no sólo trabajábamos juntos.

—Ya veo. Ay, lo siento mucho, Frey. No se me ocurrió pensar que no fuera yo la única que lo había perdido.

—Tu padre era como el sol —dice ella—. Reconfortaba saber que estaba en la misma habitación. No hay una sola persona en todo Burleigh Halt que no lamente su fallecimiento, Violet Sterling, no lo olvides. Era el guardián perfecto. Pero te diré algo, ahora que no está, todos los que dependen de tu Casa sólo esperan poder salir enteros, sea lo que sea que le ocurra a Burleigh. Sé que las tierras están mejor con la ayuda de Burleigh, pero recuerda lo que le ocurrió a la Sexta Casa. Corres un riesgo muy grande al intentar liberarla.

—Lo sé —digo mientras retuerzo uno de los guantes con las manos grises de mortero—. ¿Pero qué otra cosa puedo hacer, Frey? Soy una Sterling. Nací y me criaron para esto.

—Puedes romper el molde —responde ella con firmeza—. Irte de aquí. Dejar que la naturaleza y el rey sigan su curso. Y cuando el polvo se asiente y tu corazón se cure, me encantaría que volviera mi camarera. Tal vez podríamos asociarnos.

Es una oferta muy generosa, pero la mera idea de vivir en una tierra sin magia y tan cerca de la que fuera mi amada Casa me duele más que el mortero.

—Lo pensaré. Y no creas que me tomo a la ligera el bienestar de West Country, créeme.

—Puedes elegir tu propio destino, Violet —me dice Frey—. Tus prioridades. Burleigh no tiene que ser tu principio y tu final.

Pero es que nunca he imaginado un mundo así. Nunca creí que pudiera hacerlo.

* * *

Los fantasmas de Burleigh me persiguen. Me susurran y murmuran por los rincones de mi habitación a todas horas. No paro de dar vueltas en la cama por las noches y cuando abro los ojos, lo único que veo en mitad de la oscuridad son las figuras resplandecientes que flotan a la luz de la luna. La Casa está tensa y frustrada, como si supiera que su fin está cada vez más cerca. Me doy media vuelta en la cama y desprendo electricidad estática de las sábanas.

Ha pasado una semana más y sigo sin averiguar nada más sobre las escrituras. En menos de un mes, Su Majestad llegará con antorchas dispuesto a prenderle fuego a la Casa y deshacerse de su magia.

He empezado a prepararme para lo inevitable.

Para el vínculo. Para la muerte.

Me siento en la cama rodeada de los recuerdos de Burleigh y me pregunto si se acordará de mí cuando mi cuerpo la lleve a una nueva tierra. ¿Recorrerá mi fantasma los corredores de la nueva Burleigh House? ¿O se olvidará de mí una vez hecho el sacrificio?

Me entra el pánico al pensarlo. Retiro las mantas y salgo al corredor. Me agacho junto a Wyn.

—Psst, Wyn, despierta.

Él se da la vuelta y sigue durmiendo.

—Wyn.

Lo sacudo un poco. Su cuerpo está tibio al contacto y el corredor es mucho más silencioso que mi habitación. Siento la tentación de meterme debajo de la manta a su lado. Aunque dudo mucho que pudiera dormirme estando tan cerca de él. Últimamente no sólo saltan las chispas entre Burleigh y yo.

Por fin, Wyn se mueve.

—¿Vi? —pregunta con la voz áspera y se aclara la garganta. Está tan dormido que casi no me ve—. ¿Ocurre algo?

—No puedo dormir.

—Oh, pues prueba a contar ovejas —dice al tiempo que cierra de nuevo los ojos.

—Mi habitación está llena de fantasmas. Hacen mucho ruido. No puedo ni escucharme contar.

Wyn se pega a la pared y levanta la manta sin abrir los ojos.

—Acuéstate aquí. Y duérmete.

Ay, dios.

Me tumbo cuidadosamente bajo la manta intentando no tocarlo. Me tumbo boca arriba sin moverme y me quedo mirando el techo. Madre mía, qué incómodo es este suelo. Wyn disfruta autoflagelándose.

No me pongo de lado hasta asegurarme de que ha vuelto a dormirse. Pero cuando por fin lo hago, se me escapa un grito de sorpresa porque Wyn está completamente despierto y me está mirando.

—Por toda la sangre y el mortero, Wyn, ¿qué haces?

—Acabo de darme cuenta de una cosa —dice, entrecerrando los ojos—. Antes te dormías aunque hubiera ruido. Acuérdate de aquel año que me caí por la chimenea de tu habitación porque quería encontrar a Santa Claus y ni te inmutaste siquiera.

—No fue una de tus mejores ideas —respondo yo, sacudiendo la cabeza.

—¿Por qué estás despierta, Vi? ¿Qué ocurre? Dime la verdad.

Estamos a escasos centímetros de distancia. Estamos muy cerca, hace tanto calor debajo de la manta que siento que me ahogo. Aparto la manta y me siento. Pero Wyn hace lo mismo y, aunque ahora hace menos calor, seguimos estando muy cerca el uno del otro y soy perfectamente consciente de su cuerpo junto al mío.

Me llevo un dedo a la boca para morderme una uña, pero ya no quedan uñas que morder.

—Esos versos que encontré en tu cabaña, sabes lo que significan.

No es una pregunta, sino una afirmación.

Wyn deja escapar el aliento contenido y apoya la cabeza contra la pared.

—Por supuesto que lo sé. Y tú lo has averiguado, ¿verdad?

—Sí. Wyn, no sé qué más hacer. Se me acaba el tiempo para encontrar las escrituras. Dentro de unos días, será demasiado tarde. Aunque averiguara su paradero, no me daría tiempo a ir a buscarlas y volver antes de que llegue el rey. Creo... creo que tengo que vincularme a Burleigh House.

Noto que se me forma un nudo frío en la garganta al entender que moriré por la Casa. Ojalá hubiera otro modo de salvarla.

Wyn me toma una mano entre las suyas y entrelaza sus dedos con los míos. Un escalofrío me recorre el cuerpo.

—Vi, ¿qué era lo que tu padre amaba más que nada en el mundo?

—Burleigh —respondo sin dudar—. Y siempre la antepuso a todo lo demás.

—¿De veras? —Wyn levanta nuestras manos entrelazadas. El mortero se ha fundido con mi sangre y los moretones de mis muñecas han desaparecido, tan sólo queda la leve marca rosada que rodea mi brazo izquierdo—. ¿De dónde crees que viene esto?

—Es una marca de nacimiento. Ya lo sabes.

Él hace una mueca.

—Violet, no he sido del todo sincero contigo, pero voy a contarte toda la verdad. El verdadero motivo por el que vine a Burleigh House y por el que me quedé con tu padre, y también algunas otras cosas.

Aguanto la respiración. Esperaba que me contara la verdad por su propia voluntad, pero ahora que está a punto de hacerlo, no sé si quiero saberlo.

—Lo primero que debes saber es que esto no es una marca de nacimiento, sino una cicatriz. Te la hiciste una semana antes de que yo llegara y durante todo un año, escuché cómo tu padre te contaba cada noche la historia de tu supuesta marca de nacimiento. Al principio te reías, pero al final terminaste creyéndolo. Es fácil olvidar las cosas cuando tienes seis años, pero yo sí me acuerdo, Violet. Yo sí me acuerdo.

No entiendo qué pretende Wyn, y aparto la mano.

—¿De qué estás hablando? Mi padre jamás me mentiría.

Wyn me mira con expresión dolida.

—No te va a gustar lo que te voy a contar, Vi. Tal vez sea mejor que lo deje. Tal vez no debería decírtelo.

Pero lo cierto es que cuento con un testigo fidedigno de todo lo que ha pasado entre estas cuatro paredes que me mostrará la verdad.

—Burleigh —digo, frotándome la marca de la muñeca—. Enséñame el día que me hice esta marca.

El corredor se estremece y aparece un recuerdo superpuesto, la imagen de mi propia habitación. Un pequeño fantasma cobra vida sobre la alfombra. Una Violet Helena Sterling de cinco años juega con su casa de muñecas. Es una réplica de Burleigh House que papá encargó para mí, aunque un año después de la llegada de Wyn, mamá hizo que se la llevaran. «Eres demasiado mayor ya, Vi», me dijo, aunque yo seguía jugando con ella todos los días antes de que se la llevara.

La pequeña Vi juega sola un minuto y de repente fija la mirada en el sillón que hay detrás de mí. Me doy la vuelta y veo que el fantasma de mi padre ha aparecido en el recuerdo, está sentado junto a la chimenea revisando la correspondencia.

—¿Papá? —pregunta ella—. ¿Juegas un rato conmigo?

—Espera un poquito —responde él, sin levantar la vista de las cartas—. Sabes que accedí a sentarme aquí contigo si prometías que me dejarías trabajar.

La pequeña Violet suspira y sigue jugando con sus muñecas, pero su decepción no tarda en convertirse en felicidad porque alrededor de la casa de muñecas, Burleigh ha hecho que brote un jardín igual que el de la Casa grande. Rosas en miniatura crecen entre las tablas que hay fuera del invernadero, hay césped y flores silvestres detrás y hasta una hilera de pequeños árboles que simulan el bosque trasero.

—Burleigh —dice mi yo de cinco años—. No se lo digas a nadie, pero te quiero más que a nada en el mundo. Haría lo que fuera por ti, ¿sabes? Lo que fuera.

Una hiedra verde con manchas grises de mortero se cuela entre los tablones del suelo y se enrosca en torno a la muñeca de la niña. Ésta sonríe, pero después hace una mueca de dolor y se queda inmóvil cuando empiezan a salir espinas de la hiedra. La sangre brota en forma de cuentas dibujando una pulsera en la piel de la Vi niña, pero no es de color rojo, sino rosa, y se mezcla con el mortero que mancha la hiedra y sus espinas.

Papá alza la vista y se levanta de un salto para arrodillarse junto a la pequeña Violet, mientras le retira la hiedra de la muñeca. La niña está llorando.

—Me haces daño —dice ella en tono de reproche—. Para, papá.

Veo que mi padre pone un dedo debajo de la barbilla de la pequeña Violet y la mira a la cara.

—¿Qué has hecho, Burleigh?

—Burleigh no ha hecho nada malo —contesta la niña, irritada—. Lo siente. Su intención no era mala.

Papá me rodea la muñeca con un pañuelo sin dejar de mirarme.

—¿Qué quieres decir con que lo siente? Sé más específica, Vi.

La pequeña se encoge de hombros y sigue jugando con sus muñecas en cuanto papá la suelta.

—Quiero decir que lamenta haberte enfadado, pero cree que no deberías estar enojado. ¿No lo *sientes*, papá?

Mi padre cierra los ojos y los fantasmas oscilan y la imagen cambia.

En esta nueva visión de Burleigh House, la pequeña Vi está metida en la cama y debe de ser ese mismo día más tarde, porque sigue teniendo el pañuelo alrededor de la muñeca. Mamá y papá están de pie junto a la cama y hablan con preocupación mientras la niña duerme tranquilamente.

—Quería que lo supieras, Eloise —dice papá—. Quiero ser sincero contigo. No me lo esperaba de Burleigh, pero voy a ocuparme de todo, no pasará nada, te lo prometo. No llegará a nada más porque pretendo poner a la Casa en orden y nunca tendrá necesidad de Violet en ese aspecto.

Mamá lo mira con una mezcla de horror y sorpresa.

—George, nada de lo que puedas decirme mejorará la situación. Esta Casa es un peligro para Violet. Le ha dejado una marca de muerte. Tal vez tú puedas vivir con ello, pero yo no.

Papá se pone a la defensiva.

—No pasará nada siempre y cuando ella no haga magia. Y Burleigh sólo la ha marcado porque creo que nadie ha querido nunca a una Gran Casa como Vi quiere a Burleigh. Está dispuesta. Daría su vida por este sitio. Las casas no entienden de edad o infancia. Burleigh lleva en pie miles de años.

—Eso no cambia el hecho de que Violet sólo tiene cinco años —dice mamá con tono mordaz—. Aún cree que las hadas viven entre los rosales, cómo no va a querer a su Casa mágica. Pero cuando crezca, se dará cuenta de la maldad que esconde también. Soluciónalo, George Sterling. Arregla esta situación.

—No puedo —dice papá, abriendo los brazos con gesto de impotencia—. No se puede hacer nada. Lo único que puedo hacer es intentar asegurarme de que Burleigh no la necesite nunca.

Mamá se da media vuelta.

—Eres un hombre inteligente. Un espléndido guardián, según dicen.

Piensa en algo —le dice entre dientes volviendo la cabeza por encima del hombro al salir de la habitación.

El recuerdo se desvanece y vuelvo a estar en el corredor en penumbra junto a Wyn. Una pequeña rama de hiedra brota a mi lado y me envuelve la muñeca, acariciándome con pétalos suaves como el terciopelo el lugar en el que las espinas me hicieron la marca. Trago saliva e intento contener las ganas de rechazar el contacto de Burleigh.

—La Casa te eligió, te vinculó a ella cuando tenías cinco años, Violet —dice Wyn con ternura—. Burleigh siempre ha sentido predilección por ti. Lamento que hayas tenido que conocer el motivo.

Yo permanezco en silencio, tratando de no pensar en que la hiedra que me rodea suavemente la muñeca ahora mismo me parece un grillete.

Quiero a Burleigh y Burleigh me quiere a mí. Yo elegiría a Burleigh. Burleigh me eligió a mí.

¿Entonces por qué me sabe a traición?

Me trago mi dolor, como hago siempre. No importa. Tengo una obligación que cumplir y ya estaba decidida a hacerlo de todos modos. Burleigh House acaba de facilitarme las cosas. Lo único que me queda por hacer ahora es abrirme a su magia. Dejar que se adueñe de mí.

Convertirme en el último guardián, el que salva a su amada Casa.

—Me alegra que me lo hayas contado —le digo a Wyn, aunque mis palabras suenan forzadas—. Habría elegido a Burleigh de todos modos, así que al menos las dos estamos de acuerdo.

—No, Violet, eso no es todo —contesta él.

❧21❧

EL MIEDO ME CORROE POR DENTRO MIENTRAS WYN AGUARDA mirando el techo.

—Burleigh, muéstranos el día que llegué —dice.

La madera cruje por detrás de las paredes.

—Burleigh —insiste Wyn. Todo se vuelve oscuro.

Una imagen fantasmagórica del sendero de entrada de la casa se abre ante nosotros. Hace una tarde un poco fría a principios de la primavera. Reconozco el día nada más al verlo porque yo estoy presente, y llevo la muñeca izquierda vendada. Espero a papá dando saltitos de impaciencia con mis trenzas y mi vestidito de niña. Había ido a Taunton antes del amanecer a hacer un recado en parte para la casa y en parte para mí, según me contó. Recuerdo lo emocionada que estaba. La mayoría de sus viajes eran por asuntos relacionados estrictamente con Burleigh. Por fin se abre el portón y llega papá montado a caballo. Salgo corriendo hacia él, pero algo hace que me detenga en seco.

Sentado delante de mi padre hay un niño muy pequeño y tímido. Está muy pálido y parece encorvado, y no sé qué está más sucio, él o su ropa.

—Papá —le digo en cuanto creo que puede oírme. Soy muy atrevida porque estoy segura de mí misma y sé cuál es mi lugar—. ¿Quién es? El pobre está hecho un desastre.

Papá tira de las riendas y desmonta para ayudar a bajar al niño desconocido. Éste se queda a la sombra del tranquilo caballo de mi padre, como un perrito asustado. Lo miro con recelo. Nunca fui una niña especialmente compasiva, y reservaba toda mi empatía para Burleigh House, de manera que quedaba muy poco para los demás.

—¿Qué le pasa? —pregunto sin emoción alguna.

—No le pasa nada, Vi —contesta él—. Vivía en el orfanato de Taunton. Lo dejaron allí hace tres años, pero ya no saben qué hacer con él porque se escapa todo el tiempo hasta que algún vecino con buenas intenciones lo encuentra y lo regresa al hogar.

Le dirijo una mirada fulminante. Esta es mi Casa. Bastante poco veo ya a mamá y a papá, pero Burleigh me pertenece a mí. No pienso compartir su afecto con un desconocido.

—¿A qué ha venido?

—A hacerte compañía —responde papá mientras se quita los guantes de montar—. Tu madre siempre dice que no deberías pasar tanto tiempo sola. Bueno, pues aquí tienes un amigo. Y él necesitaba un hogar. Una solución perfecta para todos.

Observo a la Vi niña que da un paso hacia delante sin molestarse en disimular su recelo. Aún recuerdo la duda y la desconfianza viscerales que sentí la primera vez que vi a Wyn. Y lo rápido que cambiaron las cosas entre nosotros.

—Niño, ¿sabes hablar? —le pregunta la Vi niña a Wyn.

Él asiente.

—¿Y piensas hacerlo?

Él niega con la cabeza.

—¿Por qué no?

Wyn se encoge de hombros.

—¿Tienes miedo?

Asiente otra vez.

Vi lo mira con el ceño fruncido.

—¿Por qué no te ocupas tú de cuidar de él? —dice papá de pronto—. Tómatelo como un ensayo de lo que será cuidar de Burleigh algún día.

El rostro de la pequeña se ilumina. Qué bien me conocía papá. Sabía que si era algo que beneficiaba a la Casa, daría lo mejor de mí.

—¿Qué te parece, Burleigh? —pregunta la Vi niña al aire—. ¿Crees que es una buena idea?

Un trueno retumba sobre nuestras cabezas, pese a que el día está despejado. Wyn abre unos ojos como platos.

—¿Te gusta? —dice Vi, solícita ahora que sabe que Wyn ha llegado por el bien de la Casa—. Es Burleigh. Puede hacer muchas más cosas. Te lo enseñaré.

Extiende el brazo hacia él, pero cuando nota que el chico da un respingo, se aparta.

—¿No te gusta que te toquen? Entonces no lo haré. Sólo lo haré si tú quieres.

Wyn cambia el peso de un pie a otro hasta que termina extendiendo la mano. Sonrío al ver que la Vi niña se la estrecha.

—¿Cómo te llamas?

—Haelwyn —responde papá por él—. Es Haelwyn, de Taunton.

—¿Qué te parece si lo dejamos en Wyn? —pregunta ella—. Es más fácil, ¿no crees?

Él asiente vigorosamente y ella lo conduce hacia la casa.

—Yo soy Violet Sterling. ¿Sabes que algún día seré la guardiana de Burleigh? Supongo que es buena idea practicar contigo. Creo que te vendría bien un baño. Y probablemente algo de comer también. Tenemos muchas habitaciones, seguro que habrá alguna para ti... —La voz se apaga a medida que Wyn y la Vi niña se alejan por el sendero de entrada— ...pero si me prometes que guardarás el secreto, te pondré una cama dentro de mi armario. La casa es muy grande y le gusta acordarse de cosas y puedes asustarte por la noche si no estás acostumbrado.

Lo último que oigo antes de que el recuerdo se desvanezca es a mi yo de seis años decirle a Wyn:

—Será mejor que nos quedemos juntos.

Tras un instante de oscuridad, Wyn y yo volvemos a estar en el corredor.

—Papá te trajo para que me hicieras compañía —le digo con tono desafiante porque una horrible idea empieza a cobrar forma en mi mente y no me gusta nada.

—Ven —dice Wyn, que se levanta y cruza el corredor en dirección a la puerta que conduce al dormitorio de mi padre. No he sido capaz de entrar ahí desde que vi el recuerdo de Burleigh del día que murió. Lleva cerrada desde que volví porque no he querido pensar en lo que tuvo que pasar ahí dentro.

—Yo también pensé que había venido para hacerte compañía —dice él con la mano en el picaporte—. Así lo pensaba hasta la víspera del comienzo del arresto de tu padre. Esa noche me llevó aparte y me lo explicó todo. No me ofreció un hogar por caridad. Me necesitaba. Burleigh House no era lo que más quería. Y no estaba dispuesto a sacrificarlo en su obligación como guardián.

—Wyn, no lo hagas —digo con un hilo de voz rota, pero él sigue.

—Tú eras lo que más quería, Violet. No podía morir sabiendo que la Casa te arrebataría la vida algún día, igual que la suya. Por eso me pidió que me quedara cuando comenzó el arresto.

Wyn gira el picaporte y abre la puerta.

La habitación está muy cambiada. No queda ni un mueble, tan sólo la ropa de cama amontonada en un rincón. Una gruesa capa de polvo y moscas muertas cubre las repisas de las ventanas. Grabadas en la pared del fondo siguen estando las letras que forman mi nombre, visibles a la luz de la luna.

VI.

Wyn atraviesa la habitación y yo lo sigo como una polilla atraída por una llama. Extiende el brazo y toca el lugar en el que papá las grabó.

—Sangre y mortero —dice Wyn—. Se puede deshacer un vínculo para hacer uno nuevo, pero Burleigh no me quería a mí, te quería a ti. Así que necesitábamos mucha sangre y mucho mortero. Esperamos todo lo que pudimos, pero un año antes de que terminara el arresto, tu padre estaba cada día más débil y no le quedaba más que...

Se detiene. Casi no puedo respirar pensando en lo que le han hecho a Wyn y a mi Casa, en todas las formas en que se han vinculado y desvinculado.

—Enséñame el resto —susurro con un hilo de voz apenas audible, pese al silencio que reina en esta habitación maldita.

Wyn vacila un momento, pero al final se quita el camisón con un único y decidido movimiento y lo deja caer al suelo. Se vuelve de espaldas hacia mí, vestido con unos pantalones de lino, y entonces veo lo que le hizo mi padre.

Mi nombre, escrito en gruesas líneas de piel cicatrizada, cubre la espalda de Wyn, desde los hombros hasta la zona lumbar, una copia en carne de la palabra grabada en la pared de Burleigh: *VI*.

Contengo la respiración y ahogo un sollozo. El sonido reverbera en la habitación vacía.

—Dios mío, Wyn.

Jamás perdonaré a mi padre por esto. Por hacerle daño a las dos cosas que más quiero en el mundo sólo para que yo estuviera segura. Y si bien estoy decidida a defender a Burleigh a toda costa, el deseo de poder deshacer el pasado para Wyn enciende un fuego en mí.

—¿Puedo? —pregunto. Wyn se encoge de hombros sin darse la vuelta.

Me acerco a él y sigo con un dedo las letras mayúsculas grabadas en su piel. Pongo todo mi corazón en la suave caricia, como si pudiera curar la herida con la fuerza de todo lo que compartimos Wyn y yo, con la calidez de mi piel contra la suya. Wyn se estremece, pero no se aparta.

—¿Por qué lo hiciste? —Mi voz se quiebra y apoyo la palma en la espalda de Wyn—. ¿Por qué accediste?

—Me sentía valiente aquel día —confiesa—. No he vuelto a sentirme así desde entonces.

No puedo soportarlo más. Las cosas que han ocurrido bajo este techo, el tiempo que estuvimos separados, las personas en las que nos hemos convertido, la pequeña distancia que sigue existiendo entre los dos.

—Eres valiente todos los días, Haelwyn de Taunton —le digo—. Te has quedado aquí por mí, varias veces, y Wyn, yo nunca te habría pedido que lo hicieras.

—Lo sé —contesta él sin darse la vuelta—. Pero tu padre lo hizo y no pude negarme.

—Lo siento. Lo siento mucho.

Me acerco más aún y poso los labios en el hueco que se forma entre sus omóplatos. Wyn aguanta la respiración y se vuelve hacia mí. Tiene la misma expresión apagada que vi cuando Burleigh me mostró el recuerdo de la muerte de mi padre.

—Haelwyn. Ni siquiera es mi nombre de verdad —dice—. Tenía otro nombre antes de venir aquí. Me acuerdo, pero no recuerdo cuál era. La magia de la Casa funciona conmigo de otra manera por el vínculo. Tu padre perdió primero la salud y después la cabeza. Pero yo sólo estoy perdiendo la memoria. No recuerdo prácticamente nada de mi vida antes de que me trajeran a Burleigh House. Y la mitad de lo que recuerdo de lo que ocurrió después lo sé porque Burleigh fue testigo. Puedo verlo mentalmente, pero desde fuera de mí. Y no siento ninguno de esos recuerdos como haría si fuera un recuerdo mío real.

—¿Por qué no me lo dijiste? —pregunto con las mejillas cubiertas por las lágrimas, pero no les hago caso—. Wyn, vámonos. Tú y yo juntos, como siempre quisiste. Vente conmigo.

Él sonríe con amargura.

—No puedo. Ya no. Intenté huir el día que Falmouth estuvo aquí e hice toda esa magia. No pretendía irme para siempre, sólo quería alejarme para aclarar mis ideas. Pero el vínculo es demasiado fuerte a estas alturas y no puedo. Es como si entrara en una pared invisible y cuando la empujo es como si estuviera muriéndome.

—Sangre y mortero, debería haber dejado que te fueras cuando aún podías.

Me cubro la cara con las manos porque creo que estoy a punto de desmoronarme. Wyn me acaricia suavemente la coronilla, pero eso sólo empeora las cosas.

—Yo decidí quedarme, Violet —dice—. Podría haberme ido. También decidí quedarme durante el arresto. Y acepté vincularme a Burleigh. Tú no tienes la culpa de nada, yo decidí hacerlo, por ti.

No dejo de darle vueltas. Burleigh y papá representaban para mí la bondad y la honradez, y ahora descubro que los dos utilizaron a unos simples niños para vincularlos a...

La admisión de Wyn de que todo lo hizo por mí atenúa un poco la amargura de la revelación. Saberlo es un peso y una carga, pero también me llena de calor y luz, mientras que la carga de tener que cuidar de Burleigh no deja más que una fría determinación.

La cálida sensación se reduce a cenizas cuando Wyn retoma la palabra.

—Dentro de unos días todo se resolverá —dice, aunque se aprecia un tono de incertidumbre en su voz—. Justo antes de que llegue Su Majestad, haré aquello para lo que me vinculé a la Casa. Burleigh tendrá una nueva vida. Tú tendrás una nueva vida. Todo saldrá bien, Violet. Te lo prometo.

Dejo caer las manos y lo miro a los ojos.

—Wyn, yo no quiero empezar una nueva vida sin ti. Nada tendrá sentido si tú no estás. ¿De verdad crees que me quedaré mirando sin hacer nada mientras tú te sacrificas cuando soy yo la que tendría que hacerlo? ¿Y si...? ¿Por qué no puedo volver a vincularme a la Casa en lugar de que lo hagas tú?

—Tendría que irme de aquí para que pudieras hacerlo —responde Wyn sin más—. No puedes reemplazarme si no me alejo de la Casa. Pero el vínculo es tan potente a esas alturas que no puedo irme. Así que me temo que así es como son las cosas. Pero tú eres una guardiana, Vi. ¿Y qué hace un guardián? Anteponer su Casa a todo lo demás. Al rey. Al país. A...

—¡Basta! No quiero oírlo.

Wyn se agacha para recoger el camisón del suelo y se lo vuelve a poner. Cuando me mira de nuevo, su rostro es una irritante máscara de pragmatismo.

—¿Por qué no quieres oírlo? Ser guardiana es lo que siempre quisiste ser. Es lo que tu padre te enseñó. Y yo puedo darte ahora lo que siempre deseaste.

Está de pie ante mí, con los brazos caídos a lo largo del cuerpo, junto al lugar en el que papá grabó mi nombre en las paredes de Burleigh y vinculó a Wyn a la casa. Y éste parece pequeño y frágil en comparación con las espinas y el mortero de Burleigh.

La Casa lo eclipsará.

Se apagará por completo.

Burleigh lo absorberá y lo dejará sin vida una vez que eche raíces en otra tierra.

El pánico se apodera de mí, las manos me tiemblan y los ojos se me llenan de lágrimas que arden de calor. Esto no es lo que yo quería.

—No soy una buena guardiana —admito—. Jamás lo seré. No quiero anteponer la Casa a todo lo demás, así no. No... —Trago saliva antes de añadir—: Wyn, no quiero a Burleigh sin ti.

Él deja escapar un suspiro.

—Pues me parece que no vas a tener suerte porque me temo que eso es justo lo que va a ocurrir.

Me echo a llorar a moco tendido, sin molestarme en apartar el rostro o disimular porque Wyn conoce lo mejor y lo peor de mí.

—Vamos, no hagas eso, Vi. Todo irá bien, ya lo verás.

Wyn se acerca y me abraza. Por un momento, se apodera de mí una inmensa sensación de seguridad, hasta que recuerdo que será Wyn quien morirá por Burleigh. Me estremezco y él me estrecha más fuerte.

—No pasa nada, no pasa nada —susurra Wyn tratando de consolarme.

Me da un beso en la cabeza, pero yo levanto el rostro hacia él y los dos nos quedamos mirándonos conscientes de que en este preciso instante algo acaba de cambiar irrevocablemente entre nosotros.

Levanto mis manos hacia su rostro y él posa las suyas en mi cintura. Nuestras bocas se encuentran y a pesar de toda la sangre y el mortero, a pesar de que parece que el mundo se va a acabar, todo mi ser canta de alegría. Lo beso como si un beso pudiera romper el vínculo, y él me besa como si con ello pudiera curar mi corazón roto.

Cuando por fin nos separamos, sé que ya no me servirá de nada contar las estrellas, o contar los miedos, porque cuando Wyn se pasa las manos por el pelo alborotado y me mira con cara de «¿Y ahora qué hacemos, Violet?» todo mi ser me dice que él, Wyn, es el centro en el que todos mis miedos convergen al fin.

❧22❧

DESDE LA CONFESIÓN DE WYN A MEDIANOCHE, BURLEIGH ESTÁ
nerviosa. Yo estoy nerviosa. Wyn parece sereno y decidido, y con ello sólo
consigue exacerbar aún más mis miedos.

Suplico a Alfred y a Esperanza que redoblen sus esfuerzos por el bien
de Burleigh, aunque no soy capaz de contarles la verdadera razón. Envían
toneladas de cartas a sus contactos por todo el país en un intento de averiguar
algún detalle, por más pequeño que sea, sobre el paradero de las escrituras.
Por mi parte, cada noche recorro los recuerdos de la Casa hasta que caigo
rendida de agotamiento y me duermo mientras la triste historia sigue repro-
duciéndose en forma de recuerdo.

Sé que no tendré más oportunidad que ésta. Si consigo encontrar las
escrituras, si consigo desvincular la Casa, puede que no tenga que elegir
entre mi hogar y mi corazón.

Y es que todo ha cambiado entre Wyn y yo. Aunque somos cuidadosos
y nuestras manos y nuestros labios no se rozan, nuestros ojos sí se buscan
mutuamente. Y siempre siento que se me dispara el corazón. Pero también
veo siempre el pánico real que no es capaz de controlar, por mucho que
intente tragárselo para que yo no lo vea. Pero yo soy una maestra a la hora de
ocultar mis sentimientos y sé reconocer cuando alguien lo hace.

Wyn es como un conejo que ha caído en una trampa. Por mucho que diga, por mucho que insista en que está preparado para morir para darme a mí la oportunidad de ser feliz y a Burleigh la oportunidad de empezar de nuevo, no es lo que quiere realmente. Y verlo triste es como si mi cuerpo se cubriera de mortero y espinas. Creo que por eso se empeña en mantener esta nueva y escrupulosa distancia entre nosotros, porque la cercanía implica sinceridad, y Wyn no quiere ver la verdad.

Una noche, tres después de la gran revelación, me despierto en un recuerdo que no he visto nunca.

No le he pedido a Burleigh que me enseñe nada sobre el arresto, más allá de lo que ella ha decidido mostrarme. He tenido cuidado de no presionarla demasiado para que me enseñara cosas que pudieran hacerle daño. Pero cuando abro los ojos de madrugada, entre la noche y la mañana, cuando aún está oscuro, me encuentro delante del gran comedor.

O mejor dicho, una visión fantasmal del gran comedor, que ahora está lleno de escombros.

En esta visión, el fuego crepita en la chimenea y la lluvia golpea los cristales de la galería, aunque parece que es mediodía. Un fuerte viento espasmódico se cuela entre las rendijas de las paredes y la hiedra trepa hasta el techo.

Papá está sentado en la cabecera de la mesa. Nunca lo había visto tan enfermo. Está demacrado y ojeroso, extremadamente pálido, y cuando intenta agarrar el vaso de agua, tiembla tanto que se le cae. Permanece sentado un buen rato, observando la mancha húmeda que se extiende por el mantel. Al final, metódicamente, de un modo que me hiela la sangre porque está desprovisto de toda emoción, no es más que un movimiento frío y concentrado, agarra el vaso y lo lanza contra la pared.

Este se hace añicos con ese sonido tan característico del cristal cuando se rompe. Papá toma a continuación la jarra y la lanza. Después repite el movimiento con el plato, la taza, el platillo y los cubiertos.

Una vez que ha desaparecido el último objeto, tira del mantel, hace una bola con él y lo echa al fuego, donde se encoge y empieza a salir humo. En este punto, le sale por la nariz y los ojos la sangre mezclada con el mortero. Se detiene a limpiarse la cara con una manga antes de salir de la habitación.

En ese momento me fijo en Wyn, tendrá uno o dos años menos que ahora. Está sentado en el borde de un sillón junto a la chimenea tan quieto que parece invisible. Tiene sobre el regazo un plato de nabos cocidos de color blanquecino que no ha probado siquiera. Lo miro y me fijo en el movimiento que hace su garganta al tragar. A continuación deja el plato a un lado, saca la escoba y el recogedor de un armario, y se pone a barrer los añicos.

Pero antes de terminar, se detiene y mira a su alrededor para asegurarse de que está solo. Deja la escoba y el recogedor en el suelo y apoya las manos con los dedos muy separados sobre el suelo de madera de color dorado.

La Casa vibra a nuestro alrededor en una mezcla de ansiedad y expectación.

—Vamos —dice el Wyn de hace unos años con voz vacilante por el miedo.

Y de repente, la Casa tiembla y gruñe. La hiedra que se ha colado en el interior del comedor y cubre ya las paredes se seca y muere; una a una, sus hojas se ennegrecen. Bajo sus restos, las grietas de las paredes dejan paso a una superficie lisa perfecta, el polvo de las superficies asciende con el aire. En la chimenea, el fuego crepita al principio y después ruge con furia, consumiendo en un abrir y cerrar de ojos el mantel húmedo a medio quemar.

Al final, la Casa suelta a Wyn, que se derrumba y cae de costado al suelo, respirando con mucha dificultad. Pero ahí está, consciente, y no se ve mortero bajo su piel.

—Es un comienzo —dice papá desde la puerta. Está apoyado contra el dintel, con restos de mortero seco en las comisuras de los ojos, así como en las líneas de expresión que rodean su boca, en horroroso contraste con Wyn—. Me preguntaba cuándo encontrarías el valor para hacerlo. Has tardado lo tuyo, chico.

Se da la vuelta y deja a Wyn sentado entre los restos de porcelana, rodeado por las paredes que protegen de la lluvia.

Me levanto de la cama y me arrodillo junto al fantasma de Wyn. De pronto, veo que su rostro adopta una expresión ausente. Está fuera de su cuerpo, en ese corredor interminable que me describió una vez, mientras Burleigh House absorbe sus recuerdos.

No puedo seguir mirando. Voy hacia la puerta, dejando el recuerdo de Burleigh a medias. Mi Wyn duerme profundamente en el corredor, mi leal guardián, aunque al menos no está en el suelo, sino en un colchón de pluma que sacamos de una de las habitaciones de invitados.

Me agacho y poso levemente la mano en su pelo alborotado antes de continuar sin hacer ruido, como uno de los fantasmas que recorren incesantemente la casa. Voy a la cocina silenciosa e iluminada por la luna, y me enfundo unas botas de agua. La puerta de la habitación de Jed y Mira está cerrada y sé que a esta hora estarán profundamente dormidos. Los echo mucho de menos. Durante todo el verano hemos sido como buques que se cruzan en mitad de la noche. Siento que estoy angustiosamente cerca de algo, como si me hubiera hecho demasiado mayor para la vida que teníamos antes, pero aún no he encontrado mi nuevo lugar.

No ayuda tampoco el hecho de que esté planeando hacer algo que ningún guardián que se precie haría. Si fuera la persona que Burleigh necesita que sea, subiría, despertaría al chico que duerme fuera de mi habitación y le diría que no hay lugar para él en mi corazón o en mi vida. Le diría que en su mano está darme todo lo que siempre he deseado y que siempre lo recordaré con cariño si lo hace.

Pero la mera idea de decirle algo así es como si me rompieran el corazón literalmente. Así que salgo al jardín por la cocina, donde los rosales secos se agitan con la ardiente brisa veraniega. Atravieso la pradera, dejo atrás el cementerio y entro en el sombrío territorio boscoso. No puedo arriesgar la vida de Wyn, así que me dispongo a hacer algo peligroso y desesperado en su lugar.

La oscuridad cobra vida en forma de ruidos siniestros. En más de una ocasión, piso algún charco de mortero denso y viscoso, y me alegro de haberme puesto las botas. Las zarzas se deslizan lentamente por todo el sendero, no llego a tropezar con ellas porque se mueven despacio, pero sí me llegan a los tobillos. Fuegos fatuos y recuerdos resplandecen entre los árboles, envueltos en un sobrenatural tono azul verdoso. Pero da igual la forma que adopten, porque conozco bien estos bosques y los senderos que los recorren. Los reconocería de día y de noche, y con sol o en una siniestra penumbra, no tengo miedo de Burleigh House.

A medida que me interno en la espesura, el aire se vuelve frío y húmedo. La bruma deja una fina capa de gotas diminutas sobre mi pelo y mi bata. Llego a un lugar en el que el sendero se bifurca y tomo un serpenteante sendero que baja entre los árboles en dirección al pequeño valle donde el arroyo truchero fluye cantarín sobre los rápidos, bajo la lluvia que acribilla la superficie del agua.

Desciendo con dificultad por el terraplén resbaladizo a causa del barro y las hojas húmedas hasta llegar al arroyo, tratando de no pensar en que cada vez hace más frío. Pestañeo para quitarme el agua de los párpados y hundo las manos en el suelo compuesto por abundante gravilla de la orilla. Es una invitación para Burleigh: si algo va mal, aquí estoy. Un conducto, un canal, un recipiente preparado para recibir tu poder. Tal vez no posea la llave ni las intenciones puras de un guardián, pero soy lo único que tienes, Casa de mis amores, así que haz que tu mortero se mezcle con mi sangre si tienes que hacerlo.

—Burleigh, quiero preguntarte algo. Y creo que sabes lo que es.

El viento gime entre las copas de los árboles. Una lluvia fría se cuela por el cuello de mi blusa y me provoca un estremecimiento. Llevamos así semanas. Mimándola, mostrando consideración por su vinculación y su mal estado de salud, tratando de no hacerle daño aunque con ello pudiera salvarle la vida. Pero ya no me queda tiempo ni paciencia ni ganas de mimos.

—Burleigh, ¿dónde están tus escrituras?

Las aguas del arroyo se erizan en respuesta, elevándose por encima de la orilla hasta mojarme los pies desnudos y embarrados. Me trago la frustración.

—Enséñamelo, Burleigh. Ayúdame a liberarte.

El río se encrespa de nuevo, insistentemente, y no me queda más remedio que subir un poco más por el terraplén que termina en la orilla. De repente, cae la oscuridad. Una negrura tan absoluta que se traga incluso las formas de los árboles entre las sombras y el resplandor ocasional del agua del río. Muevo una mano delante de los ojos, pero es como si los hubiera cerrado. No veo nada.

Un aroma familiar aunque no sabría ubicar exactamente me rodea. No huele a tierra mojada ni a madera podrida ni tampoco a musgo, es más bien un olor salvaje y salobre, el aroma del mar. Noto un nudo en el estómago porque Burleigh nunca me ha mostrado nada que estuviera más allá de los límites de la finca. No sabía que pudiera siquiera.

Los sonidos aumentan. Olas que chocan contra la orilla. Chillido de gaviotas. Y un goteo hueco.

Esto no es un recuerdo más. Burleigh, desesperada por agradar, está mostrándome la ubicación exacta de sus escrituras.

Intento ver algo en la negrura y, poco a poco, el aire que me rodea se vuelve gris. Unas figuras indefinidas empiezan a cobrar forma; no son reconocibles, pero lo serán de un momento a otro. Mis esperanzas renacen, pese a sentir el agua fría del río en los pies y el gélido contacto del mortero en la piel de las manos, enterradas aún en la gravilla.

La luz aumenta. Veo el suelo de roca de una cueva y más allá de la boca de la cueva, el azul mar de Cornwall. Veo también una punta de tierra que se adentra en el mar.

La imagen se queda inmóvil. Intento avanzar, pero es como si me hubieran clavado las botas al suelo. Esto es todo lo que puede ofrecerme Burleigh, una imagen de la costa de Cornwall. Y no es mucho.

—Burleigh —suplico—. No sé dónde está eso. ¿Puedes decirme algo más? Busca la manera.

El sol se oculta en el horizonte por el oeste y a medida que desciende, una funesta y larga ola se eleva mar adentro para abalanzarse sobre la orilla, un muro gigante y aterrador dispuesto a engullirlo todo a su paso.

Ya sé dónde estoy.

No es una cueva marina cualquiera.

Es una cueva, sí, situada en algún punto de la costa occidental de St. Ives, donde estuve una vez cuando era niña y fui testigo de una ola exactamente como ésta.

De repente, la visión se rompe en mil pedazos. Regreso de golpe al bosque que se abre detrás de Burleigh House, en plena noche, de una manera tan súbita que siento que la cabeza me da vueltas. Bajo mis pies, el suelo emite una sacudida. El nivel del agua del río sube a una alarmante velocidad. Me llega casi por las rodillas, pero cuando intento levantarme, siento que todo me pesa. Bajo la vista y veo que mis brazos y mis piernas desnudos no sólo están veteados de gris, sino que tienen el color de la piedra y apenas los siento de lo fríos que están.

Con un esfuerzo titánico, me obligo a trepar por el peligroso terraplén. Las hojas húmedas y el barro hacen de él un terreno muy resbaladizo y me caigo varias veces. El suelo bajo mis pies no deja de gemir y temblar.

Al llegar arriba del todo, me apoyo en el tronco de un árbol, pero aparto rápidamente la mano. Zarzas cubiertas de afiladas espinas serpentean por el suelo del bosque y trepan por los árboles. Me he rasgado la piel y de la herida brota una espesa sangre mezclada con mortero.

No me atrevo a detenerme. No me atrevo a ofrecer ayuda a mi resentida Casa por miedo a que me mate por error.

—Burleigh, para. Cálmate —grito mientras el suelo se sacude y algo golpea con fuerza entre los árboles a lo lejos. Pero el mortero impide que me salga la voz y los árboles empiezan a quedarse sin ramas o se caen al suelo directamente mientras la magia sigue penetrando en mí desde el suelo, portadora del inmenso poder tóxico de la Casa. Me estremezco y de repente me quedo inmóvil, mientras las zarzas continúan cubriéndolo todo con un ruido sibilante.

Empiezo a ver puntitos negros cuando la primera zarza se aferra a mi tobillo.

23

LA CUCHILLADA DE LAS ESPINAS HACEN RETROCEDER LA oscuridad de mi línea de visión y grito cuando siento que las zarzas tiran de mí con más fuerza y clavan sus afilados dientes en mi carne. Algo, no sé dónde exactamente, capta la atención de Burleigh, que se aparta de mí, lo que me da un poco de tregua. Puedo pensar con claridad y meto la mano en el bolsillo de la falda, del que retiro el cuchillo de eviscerar pescado que sigo llevando por costumbre. Lo saco de la funda de cuero y corto la rama con el borde serrado en vez de con el borde curvo hasta quedar libre.

Una vez suelta, siento pánico. Si la casa me ha dejado en paz es porque toda su atención está concentrada en otra persona, y no puedo soportar pensar que sea él quien tenga que cargar con su poder maldito.

—Burleigh. No. Mírame. Mírame a mí —le suplico con voz atragantada.

Pero no me hace caso. Con el cuchillo aún en la mano, me dirijo cojeando hacia la pradera de flores silvestres que se abre al salir del bosque. Pero los árboles rebosan energía destructora y veo horrorizada que unas zarzas más gruesas que mis brazos comienzan a entrelazarse con las ramas de los árboles formando una celosía viva que separa el bosque de la pradera.

Aprieto los dientes y sigo avanzando con dificultad. Si la celosía espinosa se cierra antes de que pueda llegar a la pradera, mi pequeño cuchillo no podrá atravesarla.

En esto aparece Wyn en el hueco entre el bosque y la pradera. Centro la mirada en él y me obligo a correr más rápido.

—Wyn, para —grito cuando veo que apoya cada mano en un árbol.

—Date prisa —grita él.

Hago lo que puedo. Los temblores me tiran al suelo, pero me levanto y sigo, cerrando más y más la distancia que nos separa. Wyn me tiende la mano y yo la tomo. La tierra se sacude con furia. Unas zarzas enormes serpentean hacia nosotros, pero Wyn tira de mí con tanta fuerza que caemos los dos sobre la hierba en el instante en que a escasos centímetros por detrás, la linde del bosque queda sellada por una impenetrable pared de espinas.

Nos rodea una quietud que pone los pelos de punta. El cielo se aclara y sale la luna, bañando con su luz plateada la pradera y el bosque. Pero no siento alivio ni dolor, aunque sé que debería. Lo único que siento es un terrorífico frío que se extiende por mis brazos y mis piernas, y trepa por mi pecho hasta mi corazón.

—Violet, dame las manos —oigo decir a Wyn a lo lejos. Intento retirarlas, porque no quiero que se haga daño, pero no puedo concentrarme en su voz ni tampoco puedo moverme. El rostro de Wyn oscila y desaparece de mi línea de visión mientras todo a mi alrededor se vuelve piedra fría.

Cuando me despierto estoy tumbada boca arriba sobre la pradera y las estrellas empiezan a apagarse a medida que la luz del amanecer asoma por el este. Siento un dolor latentente allí donde las espinas me laceraron la piel de las manos y las zarzas me rodearon el tobillo, pero al menos puedo sentir de nuevo. Ya no siento frío. No hay rastro del mortero que chupa la vida.

Wyn está a poca distancia, con la cabeza entre las manos. Cuando me muevo y la hierba seca cruje, levanta la vista. Está tan pálido y demacrado que se me rompe el alma. Me alegra ver que no está ausente, que está aquí. Sea lo que sea lo que el mortero hizo con él, con qué parte de Wyn quiso quedarse, ya lo ha hecho.

—¿Estás bien? —le pregunto, incorporándome con un gemido.

Wyn niega con la cabeza y cuando habla, lo hace con un tono furibundo.

—¿En qué estabas *pensando*, Violet? Podías haber muerto.

—Pensaba que podría hacer esto yo sola para que no tengas que volver a sufrir los efectos de la magia de la Casa —contesto—. Pensaba que no te darías cuenta hasta que estuviera ya hecho.

—Ahora siento todo lo que siente la Casa —dice Wyn—. Me desperté y sabía que estabas presionándola para que te contestara y que estaba a punto de perder el control, y que te haría daño. Sangre y mortero, Vi, ¿por qué has corrido un riesgo tan grande cuando no es necesario que lo hagas? Yo puedo poner fin a todo esto. Debería hacerlo ahora mismo, antes de que cambie de opinión.

Wyn pone las manos sobre la tierra, como si se dispusiera a invitar a Burleigh a robarle toda su esencia.

—Basta —le suplico ahogando un sollozo, horrorizada—. No lo digas siquiera, Wyn. Prométeme aquí y ahora que no te entregarás a la Casa. Que aguantarás hasta el último momento para darme la oportunidad de salvarte. Dame la oportunidad, es lo único que te pido.

Me mira, agotado.

—Me has pedido muchas promesas desde que llegaste.

—Y tú has tomado muchas decisiones innecesariamente abnegadas desde que volví. ¿Qué esperas que haga?

Wyn se agacha un poco, hasta apoyarse en los codos.

—Que dejes que termine con lo que se me encomendó que hiciera. ¿Sabes lo que soy, Vi? Un guardián. Es lo que tu padre quiso que fuera. Pero mientras que tú velas por la Casa, yo velo por ti. Y por eso, para mí, tú eres lo primero. Más importante que Burleigh, que este pueblo, que mi propia vida.

Un escalofrío me recorre la columna vertebral.

—Nadie me preguntó si era lo que yo *quería*.

Wyn se encoge de hombros.

—Nadie nos preguntó a ninguno de los dos si queríamos tomar parte de esto. Ni a ti, ni a mí, ni a tu padre, ni a esta ruinosa Casa. Perdona, Burleigh —añade cuando la tierra gruñe bajo nuestros pies—. Ni siquiera a tu madre. Simplemente estamos aquí. Y tenemos que sacar el máximo partido de las cartas que nos han tocado.

—Voy a preguntártelo, Wyn. ¿Tú quieres esto?

Él mira hacia el bosque sumido en la oscuridad y guarda silencio.

—Mírame —insisto al tiempo que me acerco un poco más a él—. Responde a mi pregunta.

Cuando por fin me mira, el miedo contenido que a veces soy capaz de vislumbrar en sus ojos es una llama viva.

—No quiero morir, Violet —me confiesa con voz descarnada y apenas audible—. Soy un cobarde en el fondo. Tu padre... Lo cierto es que podría haberlo salvado, ¿no? Si hubiera completado la vinculación con Burleigh y permitido que la Casa se adueñara por completo de mí, habría puesto fin al arresto. George podría haber salido de aquí vivo. En cierto modo, soy tan culpable de su muerte como el rey.

Yo sacudo la cabeza en un gesto negativo.

—¿Eso es lo que crees? Yo jamás te habría culpado por lo que le ocurrió a mi padre. Eras un niño cuando esto comenzó, los dos lo éramos. Escúchame: tú no tienes la culpa de nada. Y no vas a morir. Yo te salvaré.

Wyn suelta una carcajada breve y afilada que rasca la noche. Señala las torturadas ruinas del bosque.

—¿Igual que salvarás a Burleigh?

Sus palabras me hieren en lo más hondo, pero sé que es el miedo el que habla así que lo dejo pasar. En vez de discutir, lo miro a los ojos y le sostengo la mirada.

—Esto ha ocurrido no porque intentara salvar a Burleigh —le digo—, sino por salvarte a ti. Le pedí abiertamente que me enseñara dónde estaban sus escrituras.

Oímos entonces un profundo crujido de madera procedente del bosque cuando le cuento lo que he hecho. Las enormes zarzas que forman la celosía con las ramas de los árboles se retuercen como venenosas serpientes negras.

—Las he encontrado —continúo—. Wyn, he encontrado las escrituras. Burleigh me ha mostrado el lugar. Sé dónde están. No tienes que poner fin a nada. Yo puedo ocuparme de esto. Puedo librarte a ti del vínculo que tienes con la Casa y a ésta de su vínculo con el rey.

Por primera vez desde que contemplara la visión de la costa de Cornualles, me siento contenta. He encontrado las escrituras. Bueno, prácticamente. Todo va a salir bien.

Pero Wyn no parece convencido. De hecho, la angustia de su rostro es más intensa que nunca.

—No es morir lo que más temo —dice—. No quiero morir, pero no es eso lo que no puedo sacarme de la cabeza. El vínculo de la Casa establece que debe matarte si no haces lo que estás obligado a hacer, Violet. ¿Y si tengo la posibilidad de salvarte entregándome yo en tu lugar y llegado el momento no encuentro el valor? No lo hice por George. —Wyn se pasa una mano por la cara—. Quédate aquí. No vayas a buscar las escrituras con el riesgo que ello supone. Deja que las cosas sigan su curso. Deja que Burleigh llegue a ese punto en el que ya dé igual mi voluntad porque ella misma tomará la decisión por mí, sin ponerte a ti en peligro.

Mi deseo de que no le pase nada a Wyn y pueda dejar atrás todo esto es tan grande que me duele en el pecho y la garganta.

—Sabes que no puedo hacerlo —digo, esforzándome en hablar con tono suave y reconfortante, pero Wyn cierra los ojos como si acabaran de golpearlo y aprieta la mandíbula.

—No voy a fracasar y tampoco voy a morir —le prometo—. Fuiste tú quien dijo que consigo hacer todo lo que me propongo. Bueno, nunca he deseado tanto algo, no sólo porque lo hago por Burleigh, sino porque espero que al desvincularla a ella también te desvincule a ti. Quiero que confíes en mí y me dejes intentarlo, y que me jures que no harás nada hasta que yo intente resolver la situación.

Por más segura de mí misma que parezca, estoy muerta de miedo. Pero me niego a dejar que lo vea.

Wyn me mira largo y tendido. No sé qué estará pensando, pero le sostengo la mirada porque quiero memorizar su rostro en este preciso instante.

—Muy bien —dice al fin sin emoción alguna—. Prometo que no me entregaré a Burleigh a menos que te encuentres en serio peligro o la Casa me obligue. ¿Estás de acuerdo?

—No me queda más remedio —contesto yo. Me acerco un poco más y él me rodea los hombros con su brazo mientras yo apoyo la cabeza en su hombro. Al hacerlo, me doy cuenta de que lo único que me hace sentir segura es estar cerca de Wyn.

No puedo perderlo otra vez y no lo haré.

—¿Crees que podremos ser dos personas normales y corrientes algún día? —pregunto tras un largo silencio. Estamos los dos sentados, mirando con tristeza el bosque quemado—. Violet y Wyn, una chica y un chico, capaces de decidir lo que son juntos y por separado.

—No sé, Vi —contesta él, besándome en la coronilla—. De verdad que no lo sé.

❋24❋

ME DESPIERTO TRAS DOS HORAS ESCASAS DE SUEÑO INTRAN-
quilo oliendo todavía a hojas podridas y fango en la piel y me encuentro de
nuevo en mitad de un recuerdo.

Estoy en medio del gélido bosque trasero, con la portilla al alcance de
la mano, pero su estructura de ramas entrelazadas no me deja ver el campo
que se extiende más allá, como cuando era pequeña. Ahora los huecos están
tapados por piedra de color miel, como si un muro de la casa hubiera ido al
bosque para impedir el paso por la parte trasera de la finca. Wyn aparece
mientras yo estoy sentada, mirando.

Es el Wyn que he llegado a conocer a través de los ojos de Burleigh, el
chico que no conocía y que pasó siete años encerrado en la casa. Lleva un
abrigo viejo y apolillado de papá y el pelo y los hombros cubiertos de nieve.
Baja caminando por el sendero que discurre entre los árboles, con las manos
en los bolsillos y de vez en cuando mira hacia atrás con preocupación, como
esperando encontrar algún obstáculo.

Wyn llega junto a mí y su aliento forma nubes de vapor en el aire frío.
Extiende la mano hacia la rígida piedra que recubre la portilla.

—Ábrete —dice y su voz se quiebra al decirlo—. Ábrete, por favor. Deja
que me vaya de aquí.

Se oye el sonido que hace la piedra al entrechocar con otra piedra y la mirada de Wyn se ilumina, pero los bloques se separan mínimamente y retrocede de un salto al ver que tiene la mano cubierta de arañas negras.

Wyn se sacude frenéticamente la manga mientras retrocede dando traspiés, tropieza con una raíz aérea y cae al suelo. En ese momento me fijo en que papá llega caminando con sigilo por el sendero del bosque.

Una barba desaliñada cubre su rostro y su ropa está raída y mugrienta. Incluso de lejos puedo ver la palidez grisácea de su piel y lo hundidos, de forma casi antinatural, que tiene los ojos, que relucen enigmáticamente a la luz invernal.

—No sirve de nada —dice papá con voz seca y hueca—. No puedes salir por ahí. Ya lo he intentado yo.

Wyn se mueve para mirar a mi padre y veo el miedo que se refleja en su rostro.

—¿Qué haces aquí, George?

Papá se pone en cuclillas junto a Wyn.

—La Casa me dejó salir porque no le gusta lo que intentas hacer.

—Deja que me vaya —suplica Wyn a papá esta vez—. Ya basta. Por favor.

Mi padre ladea la cabeza con expresión de pensar en ello y se me hace extraño, porque nunca antes lo había visto poner ese gesto.

—¿Adónde irás si te dejo salir? ¿Irás a buscarla? ¿La traerás de vuelta para vincularla a ella y que tú puedas vivir libremente?

—Jamás haría algo así —dice Wyn con determinación—. La llevaría lejos de aquí.

Papá levanta la vista hacia las ramas, el cielo, el aire.

—Y Burleigh no tendría a nadie —dice, y al hacerlo, mira de nuevo a Wyn con una intensidad que me produce un escalofrío.

—¿Por qué el portón? —Papá señala hacia los árboles y los huecos libres entre ellos, a través de los cuales quedan a la vista setos y colinas—. Llevas mucho tiempo viviendo aquí, hijo. Te has hecho a la idea de que necesitas una puerta para entrar y salir. Si quieres recuperar tu libertad, róbala. Cuélate entre los árboles, como un zorro, como un armiño, como un animal del bosque —dice con los ojos brillantes y gesticulando exageradamente—. Tienes delante eso que tanto ansías. Atrévete a tomarlo.

Wyn se levanta y mira la linde del bosque con recelo.

—Pero la Casa...

—Pero la Casa, pero la Casa —lo imita mi padre—. ¿Confías en mí o no?

Wyn baja la vista balbuceando algo.

—¿Qué? ¡Habla alto! —espeta mi padre.

Cuando Wyn levanta la vista de nuevo, su mirada es desafiante.

—He dicho que confío en el hombre que eras.

—Ahí lo tienes —dice papá, limpiándose el mortero de la cara con la manga—. Tendrás que quedarte aquí hasta que te pudras porque no creíste lo que tenía que decir. La Casa nos matará a los dos cuando lo haya tomado todo y no le quede nada más que tomar, lo sabes. Lo sientes, ¿verdad? El sufrimiento que emana de la tierra. Sé que lo sientes, lo veo en tu cara todas las mañanas y todas las noches. Dentro de poco explotará y será el fin de los dos.

Wyn da un paso en dirección a la linde del bosque, y otro.

—Adelante —se burla mi padre—. Demuestra que tienes lo que hay que tener por una vez en tu vida.

Pego las rodillas al pecho y las abrazo, tratando de aguantar lo mucho que duele ver lo que está haciendo mi padre, oír cómo insulta a Wyn.

Wyn toma aire y sigue avanzando, pero al llegar a la linde, se detiene en seco y sacude la cabeza como para aclararse las ideas o para quitarse el zumbido de los oídos. Permanece quieto un momento y entonces retrocede un paso y repite la operación.

—No sirve de nada —dice—. No puedo... no puedo seguir andando.

Detrás de él, papá echa la cabeza hacia atrás y suelta una sonora carcajada, un sonido amargo y venenoso.

—¿Pensabas que yo no había intentado escapar? ¿Porque un buen guardián antepone siempre la Casa a todo lo demás? Me habría escapado mil veces en el último año —dice, limpiándose otra vez el mortero de la cara.

Wyn desanda el camino, veinte o treinta pasos entre la linde del bosque y él, y entonces toma carrera y echa a correr sobre las hojas podridas.

Se oye un trueno sobre sus cabezas y la Casa golpea con su magia a Wyn, que cae al suelo. Mi padre se ríe y se pone en cuclillas a su lado de nuevo. Wyn parpadea varias veces seguidas, mareado por el golpe.

—Voy a contarte un secreto —dice papá, poniéndole una mano en el pecho, pero no para ayudarlo o reconfortarlo, sino para impedir que se mueva—. Lo único que nos mantiene aquí es el otro. Si me matas, podrás irte libremente. Si dejas que la Casa te tome, yo podré irme. ¿Qué vas a ser? ¿Un asesino o un mártir?

Wyn vuelve la cabeza hacia un lado para evitar mirar a mi padre y aunque sé que no es más que un recuerdo, es como si nuestros ojos se encontraran. La desesperación que veo en él es abrasadora y no puedo evitar las lágrimas silenciosas que caen por mi rostro.

Las manos de papá suben sinuosamente hasta la garganta de Wyn, ahueca los dedos contra su mentón.

—Voy a ponértelo fácil —dice entre dientes—. Te presionaré hasta que no te quede más remedio que defenderte.

Un fuerte y gélido viento empieza a soplar entre los árboles. A la Casa no le gusta el comportamiento de papá, y a mí me enfurece ver en lo que se ha convertido.

Mi padre aprieta.

La tierra brama y se sacude bajo nuestros pies. Brotan por todas partes zarzas que agarran a papá por las muñecas y los tobillos con sus afiladas espinas para apartarlo de Wyn y se lo llevan de vuelta a la casa. Wyn lo sigue tambaleándose, suplicando a Burleigh que pare.

—Es una Gran Casa —grita mi padre—. Ella misma se antepone a todo lo demás y tú no eres más que un trozo roto de ella ahora que los he vinculado. Tarde o temprano, te tomará. Y quiero que recuerdes que podrías haber elegido el momento. Podrías haberme mantenido con vida o haberme dado una muerte menos despiadada al menos.

Los dos quedan ocultos por los árboles y la tierra deja de sacudirse pero entonces empieza a llover mortero. Me quedo sola en el recuerdo de Burleigh del bosque en invierno y, por un momento, desearía quedarme aquí para siempre. Sola. Olvidada. Hasta que el frío me cale los huesos y entumezca mis piernas doloridas, y caiga en un sueño del que no despierte jamás.

Pero el bosque se desvanece y vuelvo a estar en mi habitación. Me levanto de la cama y salgo al pasillo. Wyn duerme, pero se le ven las ojeras como moretones bajo los ojos. Me meto debajo de la manta y me acurruco junto a él. Wyn se mueve un poco sin despertarse y me rodea con un brazo, pero yo no soy capaz de volver a dormirme. Me quedo quieta, esperando a que amanezca, consciente de que no podré dormir hasta que todo esto termine.

❊25❊

A LA PÁLIDA LUZ DEL AMANECER, CONFIESO A MIS COMPINCHES de conspiración que sé dónde están las escrituras. Esperanza llega a Burleigh a lo grande para recogerme y llevarme a Cornwall, mientras que Alfred va a ocuparse de los caballos de recambio y las posadas en las que pararemos por el camino. Frey me deja ir. Mira amasa pan con vigorosidad, está pálida y me mira con gesto desaprobador. Jed está en casa, algo inusual, tallando madera en silencio, pensativo en vez de furioso como Mira.

No veo a Wyn por ninguna parte. He dejado de intentar comprenderlo, pero no lo culpo por haberse marchado; aún siento el dolor de nuestra última separación. Me destrozó tener que despedirme de él cuando éramos niños y vivir separados tanto tiempo. Intento tranquilizarme pensando que no tardaré y volveremos a estar juntos. Pero no me gusta dejarlo aquí de todos modos. Me preocupa que me haya mentido y que reúna el valor para entregarse a Burleigh mientras yo estoy fuera. Que lo esté haciendo en estos momentos. Lo quiero a mi lado, para vigilarlo con cuidado, igual que ha hecho él conmigo. Me separo un rato de los demás para buscarlo, pero no está en la casa y su refugio está vacío, rodeado por los árboles siniestros y amenazadores.

A solas en mi habitación haciendo el equipaje, contemplo las paredes con cara de pocos amigos.

—Te lo advierto, Burleigh, como dejes que Wyn haga una tontería, yo misma te prenderé fuego —digo entre dientes.

Una nube de humo sale por la chimenea y las paredes emiten un triste quejido.

En cuestión de horas todo está preparado. Fuera cae una lluvia desapacible, reflejo perfecto de cómo me siento, lo que me recuerda dolorosamente la última vez que me fui.

Esta vez no estaré fuera siete años, apenas serán siete días, pero se me hace un nudo en la garganta muy desagradable cuando abrazo a Jed y a Mira en la puerta.

—Ten cuidado en Cornwall —dice Jed en un susurro—. Queremos tener de vuelta a nuestra niña sana y salva cuando todo esto termine.

Mira me pone una bolsa de papel con galletas de jengibre en las manos.

—Para el camino.

—Los quiero —respondo yo, dándole un beso en la curtida mejilla—. Estaré de vuelta antes de que se den cuenta.

Las palabras suenan mucho más alegres de lo que en realidad me siento.

—Cuidad de Wyn por mí, por favor. Búsquenlo en cuanto salga por el portón y no lo pierdan de vista. Díganle que quería despedirme de él y que no me demoraré más de lo necesario.

No soy capaz de disimular el tono suplicante. Los dos me aseguran que lo harán, y sin más, salgo corriendo al carruaje que me espera fuera bajando la cabeza para protegerme de la lluvia.

—Qué pálida estás —me dice Espi cuando entro—. Te vendrá bien este viaje a la costa.

—No vamos de vacaciones —le recuerda Alfred y ella responde poniendo los ojos en blanco.

—¿No pueden ser las dos cosas?

Pero yo no hago caso de sus bromas. Poso la mano en el cristal de la ventanilla mientras unas flores blancas brotan entre las hojas de hiedra que cubren la fachada de Burleigh por completo, desde el suelo hasta el comienzo del tejado. Saber que Burleigh sí puede soportar despedirse no me consuela de que Wyn se haya negado a aparecer.

Nos alejamos por el sendero de entrada. La lluvia golpetea contra el techo del carruaje y yo miro con tristeza por el cristal empañado hasta llegar al portón espinoso. Pero a poca distancia del hueco, ahogo una exclamación, abro la portezuela y salgo del carruaje en movimiento.

Oigo el chillido de Espi, pero cuando me incorporo, ahí está Wyn, esperándome cerca del muro, empapado hasta los huesos. La lluvia le aplasta el pelo contra la frente. Tiene esa pose suya tan familiar, con los hombros encogidos y las manos en los bolsillos, y es tan grande el alivio que siento al verlo que me quema por dentro.

—¿Dónde estabas?

Por toda respuesta, Wyn avanza hacia mí y me toma en sus brazos. Entonces ya no puedo pensar en lo que lo voy a echar de menos porque estamos juntos. Bastante malo fue ya estar separados todos esos años que pasé en los pantanos, pero desde que volví, su tranquila presencia se ha convertido en algo esencial para mí.

—No quiero dejarte aquí —digo—, pero tengo que ir.

—Y yo quiero que vayas. Te mentiría si dijera que sigo pensando que sería mejor que no volvieras.

Sus palabras deberían doler, aunque entiendo lo que quiere decir.

—No serán muchos días —prometo, enmarcándole el rostro con mis manos—. Volveré y todo se arreglará cuando Burleigh sea libre. Soy una guardiana, ¿o no? ¿Quién va a decirme que no puedo cuidar de los dos?

Wyn esboza una leve sonrisa, pero no me mira a los ojos.

Algo no va bien. Siento como si nos estuviéramos diciendo adiós para siempre, no sólo por unos días, pero si me quedo más, no seré capaz de irme. Me separo de Wyn tragándome un sollozo y me dirijo hacia el carruaje. Esperanza me ayuda a subir con un gesto de la cabeza.

—¿Está todo arreglado? —pregunta Alfred.

—De momento —contesto yo, desolada—. Sigamos.

Atravesamos el portón y siento como si hubiera dejado una parte de mí allí. Me acurruco en un rincón del carruaje dejando espacio entre Esperanza y yo sin alcanzar a entender por qué siento como si me estuviera muriendo. Debería sentirme victoriosa al ir al encuentro de la esperanza, pero en su lugar estoy aquí hundida, con el corazón hecho trizas.

Esperanza habla por fin una vez que dejamos atrás Burleigh Halt y tomamos el camino del sur y lo hace con un tono inusualmente dulce.

—¿Violet? Sé que las separaciones son duras, pero tenías razón, no estaremos fuera mucho tiempo. No tienes que preocuparte por Wyn.

—Mi padre lo vinculó a la Casa —le digo—. Para que muriera por ella si no logro salvarla. Papá tomó las dos cosas que más me importan en el mundo e hizo que la supervivencia de una dependiera de la muerte de la otra. Y me temo... me temo que Wyn se entregue a Burleigh mientras estemos fuera para evitar que me convierta en la nueva Marianne Ingilby, y que Burleigh se convierta en otra Sexta Casa. Le preocupa que la Casa pueda matarme y a mí me aterra que esté dispuesto a dejar que ella lo mate a él para evitarlo.

—Ay, Vi —dice Espi mirándome con los ojos llenos de compasión.

—Pero ¿qué puedo hacer? —prosigo y la voz se me quiebra—. Si me quedo, Wyn morirá en menos de dos semanas, cuando el rey venga a prender fuego a Burleigh y ésta... habita en él. La única posibilidad de que tanto él como Burleigh sobrevivan, es si me voy.

—Lo siento mucho, querida —murmura ella, mientras me trago las lágrimas y el pánico—. Mucho.

Alfred no intenta reconfortarme con palabras vacías. Permanece sentado frente a nosotras mirando llover con gesto de preocupación. Al cabo de un rato, Espi se queda dormida y continuamos el viaje en silencio.

❊26❊

LEJOS DE BURLEIGH HOUSE, EN CORNWALL, EL CLIMA ES IGUAL de malo. Llueve durante todo el viaje y sigue lloviendo cuando llegamos a St. Ives por la tarde, pero bajo a la playa abandonada sin hacer caso del tiempo. El aire frío levanta espuma blanca de las olas. Lleno los pulmones de salitre, como si éste pudiera eliminar las trazas de mortero de mis huesos, borrar los últimos vestigios del miedo y la duda de mis venas.

Y me sorprende ver que tras años en los pantanos, estar en una playa escuchando los chillidos de las gaviotas hace que me sienta tan en casa como antes lo era volver a Burleigh.

—¡Violet! —grita Esperanza, bajando hacia la playa envuelta en una enorme y voluminosa capa impermeable—. Vuelve dentro, es casi de noche. ¿Qué haces aquí fuera bajo la lluvia?

La tomo del brazo y señalo hacia el inmenso océano embravecido.

—¿No es precioso? Cuando lo miro, todo me parece más fácil. Da igual lo que suceda, el océano siempre estará ahí. Las olas seguirán yendo y viniendo. Las mareas seguirán subiendo y bajando.

—Sí, es muy bonito, pero ¿no quieres resguardarte? —pregunta de nuevo—. Tienes que comer algo y acostarte temprano si queremos salir a buscar las escrituras mañana.

—Aún no —contesto yo. El cielo se está aclarando por el horizonte y la lluvia empieza a amainar—. Quiero quedarme un poco más aquí fuera y contar las estrellas.

Me pregunto si Wyn habrá subido al tejado a contar las estrellas mientras me espera. Así que me siento sobre la arena mojada y espero a que el cielo se convierta en una bóveda azul oscuro tachonada de luces provenientes de innumerables e inconmensurablemente distantes soles. Cuento hasta que me pierdo en la oscuridad que hay entre unas y otras, y entonces miro hacia dentro, hacia la oscuridad que hay en mi interior, y trato de controlar mis miedos.

Pero son demasiados y también me pierdo entre ellos.

Cuando regreso por fin, la habitación común de la posada está casi vacía. Sólo Alfred permanece sentado en un rincón cerca de la lumbre, inclinado sobre sus libros y papeles. Levanta la vista cuando cruzo la habitación.

—¿Estás bien, Violet Sterling? —pregunta con amabilidad—. No me refiero a si estás bien, bien, sino a si lo estás sobrellevando más o menos? ¿En qué podemos ayudarte?

Sacudo la cabeza.

—No lo sé. Es sólo que... ¿Y si no encontramos las escrituras? ¿Y si las encontramos y Burleigh me mata como hizo la Sexta Casa con Marianne Ingilby? ¿Y si no soy capaz de encontrar el corazón de Burleigh para poder llevar a cabo la desvinculación? Dicen que sólo un guardián puede hacerlo. ¿Y si la libero, pero el resultado no es el que esperamos y la magia de Burleigh se extiende por todo el condado? ¿Y si todo sale bien pero el rey decide prenderla fuego de todos modos? ¿Y si Wyn...?

Me detengo porque no soy capaz de hablar de esa posibilidad.

Alfred se reclina en su asiento.

—Concéntrate en esto ahora, no pienses en nada más. Ése es mi truco para sobrellevar todo esto —dice, señalando con la mano a su alrededor—. Vivir en posadas, el soborno, los pactos secretos. Lo hago porque Espi quiere que todas las Grandes Casas sean libres, y cuando quiere algo, lo lleva hasta el final. Si no la hubiera conocido, ahora estaría solo, hurgando en algún edificio deteriorado en alguna colina en el continente o en casa en Weston Hall, inmerso en mis libros. Y en vez de eso, soy lo que conoces: un reticente traidor a la corona.

—¿Sabes que cuando se convierta en reina tú serás príncipe consorte? Entonces no estarás siempre en un solo lugar, pero tampoco solo.

—Lo sé, pero lo que quiero decir, Violet, es que merece la pena hacerlo por algunas personas. Merece la pena abandonar todo lo que pensabas que deseabas. Y Espi no es sólo la princesa de Gales para mí, ni siquiera la chica que amo. Ella es mi hogar.

Sangre y mortero, ¿cómo puede estar tan seguro cuando yo estoy hecha un lío? Yo amo Burleigh y también amaba los pantanos, y no estoy segura aún del tipo de amor que siento por Wyn. Lo único que sé es que duermo mejor cuando está cerca y me enciendo como una antorcha cuando me toca.

«Un buen guardián antepone su Casa a todo lo demás». La voz de papá resuena en mi cabeza mientras subo a la habitación que comparto con Espi. «Al rey. A su país. A su propia vida. A su corazón».

Hubo un tiempo en que lo creí, con todo mi corazón. Pero ahora ya no estoy segura de que pueda vivir así.

—Deberías haberte quedado durmiendo un poco más —me regaña Esperanza cuando bajo a la sala común antes de que amanezca—. La cueva marina seguirá estando.

—No podía —respondo yo, sentándome frente a ella en una mesita, mientras ella retira un montón de correspondencia para hacerme lugar. Una camarera se acerca y me hace una pequeña reverencia con la cabeza—. Té y un bollo —le digo y a continuación me dirijo nuevamente a Esperanza—: ¿Dónde está Alfred?

—Durmiendo, como deberías estar haciendo tú —responde ella, que nunca desaprovecha la oportunidad de dejar clara su opinión—. Siempre se acuesta muy tarde y prefiere levantarse tarde si puede.

—¿Por qué no estás durmiendo tú también entonces?

Esperanza, que está cortando una salchicha en trocitos pequeños, se mete uno en la boca y lo mastica pensativamente.

—Supongo que creo que no puedo darme ese lujo. Si llego a ser reina algún día, debería levantarme a la hora que lo hacen mis súbditos y los pescadores se hicieron a la mar hace una hora ya. Los granjeros ya han ordeñado el ganado. Los mineros ya están en el pozo. ¿Quién soy yo para estar en la cama?

Apoyo la barbilla en una mano y la miro, una mujer vital y segura de sí misma.

—Espi, ¿has pensado alguna vez que queremos demasiadas cosas? Yo quiero salvar a Burleigh, tú quieres subir al trono, todos nosotros queremos un destino nuevo para las Grandes Casas. Puede... puede que sea más de lo que nos corresponde.

Esperanza se limpia la boca con una servilleta, la posa en la mesa y se dirige a mí apuntándome con el dedo.

—No seas tan fatalista. Es demasiado temprano y no es propio de ti. ¿Quién ha dicho que debiéramos tener menos?

—Tu padre, por ejemplo —respondo yo.

—Mi padre y todos mis antepasados hasta William el Registrador ocuparon el trono de este país porque querían algo que no les pertenecía. El mundo está lleno de hombres que desean cosas y jamás se les cuestiona que vayan tras ellas —dice Esperanza con un brillo en los ojos al tiempo que se inclina hacia mí—. ¿Por qué deberíamos sentir nosotras que valemos menos que ellos si lo que queremos no hace daño a nadie?

Me doy cuenta por primera vez de que mi amiga, a quien las circunstancias me han permitido conocer, será algún día una reina excelente.

—¿Hablaban del Registrador? —dice Alfred, que acaba de llegar, mientras acerca una silla a la mesa—. Casi he llegado a su capítulo en mi libro.

Está impecable, como siempre, y Espi lo mira con sonrisa de aprobación.

—Qué pronto te has levantado.

—Estoy haciendo borrón y cuenta nueva. No puedo dejar que te lleves tú todo el mérito de levantarte al alba todos los días, ¿no te parece? Y me pareció que Violet querría empezar temprano. Así que hablaré con el personal de la posada para que nos preparen la comida para llevar, porque tanto si encontramos las escrituras como si no, andar entre las cuevas nos dará hambre.

—¿Por qué no te levantas y te mueves un poco? —me pregunta Espi cuando Alfred se marcha—. Pareces un oso enjaulado.

Me levanto. Tiene razón. Estoy muy nerviosa ahora que estamos tan cerca.

—¿Te parece que me acerque al muelle? Podemos vernos allí.

—Por supuesto. Ve a mirar ese mar tuyo.

Del mar llega un aire frío inusual para esta época, pero, al menos, el cielo está despejado. Sólo unas nubecitas lo recorren a gran velocidad, como un reflejo de las crestas blancas de las olas del Atlántico. Camino de un lado a otro del muelle por la arena de la playa y, aunque los pescadores han sacado ya sus botes, hay gente trabajando en el muelle, remendando las redes o las trampas para pescar cangrejos. Pero por lo demás, St. Ives está prácticamente desierto. La última vez que estuve aquí, los veraneantes disfrutaban del mar, los niños reían en el carrusel y la playa estaba salpicada de quioscos en los que se podían comprar limonada y helados. La prueba de la decadencia de Burleigh House es visible a cientos de kilómetros de distancia.

Cuando llegan Alfred y Esperanza, cruzamos el pueblo y salimos a los agrestes acantilados que bordean la costa de Cornwall. El viento es más fuerte allí arriba, sin la protección del muelle. Caminamos en silencio. Yo tomo la delantera, en dirección oeste, guiándome por el sol poniente de la visión de Burleigh. La mezcla del olor salobre de la brisa marina, el fragor de las olas y saber que estoy a punto de alcanzar mi objetivo me da vértigo.

Por fin llegamos a la punta de tierra que me resulta extrañamente familiar. La playa ya no es de arena sino de guijarros, y los acantilados se vuelven más escabrosos. A sus pies, el agua presenta un tono azul tinta en las zonas en las que crece vegetación en el lecho marino, y un tono más claro en las áreas de fondo arenoso donde no hay plantas. Es lo único que me mostró Burleigh.

—¡Allí! —exclama Esperanza, señalando hacia una senda muy trillada, oculta tras unos tojos, y los tres bajamos resbalando hasta llegar a los guijarros del fondo. Cuando estamos al nivel del mar, vemos lo que estamos buscando: la boca de la cueva marina se abre a mitad de la pared del acantilado y a la vez queda oculta por el agua cuando sube la marea.

Espi aprieta mi mano.

—Casi hemos llegado, Violet. Mira lo que han conseguido Burleigh y tú.

Me muerdo el labio y asiento con la cabeza. El ascenso hasta la cueva intimida bastante. Salta a la vista que han intentado tallar una escalera en la roca, pero no es más que una rudimentaria tentativa, cuyo resultado queda a medio camino entre escalones de piedra y unos toscos agarres para las manos.

Comienzo a subir sin decir nada, pero no me hace falta mirar para saber que Alfred y Espi vienen detrás de mí. A mitad de camino, tengo que parar un minuto, aferrada a la cara de la roca como un percebe o una de las plantas que crecen entre las grietas, asaltada nuevamente por el vértigo.

—¿Estás bien, Violet? —pregunta Alfred un poco más abajo.

Hay algo extraño en este sitio, algo que siento que es correcto e inapropiado al mismo tiempo. Es la misma sensación que tengo en Burleigh, aunque mi Casa esté a muchos kilómetros de distancia. Cuando por fin entro en la cueva, me tiemblan las piernas.

—Tiene que ser aquí —le digo a Esperanza con voz entrecortada mientras ella entra en el recinto—. Lo puedo sentir.

La cueva no es muy grande. Tendrá más o menos el tamaño de mi habitación y está completamente vacía por dentro. Unas cuantas estalactitas cuelgan del techo y se ven algunas piedras sueltas en las zonas hundidas del suelo irregular. No sé qué esperaba, sinceramente, tal vez una entrada que quedara sumergida cuando subía la marea y se adentraba profundamente en el interior del acantilado, una cueva cuajada de galerías y pasadizos serpenteantes y recovecos, llena de lugares en los que poder ocultar un cofre con lo que más deseo en el mundo.

Pero esto es poco más que una oquedad en la pared. Es el refugio perfecto para un puñado de murciélagos o para que los vencejos aniden, no un lugar para esconder un tesoro. De hecho, no hay ningún escondite.

—No parece gran cosa —dice Esperanza, dubitativa.

Me acerco a la boca de la cueva y miro hacia fuera. Es la misma punta de tierra, eso es seguro, la pequeña isla rocosa donde apenas caben tres personas de pie. Estoy donde Burleigh quería que estuviera.

De nuevo el vértigo, el temblor de piernas, la sensación de que Burleigh está cerca para confirmar las indicaciones.

—Separémosnos —les digo—. Quiero que revisemos hasta el último centímetro de esta cueva.

Ellos dos empiezan por las paredes, que recorren cuidadosamente con las manos en busca de alguna rendija o espacio que pudiera albergar un paquete envuelto en una tela impermeable. Yo me pongo a cuatro patas y recorro muy lentamente todo el suelo, palpando en busca de áreas de suelo de tierra o muescas en la roca, levantando cada una de las piedras sueltas que encuentro.

Cuando terminamos de recorrer de forma exhaustiva la cueva, el sol está ya bien alto, de manera que el interior de la cueva está oscuro.

—Otra vez —digo.

Alfred y Esperanza están pálidos de preocupación, pero no protestan. Registramos cada hueco y cada rendija una segunda y una tercera vez. Al terminar, mi estómago es un pozo vacío y me siento débil.

—Vi, no está aquí —dice Espi, poniéndome la mano encima del hombro.

—¿Cómo puede ser? Burleigh House me mostró este lugar. Y siento que está aquí. Estamos en el lugar correcto.

—Tu padre creía que había descubierto el paradero de las escrituras —dice Alfred—. Pero nunca dio con el documento propiamente dicho. Tal vez sea un error.

—No entiendo cómo hemos podido volver a equivocarnos. —Entierro la cara en las manos—. Esto no puede estar sucediendo. Otra vez no.

—Deberías comer un sándwich —dice Esperanza—. Te sentirás mejor.

—No puedo, Espi.

Descendemos de nuevo por la cara del acantilado y casi me caigo en dos ocasiones, abrumada por la presencia de Burleigh, por la decepción, la pena y la magia que percibo a través de la tierra. Cuando llegamos a la playa y desandamos el camino hasta llegar al principio del sendero, está anocheciendo ya. Tengo que detenerme junto a los tojos un buen rato porque las piernas no me sostienen de lo mucho que tiemblan, pero lo que peor está es mi corazón. No lo siento, es como si alguien me lo hubiera sacado del pecho con precisión de cirujano y lo que queda es una concha hueca de la chica que era.

He fracasado en lograr mi propósito. Le he fallado a mi Casa.

Le he fallado a Wyn.

¿Cómo voy a regresar para decirle que Burleigh se saldrá con la suya? ¿Cómo voy a hacer lo que he sido educada para hacer, cómo ser el guardián que estaba destinada a ser, si para ello tengo que ser testigo de cómo mi amigo de la niñez, y que es mucho más que eso para mí ahora, da su vida para salvar a mi Casa?

❧27❧

NADA MÁS CON LLEGAR A LA POSADA, EL CIELO SE ABRE Y comienza a llover con fuerza. El agua azota las ventanas, el tiro de la chimenea se atasca y el fuego se apaga, y no podemos partir hacia casa hasta mañana como muy pronto.

El confinamiento forzoso me pone rabiosa y siento que voy a explotar de un momento a otro.

—¿Quieres hablar, Vi? —se ofrece Espi.

—No —respondo con brusquedad yo—. No quiero hablar de nada.

Alfred se esconde bajo una montaña de libros tan alta que sólo se le ve la coronilla. Esperanza se sienta en la barra y entabla conversación desesperada con la camarera. Le pregunta por St. Ives y Cornwall, y por la pesca y qué podría hacerse para facilitar las condiciones de trabajo de los mineros de estaño de la zona.

Leer no me gusta y tampoco me interesa especialmente el bien de Inglaterra, así que me quedo meditando junto a la ventana, mirando la tormenta que se avecina. Jamás me había sentido tan deprimida. Y al no tener nada con lo que distraerme, lo único que puedo hacer es esperar a que lleguen el pánico y la pena como un dolor físico.

Pero mientras espero pienso en cuando Burleigh House me marcó de niña. En la insistencia de mamá para que papá encontrara la manera de revertirlo. En mi padre cuando trajo a casa a un niño huérfano una semana más tarde cuando nunca antes había mostrado tendencia a las obras de caridad.

Pienso en la negativa de mamá a acoger a Wyn en la familia, a tratarlo como uno más. En lo incómodo que se sintió Wyn durante toda su niñez y las veces que me pidió en secreto que nos fugáramos los dos juntos. Pienso en cómo mi padre obligó a un pobre chico indefenso a acompañarlo en su arresto. Y pienso en Wyn en estos momentos, en casa, preparándose para hacer algo que nadie debería haberle pedido.

De pronto no estoy asustada o triste.

Estoy furiosa.

Salgo a la calle en plena tormenta antes de que Alfred o Esperanza me detengan, agarrando por el camino un farol colgado junto a la puerta. No me importa que el terreno que bordea los acantilados sea resbaladizo o traicionero, ni que el choque de las olas en la oscuridad resulte verdaderamente atronador. Tampoco me importa empaparme hasta los huesos en cuestión de minutos. Lo único que me importa es regresar a esa cueva porque no estoy dispuesta a tolerar más fallos. Puede que al final muera por Burleigh. Pero no estoy dispuesta a volver a casa y ver cómo muere Wyn en mi lugar. No soy simplemente Violet Sterling, guardiana de una Casa en ruinas. Soy la suma de todos los lugares y todas las cosas que he sido. Y también soy, en lo más hondo de mí, Vi, la de los pantanos, la que nunca vuelve a casa con las manos vacías.

Bajo la lluvia y a oscuras, casi paso de largo el tojo que marca la bifurcación donde nace el sendero que desciende hasta la pequeña playa que hay justo debajo de la cueva, donde sentí la fuerte presencia de Burleigh. Pero la falda se me engancha con las ramas y tomo el resbaladizo sendero.

Subir a la cueva es una pesadilla, ya que por culpa del agua encrespada a mis pies, tuve que utilizar ambas manos para sujetarme a las rocas húmedas y no me quedó más remedio que soltar el farol. Pero por fin llego a la boca de la cueva y tomo aire.

«Bien hecho, Violet. Sí que lo has pensado bien. Subir a una cueva en mitad de una tormenta sin absolutamente nada es la forma perfecta de salvar a Wyn y a Burleigh».

Pero ¿acaso me hace falta la vista? Los tres hemos registrado hasta el último rincón de esta cueva viendo perfectamente a plena luz del día y no hemos encontrado ni rastro de las escrituras. Tal vez no sea la vista lo que necesito. Esta mañana no vi nada que mereciera la pena. Pero incluso sin ver, esa parte de mí que siempre reconoció la presencia de Burleigh, la reconoce ahora, siente su magia.

De manera que a oscuras y entre escalofríos, me pongo a cuatro patas y recurro a esa parte de mí que siempre percibe a Burleigh o a Wyn, la parte de Violet Sterling que los considera su familia, su hogar.

Mientras lo hago, pienso en el vínculo forzado entre Wyn y Burleigh y a continuación veo a Su Majestad prendiendo fuego a la casa y a Burleigh adueñándose por completo de Wyn para sobrevivir. Me obligo a apartar de mi mente esas tétricas visiones; es una suerte ser una experta en mantener las cosas siempre bajo control. No quiero vivir en un mundo en el que no existan Wyn o Burleigh, los quiero a los dos y me niego a prescindir de uno a cambio del otro, aunque fuera la intención de mi padre.

Con este pensamiento en mente recorro toda la cueva sintiendo la presencia de mi Casa. Al fondo, mi percepción se agudiza ligeramente. Y vuelve a hacerlo cuando me muevo un poco más hacia la izquierda. Y otra vez. Al seguir se debilita, de manera que retrocedo rápidamente. Al llegar al lugar en el que siento que es más intensa la presencia de Burleigh, recorro el suelo meticulosamente con las manos, tocando cada piedra, y a continuación subo por la pared, muy despacio, concentrada en sentir la presencia de mi Casa.

Cuando mis dedos tropiezan con un reborde de roca justo encima de mi cabeza y rozan una piedrecita, lo que siento es tan potente que caigo hacia atrás.

«Desesperación, oscuridad, calamidad. Ruptura, tristeza infinita, angustia».

Cuando los sentimientos ceden, me doy cuenta de que la sustancia que gotea de mi mano, es mortero. No me parecía que hubiera entrado en mí, no he sentido la magia fluir por debajo de mi piel, no, este mortero es de antes, restos mezclados con mi sangre de las veces que Burleigh no ha podido contener su enorme poder. Sea lo que sea que haya tocado, está atrayendo los restos del veneno que había en mí, como un imán cuando atrae al metal. Jamás había visto nada igual, ni siquiera sabía que fuera posible. Cuando el mortero desaparece por completo, me siento rebosante de energía, como si acabara de despertar tras una larga enfermedad a la que he terminado acostumbrándome.

Me agacho y arranco una ancha tira del bajo de la falda andrajosa que llevo puesta, la doblo por la mitad y me envuelvo la mano con ella antes de levantar el brazo en busca de la piedra que está en la repisa de roca un poco más arriba de mi cabeza. No la veo en la oscuridad, pero a pesar de las capas de tela, puedo sentir esa angustia desgarradora, esa sensación de ruptura, de división.

No me extraña que mi padre no encontrara nada en la cueva. No son las escrituras lo que forman el vínculo con las Grandes Casas, sino piezas faltantes de su propia esencia. Qué endemoniadamente listo fue el rey, y todos sus predecesores, al no decir ni una palabra. Lo hicieron para confundir a todo aquel que intentara liberar a las Casas. Y lo consiguieron durante ochocientos años.

Qué bien debía de conocer Marianne Ingilby a Ripley Castle para ser capaz de encontrar esa pieza faltante de su esencia.

Envuelvo cuidadosamente el trocito de Burleigh y me lo guardo en uno de mis hondos bolsillos. La soledad y la desolación que emanan de él me causan un dolor inmediato en el muslo, allí donde la piedra está en contacto conmigo. Me aterra pensar en el descenso desde la cueva, pero cuando me acerco a la boca, las nubes se apartan y entre ellas asoma un cuarto de luna que arroja reflejos diamantinos sobre la superficie plana del mar y su luz se ve aun más brillante en mitad de la negrura.

Esperanza y Alfred siguen levantados esperándome cuando entro en la posada al amanecer.

—Violet —dice Espi.

—Lo tengo. Lo he encontrado —les digo, muerta de cansancio.

Los dos se lanzan a hablar al mismo tiempo, pero se callan en cuanto saco la piedra envuelta del bolsillo.

—¿Estás... estás segura de que es esto? —pregunta Espi, con la preocupación pintada en el rostro—. Es que sé que te has llevado una sorpresa muy desagradable al no encontrar las escrituras esta mañana.

—Estoy segura. Espi, mírame. No me he vuelto loca. Estábamos buscando lo que no era. Buscábamos unas escrituras de papel, cuando en realidad es un trozo de la propia Burleigh donde reside el vínculo con mi Casa.

Retiro la tela y sostengo en alto la piedra a la luz y la veo por primera vez. Esperanza y Alfred se acercan para verla mejor.

No es gran cosa, tan sólo un trozo de mampostería del tamaño de un puño y del mismo color que los muros de Burleigh, veteada de gris y manchas de óxido de un tono marrón oscuro.

—Sangre y mortero —dice Espi con un hilo de voz.

—Sí. Literalmente. Este es el corazón del vínculo de Burleigh. Esto es lo que mi Casa necesita. ¿No notan cómo llama al resto de su ser?

Pero mis compañeros no lo sienten y niegan con la cabeza.

—Pues yo sí. Es más, salió mortero de mi mano cuando lo toqué. ¿Y si... y si la razón por la que Burleigh necesita un guardián es que esta pieza faltante es precisamente lo que le permite canalizar y controlar su propia magia?

De repente me doy cuenta cuando miro la piedra. No es la primera vez que veo este color, rojo y marrón mezclados con gris. Cuando lo doy la vuelta y miro la piedra que hay por el otro lado, lo veo: le falta un trocito; una fracción de la pieza faltante de Burleigh incrustada en la llave de su guardián que permite que esa persona canalice la magia de la Casa, al no poder hacerlo ella sola.

—Creo que la llave está hecha con una parte de esta pieza —explico—. Por eso un guardián puede hacer magia de manera segura, pero Burleigh no puede hacerlo sola. ¿Y si Burleigh no estuviera vinculada sino rota? ¿Y si es eso es lo que hacen con todas las Grandes Casas?

A Alfred le brillan los ojos y casi puedo ver los engranajes de su cerebro tratando de recordar todo lo que ha leído para ver si encuentra algo que sustente mi epifanía.

—Es cierto que no se habla de escrituras en ninguna parte más que en Inglaterra —dice despacio—. En mis fuentes italianas, se habla siempre de *cuore della cassa*, el corazón de la casa. En España se habla de la fianza, que significa algo así como un depósito, una garantía. Una forma de asegurarse la obediencia de la Casa. En Francia se habla de *le contrat obligatoire*, un contrato o acuerdo, pero también he leído una definición más poética, *le esprit de le foyer*, el espíritu del hogar. Pensé que era simple y llanamente una cuestión de semántica. Los cronistas de la Edad Media son conocidos por tomarse muchas licencias poéticas. Y en ningún país fuera de Europa se establece vínculo alguno con los lugares de poder. El resto del mundo los dejó libres.

—Será mejor que hablemos del asunto por el camino —digo—. Se nos acaba el tiempo y temo que Wyn intente tomarse las cosas por su mano y decida entregarse a Burleigh en mi ausencia.

—Siéntate —me ordena Esperanza sin contemplaciones—. Tendremos todo listo en diez minutos. Cambiaremos de caballos donde podamos y no nos detendremos hasta que lleguemos a tu casa.

❧28❧

CUANDO POR FIN TOMAMOS LA CURVA Y VEMOS EL RED SHILLING, estoy exhausta tanto por la inactividad forzosa como por un miedo constante. La agónica vibración que emite la piedra cardinal de Burleigh, así es como lo llamo, también me absorbe la energía. Pero no puedo llevarla a casa, porque Burleigh y yo nos pelearíamos. Tendré que hacer que Jed y Mira salgan de los jardines, pero mientras tanto, sólo hay una persona a la que confiaría un tesoro de semejante valía sin pensármelo.

Salgo del carruaje sin esperar a que se detenga por completo y me dirijo a la puerta trasera de la posada.

—¿Frey? —grito, mientras cruzo el estrecho corredor trasero situado entre los almacenes, la cocina y las zonas comunes de delante—. ¿Dónde estás?

—Aquí —grita ella desde su despacho—. ¿Eres tú, Vi?

Entro y cierro la puerta. Frey me mira enarcando una ceja.

—¿Qué tal en Cornwall? ¿Encontraste lo que buscabas?

—Encontré algo —contesto yo sin alzar la voz—. Pero tengo que volver a casa a ver cómo está Wyn y también tengo que sacar a Jed y a Mira de los terrenos de la casa antes de poder entrar con ello.

Mientras hablo, me sitúo de rodillas junto a ella y saco la piedra del bolsillo para enseñársela. Frey la mira sin comprender.

—No es lo que esperaba. Tampoco es lo que tu padre habría esperado.

—No, es un trozo central de Burleigh House. Frey, no puedo ir a casa con ello. Tengo miedo de que no lo entienda. Dicen que intentará matarme en cuanto pise los terrenos adyacentes y, sinceramente, no la culparía por ello, aunque no existiera vínculo. Burleigh necesita sentirse completa de nuevo y no tiene motivos para confiar en las personas cuando esas personas son las que la han quebrado.

—¿Quieres que lo guarde yo hasta que vuelvas? —pregunta, adivinando mis intenciones.

—¿Lo harías? No es necesario si te hace sentir incómoda. Esta piedra es el objeto más peligroso que hay en toda Inglaterra. Si el rey se entera de que lo tenemos... Pero tengo que volver a casa. Hay un problema con Wyn... pero no tengo tiempo para explicártelo todo ahora.

Alarga el brazo y me toma la barbilla con su mano ahuecada.

—No hace falta, niña. Dámelo. No diré una palabra sobre la piedra hasta que vuelvas a por ella.

—Gracias. Esperanza y Alfred han sido muy buenos conmigo, de verdad que sí, pero en ti confío plenamente, Frey.

—Vamos, vamos —dice ella, poniendo los ojos en blanco—. No hace falta que me hagas una escena. Vete a casa y haz lo que tengas que hacer, y vuelve luego a recoger tu tesoro y salva esa casa.

Deposito la piedra envuelta en su regazo, pero me detiene antes de que salga por la puerta.

—Violet Sterling. Pase lo que pase, intenta no morir. Jamás te perdonaré como lo hagas. Eres la mejor camarera que he tenido y me costaría mucho encontrar sustituta.

—Lo intentaré —respondo con una sonrisa—. Pero no te prometo nada.

Cuando salgo, estoy hecha un manojo de nervios. Regreso corriendo por el corredor y salgo de nuevo al patio trasero. Ha empezado a nevar aunque estamos a finales de julio.

—Violet, ¿qué...? —empieza a decir Esperanza desde el carruaje.

—Me voy a casa, pero volveré —respondo yo, corriendo ya por el camino que va a mi hogar.

—Tiene que dejar de hacer esto, no puede salir corriendo todo el tiempo —la oigo decir a Alfred, y entonces me recojo la falda y echo a correr a toda prisa.

Nieva con más fuerza según me acerco a Burleigh House. Los copos transportados por el aire desdibujan el contorno del camino y no veo prácticamente lo que tengo delante. Si no estuviera moviéndome, me congelaría, seguro. Mi aliento forma nubes de vapor cuando por fin aparece el portón espinoso en mitad del camino blanco y las zarzas se abren para dejarme entrar.

No aflojo el paso hasta que cruzo el portón.

—Yo también te he echado de menos —le digo a la Casa—. Pero ¿dónde está Wyn? Habrás cuidado de él en mi ausencia, ¿verdad? ¿No habrás hecho algo horrible?

El suelo se estremece amenazadoramente bajo mis pies. Está claro que no le gusta que me dirija a ella en tono de reproche, pero lo cierto es que mi paciencia y mi empatía han cedido ante el miedo, que crece a medida que subo por el sendero de entrada alfombrado de blanco.

El jacarandá ha perdido todas las hojas y las flores, desperdigadas en pequeños montoncitos alrededor del tronco que despiden un olor a vegetación podrida. Y mi Casa, mi pobre Casa.

Cuando me fui, su estado ya era malo. El ala de invitados se había hundido y había que reparar otras partes del resto del tejado, cada día una nueva. Las zarzas cubrían casi todo y faltaba el cristal de alguna que otra ventana. Pero la casa que hace unos días parecía descuidada ahora está prácticamente en ruinas.

No quedan cristales en las ventanas y los añicos se mezclan con la grava y la nieve del sendero de entrada, que crujen bajo mis pies a medida que me acerco. El resto del tejado se ha hundido por completo, no sólo el del ala de invitados, y la parte superior de algunas paredes empieza a desmoronarse.

La hiedra ha sido sustituida por zarzas cubiertas de espinas. Su aspecto sería aterrador si no la conociera tan bien.

—¿Wyn? —llamo, subiendo los escalones y abriendo la puerta de entrada. Los escombros se amontonan por todos los rincones. La lámpara de querosén con cuatro lucernas se ha soltado del techo y está hecha añicos en mitad del vestíbulo. Ha dejado un agujero enorme en el techo, por el que se ve el cielo. La nieve cae por el hueco y se mezcla con los trozos de metal y de vidrio roto.

»¿Wyn? —grito, corriendo entre los trozos de piedra y masilla y dejando un reguero de nieve derretida a mi paso—. Wyn, contesta. ¿Dónde estás?

Ni rastro de él, pero cuando entro en la cocina, Jed y Mira están sentados con sendas tazas de té, pensativos, protegidos de la intemperie por una lona donde antes estaba el techo. Se levantan al verme y Jed me rodea con sus enormes brazos. La sensación de estar abrazando a un oso es más aguda de lo habitual porque a pesar del fuego que arde en la chimenea, hace un frío tremendo y lleva el abrigo puesto. Mira también me abraza y, por un momento, saboreo la sensación de seguridad, calor y amor.

Recuerdo cómo llegaron a ser mi familia. No debería ser mía por derecho, deberían ser la familia de Wyn, y yo debería haberme quedado, haber permanecido vinculada a esta Casa para impedir esta larga muerte.

—¿Dónde está Wyn? —pregunto, apartándome un poco de ambos.

La forma en que se miran lo dice todo.

—Nos alegramos de verte, Violet —dice Mira—. Pensamos que también te habría pasado algo a ti.

—¿Cómo que *también*? —pregunto, incapaz de disimular el pánico—. ¿Dónde está Wyn?

—Ha ido al cementerio de la familia a ver a tu padre —contesta Jed con seriedad—. Toma mi abrigo, y ten en cuenta que no está en sus cabales ahora mismo.

Nieva más copiosamente que antes, pero conozco estas tierras. No me hace falta pensar siquiera en qué dirección tomar, mis pies van solos.

Cruzo el pequeño portón que separa el cementerio del bosque. Los árboles siguen invadidos por las zarzas y sus ramas desnudas parecen sombreadas de mortero reseco. No tardo en verlo.

Está sentado bajo la nieve con la espalda apoyada en la lápida de papá. Lleva puestos varios suéteres de lana deshilachados para protegerse del frío, pero una gruesa capa de nieve se ha acumulado ya en su pelo alborotado y sus hombros. Según me acerco, me doy cuenta de que está distinto. Su piel tiene un aspecto extraño, un tono y una textura que no son humanos, se parecen más al color de los muros de Burleigh. Y si bien Wyn nunca tuvo un rostro especialmente suave, la poca suavidad que pudiera existir ha desaparecido por completo. Sus facciones son angulosas y simétricas, sus ojos brillan como las chispas que se forman cuando frotas hierro con pedernal. Me pregunto si conservará algo de calor en su cuerpo o si estará frío y duro como el granito. Nada de eso me importa ya, de todos modos. Si hay vida, hay esperanza, y me alegro infinitamente de haberlo encontrado con vida.

—¿Qué ha pasado, Wyn? He estado fuera sólo unos días. ¿Qué te has hecho?

—Es... difícil —responde, y las palabras parecen amortiguadas, como los recuerdos que me enseña la Casa—. Ya no sé dónde termina Burleigh y dónde empiezo yo.

Me siento a su lado, envolviéndome en el abrigo de Jed.

—¿Qué has hecho?

—Ya sé que te prometí que no lo haría, Vi, pero...

—Ibas a completar el vínculo, ¿verdad?

Wyn vuelve la cara hacia mí por primera vez y sus ojos centelleantes aún conservan su paciente mirada de siempre.

—Iba a hacerlo, pero Burleigh me detuvo antes de llegar al final.

Apoya la cabeza contra la lápida que todavía no tiene nombre.

—Hace tres noches por fin reuní el valor para poner fin a lo que empezamos tu padre y yo: ofrecerme a Burleigh para que pudiera seguir adelante en otro lugar y evitar que te arriesgaras a liberarla. Te ahorraré los detalles, pero fue horrible. Estuvimos horas hasta que Burleigh detuvo el proceso... hacia la medianoche. Fue como si tuviera encima el peso insoportable cuando la Casa centra su atención sobre ti, tú también lo has sentido, y al minuto siguiente la apartara. Aún no sé por qué, pero yo me quedé aquí tirado y Burleigh terminó tal como la ves.

—Debió ser cuando encontré la piedra cardinal —explico—. La Casa debe de haberlo sentido. Creo que Burleigh desea recuperar ese trozo de piedra más que empezar de nuevo.

—¿La piedra cardinal?

Wyn se incorpora y cuando lo miro, noto que el miedo me golpea con furia por dentro porque su expresión y sus ojos eran los de siempre hace un segundo, pero ahora algo que soy incapaz de definir ha cambiado y sé que ha abandonado su cuerpo, igual que cuando canaliza la magia de la Casa. Sólo que esta vez su cuerpo no es una concha vacía, sino que hay algo extraño dentro.

—Danos la piedra —dice una voz áspera que me hace estremecer porque sale de los labios de Wyn. Suena como cuando se frotan dos rocas. Se me ponen los pelos de punta—. Déjala en el umbral y no vuelvas. Dejaremos que vivas por lo mucho que te hemos querido.

—¿Burleigh? —pregunto, tratando de no pensar en el miedo, algo que me he acostumbrado a hacer—. ¿Eres tú?

La cosa que ya no es Wyn aunque use su cuerpo, no contesta, se limita a mirarme con unos ojos grises totalmente opacos.

—Burleigh, me conoces —le digo a la criatura—. No puedo dejar la piedra sin más porque si lo hago no serás libre. Es necesario deshacer el vínculo con sangre y mortero, en tu corazón, igual que cuando se estableció.

—Jamás dejaremos que otra persona mezcle su sangre con nuestro mortero —dice la criatura con ferocidad—. No lo permitiremos después de haber sido vinculados en contra de nuestros deseos tantas veces. Y tampoco te enseñaremos dónde está nuestro corazón oculto. Recuperaremos lo que nos pertenece y romperemos así el vínculo para morir con todo nuestro poder, el mismo que disfrutamos en vida hace tiempo.

—Piensa en West Country —suplico—. Quedará arrasado si sigues así. Pero yo puedo hacer que te sientas completa, Burleigh, completa de verdad, y deshacer al mismo tiempo todo lo malo que te han hecho. Haría todo eso y más por ti. Sabes que sí, cariño mío.

El antiguo término cariñoso que usaba con ella me sale ahora forzado y poco natural porque oír a Burleigh hablar por boca de Wyn me da miedo y debajo de éste siento algo que se parece mucho al odio. He querido mucho a mi Casa, durante mucho tiempo, igual que quise a mi padre pese a su severidad. Pero saber que los dos han utilizado a Wyn como un peón en este peligroso juego es demasiado porque, por mucho que los haya amado, a él también lo amo.

—¿Harías eso, pequeña? —dice Burleigh y Wyn me acaricia el mentón con su mano helada. Me estremezco pero intento no apartarme—. ¿Lo harías de verdad? ¿No crees que después de todos estos años, todas estas vidas, podemos mirar a través de aquellos que viven entre nuestras paredes y ver lo que esconden sus corazones? No eres una guardiana. Tu corazón está dividido. ¿Utilizarías esa pieza suelta para liberarnos o para liberarlo a él y obligarnos a devolvértelo?

Me esfuerzo por no mover ni un músculo de mi rostro y dejo las manos inmóviles también en el regazo. No se me había ocurrido que podía usar la sangre y el mortero y la piedra cardinal para desvincular a Wyn en vez de la Casa.

Pero Burleigh se inclina sobre mí y deja escapar un suspiro que suena como el golpeteo de un montón de cantos rodados.

—Vemos la batalla que se libra en tu interior. La sangre que corre por tus venas nos lo cuenta, ¿y sabes lo que dice? Traidora. Traidora. Falsa.

Miro a la criatura que tengo delante, a Burleigh envuelta en la piel de Wyn, pero el efecto es el de quien se pone una prenda que no es de su talla, y la repugnancia que siento se transforma en pena.

—Burleigh, eres mucho más grande, más antigua y más poderosa de lo que yo seré nunca, pero yo sí estoy completa, soy la suma de todas las partes que componen mi esencia. Soy muchas y puedo luchar por los dos, por ti y también por Wyn. Recuerda eso cuando te desvincule; recuerda que siempre te fui leal cuando pensaste lo peor de mí. Si el destino de Wyn está unido al tuyo, confío, y ruego, que al liberarte a ti él también quede libre.

—Él es nuestro —contesta Burleigh—. Nos dio su sangre y sus huesos voluntariamente.

—No es tuyo —le digo yo—. Él no le pertenece a nadie más que a sí mismo. Y mientras quede un ápice de su ser, yo lo llamaré y él me contestará.

Me trago el asco que siento en este momento bajo la atenta mirada de Burleigh y me vuelvo hacia lo que debería ser Wyn y le enmarco el rostro entre mis manos. Apoyo la frente contra la suya y cierro los ojos.

—Haelwyn de Taunton —susurro—. Estés donde estés, vuelve. Te necesito.

No ocurre nada durante un buen rato. El olor a piedra fría es tan fuerte que siento que me atraganto y la tierra tiembla bajo mis pies, incómoda al sentir mi contacto. Esta Burleigh rota que habla con amargura emite un ruido inquietante, una mezcla entre un murmullo y una avalancha.

Pero yo no lo suelto y tampoco abro los ojos hasta que finalmente…

—¿Violet? —dice Wyn con su voz.

No puedo evitar el suspiro de angustia y alivio y lo abrazo.

—Lo siento, Vi —dice él, abrazándose a mí también—. Lo siento mucho. No quería irme ni asustarte. Es que cada vez me cuesta más aferrarme a mí mismo.

—No —le digo yo—. No tienes que disculparte.

Le retiro el pelo revuelto de la cara y le doy un beso en la frente y allí donde mis labios tocan la piel de Wyn, ésta se entibia ligeramente. Levanta la cabeza y me mira, nuestros ojos se encuentran y está ahí de verdad, el chico que conozco, pero hay algo en su mirada que no había visto antes. Algo que también debe estar en la mía, la necesidad desesperada de verlo en él, porque nuestras bocas se buscan sin remedio, no sé quién empieza. Sus labios se separan y los míos lo imitan, es una sensación embriagadora, notar cómo el calor se va extendiendo por todo su cuerpo bajo mis manos.

Le daría todo mi calor, todo mi fuego, toda mi determinación y todo mi coraje si con ello pudiera hacer desaparecer el mortero de su sangre y la magia de sus huesos.

—Odio todo esto —le digo cuando nos detenemos—. Profundamente. ¿Por qué no podíamos nacer en cualquier otro sitio? ¿Por qué no podíamos ser dos personas normales y corrientes?

Por un momento, temo que Burleigh se empodere de él para castigarme por incumplir mi obligación.

—Hemos nacido para esto, Violet —dice Wyn con un tono de resignación en la voz que me llega a lo más hondo—. Tú para la Casa y yo para ti. Lo sé desde que llegué a esta Casa, aunque se suponía que no debía decírtelo. Y puede que en algún momento deseara que las cosas fueran diferentes, pero ahora es Burleigh la que no me deja que llegue hasta el final y eso es lo que me mata.

—¿Y si no tenemos que ser quienes nos dijeron que debíamos ser? ¿Y si no quiero anteponer la Casa a todo lo demás? ¿Y si... Y si quiero anteponerte a ti?

Pienso en lo que me ha dicho Burleigh antes sobre mi corazón dividido; que voy a traicionarla. Y sinceramente no sé qué haré si me veo obligada a elegir entre Wyn y ella. Lo único que sé es que nunca nadie ha conseguido deshacer el vínculo que controla a una Gran Casa, pero creo que es mi única oportunidad de conservar mi hogar y mi corazón intactos.

—Sigo queriendo hacer lo que vine a hacer —dice—. Salvarte a toda costa. Conseguir que salgas de esto sana y salva.

—¿Y no podemos salvarnos mutuamente? —pregunto yo.

Se pone de pie y me ayuda a levantarme.

—No lo sé, Violet. Supongo que podemos intentarlo, pero jamás dejaré de pensar que habría sido mejor que te marcharas.

—Antes moriría, y lo sabes —contesto yo, frunciendo el ceño.

—Lo sé y eso es lo que más temo —contesta.

❈29❈

ESA MISMA TARDE VIENEN ESPI Y ALFRED. WYN Y YO ESTAMOS EN
el estudio, que da a la entrada principal, y salimos a su encuentro cuando
entran por el portón espinoso a pie y sin más compañía. Es como si hubiéramos alcanzado un acuerdo tácito de no hacer comentarios sobre el estado
de la Casa o sobre Wyn, aunque Alfred abre mucho los ojos y oigo que
Esperanza toma aire bruscamente y contiene una exclamación. Pero no hago
caso, aguardo en pie de la mano de Wyn, y es ella la primera en hablar.
Deja en suelo de gravilla una maleta que lleva consigo y sonríe, aunque su
expresión resulta un tanto exagerada.

—¿Dónde podemos alojarnos? —pregunta despreocupadamente, como
si acabara de llegar a una mansión normal y corriente, de las que tienen tejado
y todas las ventanas en su sitio, y no corre magia por debajo de la tierra—.
Entendemos que probablemente mañana por la noche estarás ocupada,
Vi, y nosotros volveremos a nuestras habitaciones en el Red Shilling, pero
pensamos que sería agradable alejarnos un poco de la multitud de la posada
esta noche. Y que a lo mejor no les importaba tener compañía, aunque si
prefieren estar solos, no tienen más que decírnoslo.

—No, agradecemos la compañía —contesto yo, fulminando con la
mirada a una zarza que se desliza sinuosamente hacia los tobillos de Alfred,
que retrocede con un ruido seco al verme.

Entramos en el vestíbulo y me quedo un poco atrás intencionadamente.

—Por favor, no te portes mal —le suplico a la Casa—. Deja que tengamos una velada agradable. Te conozco y sé que no estás de acuerdo, pero te pido, por el amor que una vez me tuviste, que me dejes hacerlo. Yo todavía te quiero, lo creas o no.

Unas tristes flores blancas brotan de una grieta de la pared, pero caen nada más al abrir sus pétalos. Tomo una de las flores y la entrelazo con mi trenza. Eso parece tranquilizar a Burleigh, porque las flores recobran la vitalidad y fuera brilla el sol por primera vez en el día. Acaricio la pared con la mano todo el camino hasta llegar a la cocina, donde están todos reunidos. A través de los dedos siento la pérdida y el anhelo, el dolor y el pesar.

—Te juro que todo va a salir bien —susurro—. No voy a traicionarte, Burleigh, sólo porque ya no seas lo único en mi mundo.

Ella guarda silencio como si estuviera considerando lo que acabo de decir.

Y ahí estamos todos, fingiendo que no ha ocurrido nada y que mañana no regresaré con la piedra cardinal y el destino de Burleigh y Wyn en mis manos. Mira se entretiene buscando algo comestible en los armarios y la alacena mientras Alfred la ayuda de buen a gana. Jed y Espi charlan amistosamente en la mesa sobre rotación de cultivos y gestión de las tierras, de modo que Wyn y yo vamos a buscar el dormitorio de invitados que esté en mejores condiciones.

—¿Miramos cada uno en un lado de la galería? —pregunto al llegar arriba, tras subir despacio y con mucho cuidado entre las zarzas.

—No —dice él con decisión—. Vamos juntos.

Me alegra que lo diga porque quiero estar con él todo lo que pueda.

—No quiero que haya nadie aquí mañana —le digo, mientras buscamos entre las habitaciones invadidas de zarzas—. Ojalá pudieras irte tú también con los demás, ojalá pudieras abandonar los jardines y quedarte en un sitio donde puedas estar a salvo. Si te hubieras ido, tal vez Burleigh no podría ahora terminar lo que empezó contigo.

La Casa sigue en silencio, sin dar señales de lo que piensa sobre lo que está ocurriendo. Y esa actitud me pone más nerviosa que sus gruñidos de descontento o las zarzas violentas.

—Eres muy noble —dice Wyn con una sonrisa al tiempo que abre otra puerta—. Pero las cosas han cambiado desde que volviste a casa. Ahora ya no me iría aunque pudiera.

Suspiro frustrada y Wyn me empuja el hombro cariñosamente con el suyo.

—Búscame cuando vuelvas mañana con la piedra. Acabaremos los dos juntos con todo esto de una manera u otra.

Seguimos de la mano cuando oímos que Espi nos llama desde la planta de abajo.

—¡Vi! ¡Wyn! ¡Mira dice que es hora de cenar!

Han colocado restos de velas intercaladamente a lo largo de la mesa para iluminar la cocina. La cena consiste en tortitas planas con compota de manzana, pero hay para todos y decidimos que es mejor estar contentos. Alfred nos lee fragmentos de su libro, a los que Esperanza resta seriedad con sus ácidos comentarios. Mira canta la canción favorita de su abuela sefardí, titulada «Una hija tiene el rey», y Espi la mira embelesada con una gran sonrisa. Yo misma me dejo convencer por Jed para presumir imitando la llamada de los pájaros que aprendí cuando vivíamos en los pantanos. Wyn observa en silencio pero sonriente a mi lado, y la luz de las velas suaviza sus facciones.

Las velas consumidas marcan el momento de irnos a la cama y es entonces cuando vuelvo a sentir que me invade el vacío, lleno durante unas horas de luz y calidez. Recorro mi habitación a solas durante unos minutos y al final salgo al corredor poniéndome una bata descolorida.

Wyn está fuera como siempre, sentado en su improvisado colchón leyendo, mientras en el extremo opuesto del corredor, Burleigh repone una y otra vez el recuerdo de la vinculación de éste con ella. Me duele ver a papá afilar ese cuchillo largo y grabar primero en la piel de Burleigh. La Casa tiembla, tanto en el recuerdo como en la realidad, mientras el mortero mana de la herida infligida por mi padre, y la sustancia áspera y húmeda resbala por el filo del cuchillo. A continuación, mi padre se acerca con el cuchillo a Wyn, pero no puedo mirar.

—¿Quieres ver este recuerdo? —pregunto a mi Wyn, mientras pasa la página—. Es un poco tétrico.

—No, en absoluto, pero a la Casa le gusta recodarme ciertas cosas —contesta él sin levantar la vista—. Me he acostumbrado a no hacerle caso. No mires, Vi, es algo que no deberías ver.

—Déjalo ya, Burleigh —digo con severidad.

No estoy segura de que esté dispuesta a escucharme después de nuestra extraña e inquietante confrontación en el cementerio y su silencio de hoy. Burleigh ya no constituye una certeza en mi vida, cuando hubo un tiempo en que era la roca a la que siempre podía asirme. Pero la imagen vacila y se apaga, y una ola de lirios de los valles se desliza hasta mí. Su dulce fragancia invade la galería y suspiro. Una parte de mí quiere aferrarse a la inevitabilidad de la persona que era antes, ir a la habitación de papá, recorrer las cicatrices que marcan las paredes de mi Casa y susurrarle que todo va a salir bien, que estoy aquí, que nací para ser guardiana y que mi Casa es lo primero para mí.

Pero en vez de eso, me acerco a Wyn y las flores se abren a mi paso. Me siento en el colchón y apoyo la cabeza en su regazo. Él deja el libro a un lado.

—¿Puedo quedarme aquí contigo? —pregunto en voz baja en el corredor vacío—. Por favor...

—Siempre —responde él sin más. Me quedo muy quieta un momento, contemplando los escombros desperdigados por el suelo, las grietas de las paredes por las que brota el mortero, el lugar junto a la escalera principal donde el ático se ha hundido y una enorme viga ha quedado atravesada, parte de ella unida al techo y la parte astillada en el suelo del corredor. Muchas cosas han cambiado en los últimos meses. Hubo un tiempo en que era Wyn quien se refugiaba en mi habitación porque se sentía perdido e incómodo entre los muros de Burleigh House. Y ahora soy yo quien lo busca a él porque es lo único que me hace sentir segura. Sólo con él tengo la sensación de pertenencia, de hogar.

Wyn me acaricia el pelo suelto. Me estremezco, aunque no de frío, y cierro los ojos. Poco a poco, su caricia fácil y toda la tensión del verano me vencen. Estoy medio dormida cuando oigo su voz susurrante y al principio atribuyo mi incomprensión a mi agotamiento.

—Las aves en la floresta —recita Wyn y doy un respingo, extrañada por sus palabras, pero poco a poco me doy cuenta de que es su voz real, no el tono áspero y granuloso de Burleigh cuando poseyó su cuerpo—. Los peces en la corriente, selvático caminante, me alejo con pesar, con las bestias de hueso y sangre.

—¿Qué dices? —mascullo.

—Es un antiguo poema medieval. Es lo que estoy leyendo. Leí mucho durante el arresto. Y Burleigh a veces piensa en términos medievales.

—No sé si me gusta. Es triste.

—Lo sé. Pero es lo único en lo que estamos de acuerdo Burleigh y yo, la mayoría de las veces.

—Léelo otra vez.

Lo hace, pero cuando termina, ya estoy dormida.

Aún hay poca luz cuando me despierto. Me quedo totalmente inmóvil, grabando este momento en mi memoria. Bajo mi cuerpo, noto a Burleigh nerviosa y meditabunda pero silenciosa de momento. Wyn está a mi lado, tan cerca que noto el movimiento ascendente y descendente de su pecho al respirar.

Me levanto sin hacer ruido y timo el libro que tiene a un lado. Me doy cuenta con sorpresa de que en otras circunstancias, Alfred y él podrían haber sido buenos amigos, pero éstas son las que nos ha tocado vivir. Saco el lápiz que ha utilizado para marcar dónde ha detenido la lectura y escribo en la primera página.

Wyn:

He ido a buscar la piedra cardinal porque no quiero pelear contigo y tampoco quiero despedirme. Sé que lo entenderás.

¿Puedes asegurarte de que todos salgan de la casa cuando se levanten?

Hasta pronto.

Violet

Dejo el libro abierto por la primera página y entro en mi habitación, me visto con las ropas que usaba en los pantanos, me recojo el pelo en una trenza y bajo al vestíbulo por última vez, teniendo mucho cuidado de no pincharme con las zarzas que trepan por la escalera.

Me detengo en el umbral de la puerta.

—¿Puedes despertar a todos cuando salga?

La Casa hace que la hiedra de suaves hojas que asciende por la jamba se enrede en mi dedo y suspiro. Ay, Burleigh. ¿Ahora somos amigas o enemigas? ¿Por qué haces que me resulte tan difícil decidirlo?

Fuera, la nieve que se va derritiendo deja montones sucios y charcos. Sopla una brisa suave de primavera, pero hay algo raro en ella, una especie de tensión, como si se estuviera formando una tormenta. He agarrado unas botas de lluvia antes de salir, pero me mancho de barro el bajo de la falda arrugada, y cuando llego al Shilling parezco una vagabunda. Me resulta poético que mi aspecto externo refleje el abatimiento y la desesperación que siento por dentro.

La posada parece abandonada a esta hora del día, pero la prima de Frey, Ella, que se ocupa del establecimiento desde la medianoche hasta el mediodía, está detrás de la barra y cubre sus apretados rizos negros con un vistoso pañuelo de color amarillo. Saludo con un gesto tibio.

—¿Se ha levantado Frey?

—¿Acaso duerme? Está en el comedor privado con los libros de cuentas. No hagas caso del letrero. Puedes pasar.

—Gracias, El.

Se refiere al letrero que decir NO MOLESTAR en letras bien grandes. Pero yo entro de todos modos y Frey gruñe sin molestarse en levantar la vista.

—¿Es que no sabes leer? Aquí no se puede pasar.

Frey está en la mesa cubierta por libros de cuentas, cuadernos más pequeños en blanco y notas manuscritas con el ceño profundamente fruncido mientras cuadra los números.

—Soy yo.

Frey levanta la cabeza, se reclina en la silla y mueve la cabeza de un lado a otro para liberar la tensión del cuello.

—Llegas a tiempo, Vi, necesitaba una distracción. No habrás venido a por... lo que dejaste aquí, ¿verdad?

—Sí. Será mejor que termine con esto ya. Que sea lo que Dios quiera. No tiene sentido seguir retrasando lo inevitable.

Frey saca la piedra del bolsillo con un suspiro.

—Aquí la tienes. No he querido guardarla en ningún sitio. Cuesta creer que hayamos llegado hasta aquí, ¿verdad?

Sé que debería irme, pero me siento a su lado y observo la piedra.

—¿Qué estoy haciendo, Frey? Me juego mucho, no es sólo la Casa, sino... ¿Está mal que arriesgue el futuro de West Country? ¿Que Burleigh House acabe como Ripley Castle? Al principio estaba muy segura de que había nacido para ser guardiana y de que Burleigh era lo más importante para mí, pero ya no lo estoy.

—Lo sé —dice Frey—. Y yo no he sido capaz de alejarme de Burleigh Halt. Te lo digo para que entiendas que creo que puedes hacerlo, Violet Sterling. Si hubiera tenido alguna duda, habría hecho el equipaje y me habría ido. No es nada personal, entiéndeme, pero llevo muchos años en esta tierra y pretendo seguir muchos más. Cuando salgas de esos terrenos después de hacer lo que nadie más ha podido, ni siquiera tu padre, estaré aquí. George habría estado orgulloso de ti. Espero que lo sepas.

—No estoy tan segura —contesto yo, mordiéndome lo poco que me queda de uña—. Antes lo único que quería era ser como él, pero resulta que somos muy diferentes.

—Por eso habría estado orgulloso —dice Frey, empujando la piedra hacia mí—. Tu padre se arrepentía de muchas cosas que había hecho en la vida y estoy segura de que vincular a ese chico con la casa encabezaba la lista.

Giro bruscamente la cabeza hacia ella.

—¿Cómo lo sabes?

—Por Esperanza. ¿Quieres salvar Burleigh House y a tu amor? Porque no lo harás si te pasas el día charlando conmigo. Tengo que cuadrar las cuentas.

—De acuerdo, ya me voy —murmuro, guardándome la piedra en el bolsillo. La sensación de ruptura y de dolor por la falta de algo inacabado es tan fuerte cuando la agarro que es como si me empujaran y retrocedo tambaleante varios pasos.

—Vamos, vete ya. Te cubriré unos días, pero si no vuelves, buscaré a otra chica, así que no te demores demasiado. Y no, no diré nada más. Si quieres oír cosas bonitas, será mejor que vuelvas enterita.

30

ASÍ QUE TODO SE REDUCE A ESTO: ME DA MIEDO VOLVER A CASA. Decido atravesar los campos por donde puedo, con la piedra en el bolsillo, saltando vallados de piedra y portones de madera, porque no podría soportar encontrarme gente por el camino.

Y tengo mucho miedo. Me sudan las manos, el estómago me da vueltas y el corazón me late muy deprisa. Siento miedo, un miedo que no soy capaz de disimular, por mucho que lo intente. Así que dejo de intentar controlarlo. Dejo que me tiemblen las manos y las rodillas, y que mi respiración vaya más rápido. Me dirijo a Burleigh House, a la que he amado toda mi vida. Pero fue ella la que mató a mi padre y es posible que acabe también con Wyn. La que con toda seguridad intentará matarme a mí en cuanto ponga un pie en los jardines con la piedra cardinal en mi poder. El amor por mi Casa se ha convertido en un sentimiento unilateral.

Estoy tan bloqueada por el miedo que no me fijo en el débil sonido de caballerías, el tintineo de los arreos y el ruido amortiguado de un casco. Y cuando me abro camino entre el seto que hay frente al portón de Burleigh, casi me choco de frente con Su Majestad, acompañado por dos docenas de soldados a caballo con librea roja.

—Hola, tío Edgar —digo con fingido tono despreocupado, tratando de recuperar la compostura y de disimular la sorpresa de verlo—. He salido a dar un paseo. Espero que no hayas tenido que esperar mucho. Aunque llegas unos días antes de lo esperado.

Pero el rostro normalmente cordial del rey se muestra impasible y hostil.

—¿De verdad creías que no me daría cuenta de que me estabas robando? ¿De que como titular de las escrituras tengo un sexto sentido para las Casas, para todas las piezas que las componen, y que me entero si algo va mal? Te di una oportunidad de salvar a Burleigh, Violet, porque llevo todo el verano sintiendo su declive. Más de lo que mereces. Y vas tú y aprovechas esa oportunidad que te doy para robarme.

—No sé de qué me hablas —miento de forma flagrante porque no puedo hacer nada más.

Su Majestad levanta una mano y chasquea los dedos. Tres jinetes ataviados con esmoquin oscuro en vez de la librea del uniforme, se adelantan.

—Estos caballeros son magistrados —me informa el rey—. Supongo que sabes lo que eso significa.

Tres magistrados con el rey y su comitiva. Igual que el día que sentenciaron a mi padre.

—Violet Helena Sterling —resuena en la suave brisa primaveral la voz clara y severa de Edgar Rex, rey de Inglaterra—. Por la presente te declaro culpable de traición. Y en vista de que Burleigh House será reducida a cenizas en breve, recomiendo la pena de morir en la horca.

Y en ese momento se abren las puertas del infierno.

Del portón espinoso brotan de repente unas zarzas cuajadas de afiladas espinas del tamaño de mi brazo y se enredan en torno a los delicados espolones de los asustados caballos, y al mismo tiempo se oye el ruido seco de los huesos metatarzos de las patas al romperse. El camino queda cubierto de caballos con las patas rotas y soldados inmovilizados por zarzas afiladas, lo que les impide llegar a sus armas de fuego. El único que permanece indemne es el rey, pero por una vez no sabe qué decir, tan sólo es capaz de contemplar inmóvil la destrucción que Burleigh ha causado entre sus hombres.

Yo también lo miro pero sólo durante un segundo, maravillada ante el salvaje espectáculo que ha dado mi Casa, sin importarle su vínculo. Pero la guadaña que mi Casa ha pasado sobre los soldados me hace señas y veo que más zarzas mortíferas comienzan a trepar por los muros de Burleigh, convirtiéndolos en un seto espinoso infranqueable.

Me recojo las faldas y echo a correr.

—Violet Sterling, como pongas el pie en esos jardines firmarás tu sentencia de muerte antes de que lo haga yo —grita el rey a mi espalda, pero no le hago caso. Cruzo el portón espinoso y las zarzas se repliegan tras de mí, dejándome dentro y evitando que nadie pueda salir.

Los relinchos de dolor de los caballos, los gritos de los soldados y las imprecaciones del rey se atenúan. Me detengo un momento con el corazón desbocado, aguardando el mismo destino que todos ellos. Aguardando que las espinas perforen mi piel, que las zarzas me inmovilicen, que la piedra se me caiga del bolsillo, lo cual dejaría a Burleigh casi completa, pero no del todo. Y acto seguido el espectacular final. Todo West Country asolado por las llamas o la hambruna, una plaga o una inundación.

Pero no ocurre nada de eso. El caos reinante en el camino desaparece por completo y en su lugar se oye el canto de los pájaros y luce el sol. La nieve de ayer se ha derretido y Burleigh tiene de nuevo un aspecto fresco y acogedor, como después de una lluvia primaveral.

Estamos a finales de julio, me recuerdo. Por acogedora que parezca, no es verdad. Algo raro está ocurriendo.

Todos mis nervios están alerta. Aunque el sol brille y los pájaros canten en los árboles, el césped demasiado alto del jardín no es sólo hierba, sino que se mezcla con zarzas y cardos. El líquido que gotea de los manzanos no es agua de lluvia, sino la podredumbre del mortero. El sendero que conduce a la pradera de las flores silvestres secas y al bosque trasero está sembrado de charcos de mortero húmedo.

No puedo demorarme contemplando el desastre de los jardines. Tengo que encontrar el corazón de Burleigh. Querida Casa mía, ¿dónde has escondido tu corazón secreto? Necesito que confíes en mí y me muestres el camino.

Las emociones de la Casa me resultan siempre más potentes y claras cuando estoy dentro de la casa, así que supongo que es ahí por donde debería empezar. Subo corriendo los escalones delanteros y cierro la puerta tras de mí.

—¿Wyn? —grito y mi voz retumba en la calma que precede a la tormenta. Me apoyo contra la puerta y pienso. No encontré ninguna pista sobre el lugar en el que habría que realizar la desvinculación en el libro de cuentas de papá, tan sólo mencionaba la búsqueda de las escrituras. Según Alfred, un guardián debería saber dónde se encuentra el corazón de su Casa, pero yo no he sido nunca una verdadera guardiana. No dispongo de la llave para guiarme en la búsqueda, tan sólo cuento con mi percepción. Así que, una vez más, depende de mí y de Burleigh.

Mientras pienso, llega a mis oídos un inquietante sonido de arañazos y roces. Me doy la vuelta y trato de abrir levemente la puerta para ver qué es, pero no puedo. Un zarcillo de hiedra se cuela por el ojo de la cerradura y entonces me doy cuenta de que los sinuosos e inexorables dedos de Burleigh acaban de encerrarme dentro de la casa.

Hay más puertas y numerosas ventanas. No es suficiente para hacer aumentar mi miedo, por el momento. Decidida a encontrar el corazón de Burleigh, echo a correr hacia el interior, llamando a Wyn. ¿Dónde se habrá metido?

Las galerías están pobladas de fantasmas. Están por todas partes, recuerdos de un tono azul pálido resplandeciente flotan en el aire; antepasados Sterling olvidados hace tiempo siguen recorriendo los senderos de la dilatada mente de Burleigh. Abro puertas y paso los dedos por las paredes, palpo las estanterías en busca de pestillos ocultos, atenta a cualquier pista sensorial que me indique que estoy en el buen camino. Fuera, el tiempo ha cambiado y ha empezado a soplar el viento, un aire seco y asfixiante que se cuela por los cristales rotos de las ventanas, llevando una fina capa de polvo en suspensión que sabe y huele a mortero. Empiezo a toser y me cubro la boca y la nariz con la manga.

El viento arrecia a medida que voy entrando en las habitaciones. Aúlla en los aleros, su grito se cuela por los tiros de las chimeneas, atraviesa las grietas de las paredes y hace temblar los trozos de vidrio rotos que aún se aferran a los marcos de las ventanas. Cuanto más tiempo estoy expuesta a él, más toso, hasta que llega un momento en que me obliga a doblarme por la cintura.

Considero la posibilidad de suplicar a la casa que pare, pero sabe lo que hace, estoy segura. Está por verse si es un obstáculo, una prueba o una advertencia.

Me duele el pecho de toser y la cabeza me da vueltas hasta el punto de que cuando salgo de cada habitación, tardo un poco en recordar por qué he venido y adónde me dirijo.

Registro el estudio.

El invernadero.

El salón de fumar.

La salita de dibujo.

El segundo salón para recibir a las visitas.

La cocina.

El salón de baile.

El comedor.

La salita de desayuno.

Todas las habitaciones comienzan a desdibujarse. Paredes agrietadas. Hiedra que lo invade todo. Suelos resquebrajados cubiertos de escombros. Y viento y polvo por todas partes, que ensordecen y asfixian. El dolor de cabeza es insoportable y cada vez que toso, siento como si me fuera a explotar, pero no me detengo, empujada por la tenaz sensación de que estoy perdida o he perdido algo y debo seguir buscando.

Subo las escaleras que llevan a la galería delantera y me bamboleo al llegar al descansillo. Tengo en la mano un trozo de roca irregular y, al mirarla, siento como si alguien me clavara un cuchillo en la base del cráneo. Cierro los ojos muy fuerte y espero a que pase.

Pero no suelto la roca.

—¿Qué es lo primero para un guardián, Violet? —pregunta papá. El recuerdo de su voz es completamente nítido, pese al aullido del viento; es como si me hablara desde mi interior. Abro los ojos y miro la roca una vez más. Aunque el atroz dolor de cabeza ha hecho que olvide qué es, me aferro a ella. Me falta algo. Algo relacionado con este trozo de roca. Algo que no encuentro. Si el viento cesara un momento, si mi cabeza dejara de doler, estoy segura de que me acordaría.

El agotamiento me lleva a mi habitación, al santuario de mi cama.

Me tapo con las mantas, la cabeza y todo, y caigo en un sueño intranquilo, aferrada en todo momento a la piedra cardinal.

—Violet.

Me cuesta despertar, y cuando por fin consigo abrir los ojos, el dolor vuelve, pero consigo incorporarme un poco sobre las almohadas y no puedo evitar sonreír.

Reina una agradable paz. El sol primaveral se cuela por las ventanas. Un suave fuego crepita en la chimenea. Mamá y papá esperan al pie de mi cama en agradable compañía, uno al lado del otro, y papá le rodea los hombros con un brazo.

—Buenos días, cariño —dice mamá de muy buen humor, aunque su voz me resulta débil y lejana—. ¿Se te ha olvidado que hoy es tu cumpleaños? Te hemos preparado un delicioso desayuno y tenemos muchas sorpresas para hoy.

Me froto los ojos porque todo está envuelto en un halo difuso de color azul: las ventanas, las paredes, las siluetas de mamá y papá, incluso las mantas de mi cama. Lo único que parece tener su consistencia real es mi propio cuerpo. Giro la mano, la abro y dentro encuentro un trozo de roca irregular. Me recuerda algo y siento que es mucho más importante de lo que uno esperaría de una insignificante piedra.

Papá se acerca con una bata y me levanto de la cama sonriendo de felicidad.

—Gracias, papá.

Por un momento, considero la posibilidad de meter la piedra en uno de los bolsillos de la bata, pero una extraña compulsión me obliga a no soltarla. Así que me aferro a ella mientras sonrío a mi padre.

—¿Lista, mi amor?

—Lista.

Caminamos hasta las escaleras que conducen abajo. Allí nos espera Jed. Incluso él tiene un aspecto extraño y también lo envuelve esa extraña luz vacilante.

—¿Estoy bien? —le pregunto sin mucha energía porque la cabeza sigue doliéndome mucho y me han dicho que es mi cumpleaños, pero no me acuerdo de cuántos cumplo—. Todo me parece muy extraño.

Jed alarga el brazo para darme unas palmaditas en la mano, pero yo la aparto, porque no quiero enseñarle a nadie lo que escondo en ella, así que toma mi otra mano entre las suyas. Yo ahogo una exclamación de sorpresa porque su piel está fría como el hielo y la mía está cada vez más gris y más exánime.

—Suéltame, por favor —suplico—. Por favor, no puedo soportarlo más.

—Le pasa lo de siempre —dice papá a Jed, sacudiendo la cabeza al mismo tiempo. Mamá me rodea con un brazo, pero tiene cuidado de no tocarme la piel.

—Vi —me dice con tono tranquilizador—. No pasa nada. No te pasa nada. Disfrutemos de este día. Ya sabes lo nerviosa que te pones siempre por cualquier cosa. Nadie sabe hacer una montaña de un grano de arena como tú, cariño.

Me pongo roja y mantengo la cabeza baja para que no vea las lágrimas que están a punto de desbordarse. Es verdad. No soy capaz de controlar mis miedos como hacen los demás. Me asusta incluso que los demás vean que tengo miedo. Me duele que me hagan ver mis defectos cuando me esfuerzo tanto en ocultarlos.

Wyn es el único que siempre me comprende.

Pero al pensar en él, mi dolor de cabeza se redobla. El dolor es tan atroz que saca cualquier otro pensamiento de mi cabeza y trato de dejar la mente en blanco hasta que pasa. Pero el dolor sigue y se lleva consigo todos los recuerdos que tengo de Wyn, dejando sólo confusión a su paso.

—¿Falta alguien? —pregunto mientras entramos en la cocina. Mamá y papá están ahí, con Jed y Mira, pero no puedo evitar sentirme incómoda, como si hubiéramos dejado a alguien atrás y fuera a entrar de un momento a otro.

—No seas boba. ¿Quién va a faltar? —Mamá me da un beso en el pelo y siento frío en el cuero cabelludo—. ¿Dónde nos ponemos para comer el pastel, Mira?

Pestañeo varias veces y me doy cuenta con una desagradable sensación de que estoy sentada sobre una manta de cuadros con mamá y papá en medio de la rosaleda. Mamá me pasa un plato de porcelana con un trozo de pastel blanco.

—Toma, cariño. Felicidades.

Fuera de la casa, salta aún más a la vista la extraña luz vacilante que envuelve sus rostros, las rosas, el césped. Entorno los ojos tratando de ver más allá y por un momento vislumbro el jardín cuando cae la noche, los rosales muertos, los senderos de grava cubiertos de musgo y zarzas.

—No quiero pastel —contesto, rechazando el plato—. Esto no está bien.

Mamá me mira con tristeza en su cara de muñeca de porcelana.

—¿Qué hemos hecho mal? Lo intentamos, Violet. ¿Cómo podemos hacerte feliz?

Pero bajo su dulce voz percibo un sonido que me resulta inquietantemente familiar. Áspero, como cuando se roza el ladrillo con la piedra.

—Tengo que irme —digo mientras intento levantarme, pero la cabeza me da vueltas de dolor—. Tengo que encontrar a Wyn.

Mamá frunce el ceño y yo aguanto la respiración de dolor. Me estalla la cabeza.

—¿A quién?

—A Wyn —le digo con los dientes apretados—. El pupilo de papá, el chico con el que crecí y que se suponía que vino para hacerme compañía. Pero todos sabemos que no era para eso, ¿verdad? Sabemos que vino para algo más que para hacerme compañía.

—No sé de quién hablas —dice mamá, pero detecto un rumor rocoso en sus palabras.

Me alejo. La cabeza me duele tanto que sólo quiero acostarme y rompo a sudar a los pocos pasos, pero saco fuerzas de flaqueza y sigo adelante.

—Violet Sterling, ¿adónde vas? —me dice mamá con una voz que dista mucho de ser humana, y cuando me vuelvo a mirar, parece más un ángel de cemento que una mujer de carne y hueso.

No contesto y aprieto el paso. Entro en la cocina y el fantasma de Mira se me queda mirando.

—Violet Sterling, ¿adónde vas? —repite también ella, y al hablar, brotan de sus labios ramas de hiedra.

Echo a correr aferrándome a mi piedra mientras mi corazón late desbocado y la cabeza parece a punto de explotar.

—No hagas esto, Burleigh —suplico al pie de las escaleras, cubiertas de zarzas llenas de espinas que se entrelazan con las barandillas y no dejan ni un solo espacio libre donde pisar. Pero las espinas no hacen más que crecer a medida que hablo.

—¡Wyn! ¿Dónde estás, Wyn?

Lo único que oigo por respuesta es el susurro de las zarzas que trepan por la escalera. Suspiro y busco con la mirada un sitio donde poner el pie.

Subo muy despacio, buscando un hueco entre las espinas aunque no consigo evitar rasgarme la piel de los pies y los tobillos. Cuando miro hacia atrás el camino andado, los huecos se han hecho más grandes y las zarzas se separan en torno al reguero de sangre que voy dejando.

Cuando llego al descansillo, me tiemblan tanto las piernas que casi no me mantengo en pie. Pero no puedo pararme a descansar. Es más, no confío en lo que pueda hacerme la casa. La cabeza sigue doliéndome y tengo la mente nublada. Lo único que sé es que no debo soltar este insignificante trozo de roca y tengo que encontrar a Wyn. Salgo corriendo hacia mi habitación todo lo deprisa que me permiten las piernas y cierro la puerta. Ésta vuelve a abrirse. Tres veces intento cerrarla y tres veces se niega a hacerlo. Suspiro, frustrada, y me doy media vuelta y atravieso la habitación.

Un fuego vivo arde en la chimenea y unas altas llamas trepan por el tiro. No le hago caso y me acerco al armario de la ropa limpia, pero las ramas de hiedra trepan desde el suelo y se enredan en la puerta del armario para impedirme que la abra.

Ignoro el zarpazo de dolor y trato de buscar el picaporte antes de que la hiedra lo alcance.

El picaporte quema al contacto y alejo la mano con un gesto de dolor. Intento agarrarlo protegiéndome la mano con la bata. Mejor así. Abro la puerta antes de que las hiedras la sellen por completo.

Wyn está dentro, abrazándose las rodillas.

—No lo hagas, Violet —dice con voz quebrada al tiempo que alarga el brazo para volver a cerrar la puerta, pero yo meto el pie y se lo impido porque se me habrán olvidado muchas cosas, pero cuando lo miro, todo vuelve a aclararse.

—Te estaba buscando —le digo en tono de reproche—. Wyn, se suponía que teníamos que encontrarnos aquí. Necesito que me ayudes. ¿Qué es esto? —pregunto, tendiéndole la piedra en la palma de la mano—. ¿Por qué no lo recuerdo?

Wyn se aparta con un gruñido.

—No me lo enseñes, Vi. No puedo verlo. Me cuesta mucho aferrarme a lo que aún soy si la miro.

Por primera vez, me guardo la piedra en el bolsillo. No recuerdo casi nada de Wyn, aparte de que necesito que se quede a mi lado, y que me siento segura cuando estoy a su lado. Mi instinto me lo dice, no mi mente. Tal vez por eso no lo he olvidado.

—¿Mejor? —pregunto y él asiente.

Hago ademán de acercarme, pero vacilo al ver que las ramas de hiedra han dejado de trepar y esperan a poca distancia del picaporte. ¿Y si es esto lo que quiere Burleigh que haga? Que dé unos pasos más para poder encerrarme para siempre.

—¿Puedo entrar? —pregunto a Wyn, dejando que note mi vacilación, como diciendo: ¿Es seguro para mí?

—Sí —contesta él, asintiendo, y cuando entro ocurre justo lo que temía. La puerta se cierra de golpe y oigo el sinuoso trepar de las ramas de hiedra hasta el picaporte, pero Wyn dice que no pasa nada y aunque no recuerdo prácticamente nada de nosotros dos, confío en él.

El interior está completamente oscuro. Nunca había sentido nada igual, es como estar enterrado vivo, y el corazón se me desboca.

—¿Estás ahí, Wyn? —pregunto con voz descarnada y temblorosa, pero entonces me rodea con su brazo y me siento bien porque, en ese momento, encerrada entre las paredes de una Gran Casa furibunda, me siento segura—. ¿Qué ocurre? —susurro—. No puedo pensar. Se me han olvidado las cosas. Nada tiene sentido ya.

Cuando habla, está tan cerca que noto su aliento en mi cara. Huele, por extraño que parezca, a tierra fértil y su presencia me reconforta de manera indescriptible en este lugar que se precipita a la ruina.

—Violet Helena Sterling, has venido para desvincular Burleigh House y ella está obligada a matarte por intentarlo siquiera.

Los recuerdos vuelven como una avalancha.

El rey. La piedra cardinal que llevo en el bolsillo. La Casa y yo, enfrentadas. Recordarlo todo es como si me dieran una patada en el estómago que me obliga a tomar aire bruscamente. Los ojos se me llenan de lágrimas.

—La Casa no quiere hacerte daño —dice Wyn con tristeza y mi corazón sufre por él, atrapado entre Burleigh y él—. Pensó que todo esto sería más sencillo. Que se te olvidaría, que dejarías la piedra en paz y todos moriríamos juntos, cuando el vínculo último se rompiera o el rey la prendiera fuego.

La certeza absoluta de saber que Burleigh House ha estado siempre en mi cabeza, hurgando entre mis miedos secretos, tiñendo mi percepción del mundo, me cae como si acabara de beber veneno. No puedo pensar en ello, porque si me detengo a repasar todas las injusticias, las penurias y las traiciones que he sufrido en mi vida en nombre de Burleigh, me quedaré aquí, en la oscuridad, y no haré nada. Y a pesar de todo, aquí estoy, peleando por esta Casa testaruda y exasperante.

—Muerte y libertad a la vez, y un trágico final para nuestra historia —digo yo con amargura—. ¿Es lo único que se le ocurre después de miles de años sobre la faz de la tierra? ¿No es capaz de aspirar a nada más?

—Tú sabes bien lo que es sentirse roto, desarraigado y traicionado —responde Wyn. Pero percibo ese sonido rasposo en su voz y siento un escalofrío. Ya no es él quien habla, sino Burleigh—. Nos han tratado de manera injusta muchas veces, hija de guardián. Aunque no existiera el vínculo, no confiaríamos nuestro bienestar a tu buena voluntad.

Y de repente, Wyn recupera su voz y sigue hablando como si hubiera sido él quien hablaba y no Burleigh.

—... y si pongo un pie fuera de la casa, capto su atención y se apodera de mi voluntad. Entra en mi cabeza. Y lo odio profundamente porque somos una misma cosa. Percibo la rabia que siente, el anhelo, la violencia. Burleigh no quiere matarte por la piedra, Vi, pero eso no quiere decir que no lo hagamos llegado el momento si fuera necesario.

—No eres tú el que habla. No eres el chico que conozco. No existe un nosotros, no son lo mismo Burleigh y tú. Aférrate a ti, Wyn, tú nunca me harías daño.

—¿De verdad? —Resulta extraño e inquietante escuchar la voz extracorpórea de Wyn en la oscuridad, notar cómo es cada vez menos su voz—. Siempre hemos estado vinculados, obligados a anteponer nuestras necesidades a las tuyas. Nunca hemos sido libres, Violet. Me pregunto si serías capaz de reconocernos siquiera.

Las palabras parecen moverse entre uno y otro, como tanteando el terreno, aunque es más Burleigh la que habla, y me da miedo. No puedo evitar sentir que es Wyn el que habla, aunque sea la voz de Burleigh la que sale de sus labios.

—¿No podría decir yo lo mismo? —replico yo, adoptando la testarudez que caracteriza a los Sterling y la indignación por sentir que no me queda nada que reivindicar—. ¿Acaso he sido yo libre alguna vez? Nací aquí, derramé mi sangre en tu suelo cada vez que me hacía un arañazo en las rodillas o me pinchaba un dedo. Lo primero que me dijeron desde que aprendí a hablar fue que estaba destinada a convertirme en guardiana y que un buen guardián antepone su Casa a todo lo demás. Tú decidiste vincularte a mí cuando no tenía más que cinco años; he pasado más años con mortero en mis venas que sin él. Puede que seas una Casa vinculada contra tu voluntad, pero yo también estoy vinculada.

—Danos lo que nos arrebataron —dice la voz, ni rastro de Wyn en el sonido arenoso.

—No puedo. Así no.

Unos dedos implacables me agarran el brazo y yo me resisto y me levanto, pero cuando empujo la puerta con el puño, las hiedras se aferran con más fuerza a ella desde fuera, impidiéndome salir.

—Wyn, por favor, para, me estás asustando.

Durante un buen rato, lo único que oigo es el sonido de mi agitada respiración en oposición al relajado proceso de inspirar y espirar de quienquiera que esté a mi lado en la oscuridad.

Oigo algo parecido a un trueno y huele a ramas quemadas. El armario se abre de golpe y mis ojos chocan con el cegador sol del mediodía, aunque era de noche cuando entré en el armario. A la luz salta a la vista el estado decadente de mi habitación, el banco de la ventana cubierto de cristales y tejas rotos, la ropa de cama manchada de moho.

Wyn está de pie entre las sombras a mi espalda. Su tez está gris y áspera como el mortero, pero sus ojos son los de siempre.

—Hay algo aquí que Burleigh no quiere que encuentres —dice con un gesto de dolor, como si las palabras le quemaran en la boca—. Fuera, en el bosque de atrás, más allá del arroyo truchero. Todo está muy confuso y no sé qué es, pero a lo mejor es lo que estás buscando. A lo mejor es el corazón de la Casa.

El rumor sordo de la piedra resuena de nuevo en sus palabras y sus ojos empiezan a adquirir el velo opaco del mortero.

—Quédate conmigo —murmuro, acercándome a él, y le doy un beso en la frente, en la mandíbula, en la boca—. No me dejes, Wyn. Quiero que estés conmigo cuando todo esto termine. Nada importa si tú no estás, ni Burleigh, ni la llave de guardián, ni mi nombre, ni mi tierra, ni mi legado.

Sus ojos se aclaran y me mira fijamente.

—No hay tiempo, Vi. ¡Vete!

Tras mirarlo con pesar una vez más, de pie entre las sombras, reúno nuevamente todo mi coraje y salgo corriendo.

❊31❊

OJALÁ ME HUBIERA PUESTO LOS ZAPATOS CUANDO ME DESPERTÉ
en ese extraño sueño con mamá y papá. Bajo a toda prisa las escaleras
notando la oscura ola de maldad que sube del suelo y traspasa mis pies
desnudos. La Casa está enfadada, pero sé quién soy. Sé cuál es mi propósito,
y no me detendré ante nada, ni siquiera ante Burleigh.

El sol está bajo en el horizonte cuando salgo por la puerta del invernadero y giro hacia la rosaleda. El día se alarga muy rápidamente. No tengo
manera de saber cuánto tiempo llevo aquí dentro. Las rosas vuelven a estar
secas y muertas, ahora que mi mente está libre de la influencia de Burleigh.
La pradera de las flores silvestres también está seca. Cuando llevo recorrida
la mitad del conocido sendero que atraviesa su centro, me pincho con un
cardo en los pies bastantes maltratados ya, pero sigo corriendo sin hacer caso
al dolor que me sube por la pierna a cada paso.

El bosque emerge a lo lejos. Hay un hueco en el muro de zarzas que
lo rodea que antes no estaba. Me cuelo por él y me invade una horrible
inquietud, una especie de energía tensa como la que deben de sentir los
animales antes de cazar a su presa. La sensación hace que me dé más prisa,
los árboles retorcidos pasan a toda velocidad por mi lado, tendiendo hacia
mí sus ramas. No sé si es lo habitual o si es Burleigh que intenta detenerme,
pero no me paro a averiguarlo. Salto por encima de los troncos caídos y los

charcos de aguas fétidas que se han formado en el suelo, en dirección al corazón mismo de Burleigh, al final de mi viaje.

Cuando el arroyo surge como un resplandor entre los árboles, me arden los pulmones y me tiemblan las piernas. Según me acerco a la orilla, tomo fuerzas y salto.

Aterrizo con un grito. Aún debo llevar enganchadas en la piel las espinas del cardo, porque noto como si pisara sobre cuchillas cada vez que cambio el peso del cuerpo. Pero no tengo tiempo de mirarlo. El pie me duele tanto como la cabeza a estas alturas. Se me nubla la visión y hace que el bosque dé vueltas, y lo que es peor aún, me atonta.

Me meto la mano en el bolsillo y saco la piedra, apretándola firmemente. Dejo que me recuerde. Dejo que encuentre un foco de atención.

Reduzco la velocidad porque cada vez me duele más el pie, cojeo y, finalmente, tengo que sentarme a quitarme las espinas de la planta porque es absurdo intentar correr cuando cada paso es una tortura. Una vez retiradas todas las espinas y vendado el pie con una tira de tela de mi falda, no sé por qué me he adentrado tanto en el bosque. Es arriesgado alejarse tanto de Burleigh, cuando la Casa siempre ha cuidado de mí y lo único que he querido siempre es que estemos juntas.

Me levanto y casi he decidido volver cuando veo una figura en movimiento entre los árboles, casi en la linde de los terrenos de la casa, que se para y se pone en movimiento de nuevo. Frunzo el ceño y me dirijo hacia ella.

Cuando me acerco lo suficiente para distinguir quién es, los recuerdos vuelven todos de repente. Ya me acuerdo de quién soy: Violet Sterling, guardiana por defecto de este antiguo y malvado lugar, esta casa de belleza salvaje y su violento deseo de ser libre a toda costa. Soy todo eso y más, porque la vida de Wyn depende de mi éxito. Nunca se me han dado muy bien los juegos, pero lo he arriesgado todo en este empeño.

Y sigo sin encontrar el corazón de la Casa. A quien sí encuentro es al duque de Falmouth, el que hace el trabajo sucio de Su Majestad, que en estos momentos se dedica a incendiar el bosque de mi amada Burleigh. Falmouth lleva en las manos un cubo con aceite con el que impregna los troncos de los árboles retorcidos y cubiertos de mortero. El crujido de una rama bajo mis pies hace que levante la cabeza y me mire con una malévola sonrisa.

—Pero si es la señorita Sterling. Creí verla antes, pero ¿cómo decirlo?, ya no es la misma. Bien hecho, Burleigh House, parece totalmente desconcertada. Ripley Castle nunca llegó a meterse tanto en la cabeza de la chica de los Ingilby.

El suelo tiembla bajo mis pies y se levanta una brisa que susurra furiosamente entre las ramas de los árboles. El olor a tierra húmeda y aceite de lámpara es muy denso. Me cruzo de brazos y fulmino a Falmouth con la mirada, tratando de hacerme pequeña, testaruda y mordaz.

—¿Qué hace aquí?

—He venido a acabar con esto —contesta, dejando el cubo en el suelo para ponerse en el camino entre la Casa y yo—. Mucho mejor así. No podemos permitir que libere a Burleigh, ni siquiera para salvarla. ¿Y si lo consigue? Se produciría un tremendo escándalo, la gente se preguntaría por qué no se pueden desvincular todas las Casas.

—¿Y por qué no se puede? —pregunto yo con beligerancia.

Falmouth sacude la cabeza.

—Sabe muy bien por qué. No es nada personal, señorita Sterling, así es la política. A nadie le gusta renunciar al poder y las Grandes Casas son el poder. Para Su Majestad y, por extensión, para mí.

—Es usted malvado —le digo, tratando de pasarlo.

Pero Falmouth me corta el camino.

—¿Yo? ¿De veras? Mire a su alrededor, Violet. Si hay alguien malvado aquí es la propia Casa. Burleigh está destruyendo West Country. Los cultivos se están perdiendo, se han perdido ya. El mortero que fluye bajo la tierra lo está contaminando todo. ¿Y qué es eso que he oído de que su padre vinculó a ese chico con ella? Todos hemos tratado de minimizar el riesgo de perder. Su padre tomó precauciones en caso de que usted fracasara y yo tomo precauciones para asegurarme de que fracase.

—Si el rey quisiera quemarme viva con la Casa, lo habría hecho a principios del verano —agrego. Falmouth saca lo peor de mí, aunque sé que no debería permitirlo—. ¿Por qué esperar hasta ahora?

—No tenía intención de quemar Burleigh con usted dentro —susurra él—. Es usted el punto débil del rey. Dudo mucho que tenga intención de que la cuelguen en la horca. Pero no me gusta la idea de que la Casa dañe más las tierras del condado mientras esté usted aquí o si fracasa. Tengo que pensar en ese asuntillo de las rentas que tendré que recaudar cuando termine todo esto, ya sabe. En cuanto a su acuerdo con Su Majestad, todas estas tierras seguirán siendo mías. Así que decidí tomar la iniciativa. Y ahora, resolvamos el asunto de la piedra cardinal. No puedo permitir que regrese y libere a la Casa cuando ya esté ardiendo.

Sacudo la cabeza y miro hacia Burleigh, pero Falmouth me cierra el paso y el suelo del bosque fuera del sendero es una sinuosa maraña de zarzas. Aunque hubiera un camino claro por el que transitar, no puedo dejarlo aquí con los árboles empapados en aceite de quemar, listos para que los prenda fuego.

Falmouth se ajusta uno de los gemelos meticulosamente.

—La piedra, señorita Sterling —repite.

—Jamás —digo, frunciendo el ceño.

—Muy bien.

Se mete la mano en el bolsillo de la chaqueta. La luz se refleja en el metal y cuando mi mente termina de procesar que lo que sostiene no es una caja con fósforos para encender fuego, sino una pistola, escucho el eco de un disparo que resuena en el aire. Un dolor, como no he sentido nunca antes, hace que se me doble la pierna y caigo al suelo.

Pero no suelto la piedra cardinal.

El duque de Falmouth se acerca y me mira sin soltar la pistola. Vislumbro un resplandor rojizo en la leontina de su reloj de bolsillo: es la cabeza de la llave de Burleigh House. Me dan náuseas ver que la tiene él y aferro con más fuerza la piedra.

—Es usted una criatura estúpida —dice Falmouth, sacudiendo la cabeza—. No sabe cuando la paliza se la está llevando usted, igual que su padre. Mi consejo es que se quede quietecita y espere que Burleigh House acabe con usted lo más rápidamente posible.

Lo miro con la visión nublada mientras me aprieto la herida de la pierna. La sangre se extiende entre mis dedos, sale a borbotones, se derrama sobre mis manos y forma un charco en el suelo del bosque. Guardo la piedra en el bolsillo para poder apretar más, pero no es suficiente. La parte de piel que la sangre deja ver está cada vez más pálida.

Falmouth retrocede ligeramente, oigo que enciende un fósforo y, a continuación, surgen las primeras llamas, seguidas por una nube acre de humo.

—Adiós, señorita Sterling. Es una pena lo de la Casa. Me habría gustado subyugarla.

—Burleigh, te necesito —susurro y me asusta oír cómo arrastro las palabras—. Sé que estamos peleadas, pero te necesito.

Me quedo rígida cuando la magia de la Casa brota velozmente del suelo y comienza a verter mortero en mis venas.

—No me refería a eso —exclamo, aterrorizada—. Basta, Burleigh, vas a matarme.

Pero la magia no se detiene. Me tumbo de lado hecha un ovillo y fijo la mirada en las hojas que alfombran el suelo mientras la sangre abandona mi cuerpo con cada latido y el mortero penetra en él.

32

NO SÉ CUÁNDO HE SENTIDO TANTO FRÍO, PERO EN CIERTO MODO es un alivio no sentir nada más. Ya no me duele la cabeza ni el pie ni la pierna. Los árboles se tambalean y dan vueltas, y miro la herida de la pierna, un palmo por encima de la rodilla, ribeteada de mortero. La sangre sigue manando pero más despacio, más espesa. Veo que el mortero va cerrando la herida poco a poco y, con ello, la corriente mágica que penetra en mí amaina. No voy a morir desangrada siempre y cuando consiga sobrevivir al mortero.

Jamás debí dudar de mi Casa.

Falmouth, que sigue incendiando árboles en las inmediaciones, gruñe para sí indeciso entre la irritación y la alegría. Lo oigo trastear con su pistola, el sonido metálico cuando la bala entra en la recámara y el siseo de la pólvora a continuación.

Oigo entonces el crujido de las hojas secas, seguido por dos golpes fuertes. Intento incorporarme sobre un codo. Falmouth está en el suelo, mareado por el golpe, y tal como antes él me observaba a mí desde su posición dominante, ahora es Wyn quien lo observa a él, armado con un trozo de viga astillada preparado para golpear de nuevo. No sabría decir quién es, si el chico que conozco, o Burleigh o los dos a la vez. Lo único que sé es que nunca había visto la expresión extraña y salvaje que tiene en este momento en el rostro.

—Basta, Wyn —exclamo a quienquiera que se encuentre dentro del cuerpo del chico que amo. Unas venas de un gris oscuro recorren su piel pétrea—. El vínculo que recae sobre la Casa le impide arrebatar una vida y en estos momentos tú eres la mitad de Burleigh. Si incumples otra parte del vínculo...

—¿Pero tú lo has visto? —dice Falmouth con amargura. Se queda de rodillas sobre el suelo cubierto de helechos y mira a Wyn—. Sea quien sea, no hay vuelta atrás. Ya no es el chico que conociste en el pasado, Burleigh lo ha malogrado, igual que hará con el resto de West Country si la liberas o le entregas esa piedra. ¿Sabes a qué he venido en realidad, Violet? A salvar al condado de ti y de Burleigh House. De la temeraria estupidez de los Sterling, que creen que este lugar puede ser mejor de lo que es.

Miro a Wyn y por un momento lo veo como lo describe Falmouth, un monstruo creado por Burleigh, un ser que ha sobrepasado el punto de no retorno.

Pero es sólo un momento. Después mi visión se aclara y, a pesar de todos los cambios producidos en él, lo único que veo cuando miro a Wyn es a mi amigo de la infancia y de mi corazón. Me giro hacia el bosque, envuelto en una humareda ya, y vislumbro la casa entre los árboles, y tampoco veo ruinas, sino algo que sí merece la pena conservar, a pesar del deterioro y de todo lo que ha hecho.

Al final, supongo que es mi legado y mi maldición, que por mucho que Burleigh y Wyn puedan cambiar, por mucho daño que sean capaces de infligir o sufrir, siempre serán maravillosos y merecedores de mi amor. Y que jamás dejaré de luchar por ellos o de confiar en que algún día vivamos en un mundo mejor en el que los dos estén completos.

Me incorporo y de mi cuerpo caen numerosas hojas, y trato de ponerme de pie, pero se me doblan las piernas. Lo intento una vez más y no me va muy bien. Me siento como si la mitad de mí fuera de piedra de lo llena de mortero que estoy y en algún punto el disparo me roza el hueso.

—Morirá igualmente —dice Falmouth—. ¿Por qué no acabas con ella rápido, Burleigh? Sabes que es la única forma. La chica estaba condenada a fracasar desde el principio, tan seguro como que tú estás vinculada al rey y el chico está vinculado a ti.

—Cállate y no te muevas.

Independientemente de su aspecto, quien habla es Wyn, no Burleigh.

—¿O qué? ¿Me matarás y romperás el vínculo? —replica Falmouth—. No creo que seas capaz.

Wyn lo ignora.

—Violet, saca la piedra —dice Wyn.

Yo obedezco sin decir palabra, pero al hacerlo, comienzo a sangrar de nuevo porque el trozo faltante de Burleigh extrae la sangre y el mortero de mis venas. Wyn extiende la mano y la coloca sobre la piedra, que sigue en mi palma.

Inspiro temblorosamente al notar que una ola de calor y no de hielo se extiende por mi cuerpo. Jamás había sentido una magia similar, una magia que inunda mis extremidades de un placentero bienestar y sabe a primavera y renovación. La bala metálica atraviesa mis huesos, mis tendones y mi piel, y cae al suelo. La carne desgarrada se regenera de inmediato. Dolorosamente despacio, el hielo interior comienza a derretirse mientras que el mortero chorrea de las yemas de mis dedos y forma un charco a mis pies.

A nuestro alrededor, los árboles comienzan a reverdecer. Las zarzas retroceden. Los jacintos silvestres alfombran el suelo que las zarzas van dejando libre y los árboles más cercanos a nosotros bullen de vitalidad estival, sanos y completos de nuevo, excepto aquellos que han comenzado a arder. Yo lo contemplo todo, maravillada.

—¿Qué es esto? —pregunto a Wyn.

—La magia de la Casa —contesta con una sonrisa—. La buena.

La angustia me carcome por dentro de todos modos, porque pese a todos los cambios visibles, la piedra cardinal no ha surtido efecto ninguno en Wyn. Aunque sonríe, veo un vacío en el fondo de sus ojos, y me pregunto cuánta magia será capaz de hacer antes de que Burleigh se adueñe de él por completo y pase a ser un mero recipiente para el alma de la Casa.

Pero en ese momento, el duque de Falmouth se da la vuelta con la pistola en la mano.

—Está bien. Es hora de irme ya. ¿Quién quiere ser el primero? —pregunta con esa sonrisa cruel—. ¿Qué pasará si disparo al chico?

Wyn da un paso al frente.

—¿Por qué no lo intentas y así lo compruebas tú mismo? —dice Wyn con suavidad, a unos pocos pasos de Falmouth.

El duque levanta el arma, pero al hacerlo, Wyn también levanta la mano, sin prisa, sin agresividad, no parece que vaya a apartar el arma que lo apunta. Falmouth frunce el ceño cuando Wyn le toca la muñeca con un dedo.

No hace falta nada más. Un torrente de magia mortífera fluye por el interior de Wyn y penetra en Falmouth. El duque cae de rodillas al suelo, temblando como una hoja. Por un momento, una nube de humo lo envuelve, ocultándolo a la vista, pero cuando el aire se aclara de nuevo, contemplo, horrorizada, que le salen ramas de hiedra por la boca, los ojos, la nariz, los oídos. Cae mientras que el denso follaje de Burleigh lo devora por completo.

—Wyn —exclamo, corriendo hacia él—. Wyn, ¿sigues ahí?

Wyn se vuelve hacia mí y por un momento vislumbro esa luz tan familiar en sus ojos.

—Me alegra haber sido valiente por ti —dice.

Y entonces la luz lo abandona. Cuando extiendo el brazo para acariciarle el rostro, no siento vida en espera, una ausencia temporal. No siento nada.

—Wyn, vuelve —suplico, tomándole el rostro entre ambas manos—. Soy Violet. Por favor, vuelve.

Pero sólo está Burleigh presente.

—Asumió personalmente la obligación de romper el vínculo —dice Burleigh por boca de Wyn pero con esa voz granulosa de las otras veces—. Y ya no quedaba prácticamente nada de él. Le alargamos la vida todo lo que pudimos, niña Sterling. Pero, al final, él quería irse.

—Pero él no... —no soy capaz de verbalizarlo—. No se ha ido para siempre, ¿verdad?

—Preferimos no decírtelo —contesta Burleigh finalmente—. Eres... muy pequeña. Y puede que más frágil de lo que creíamos.

—Responde a la pregunta.

La criatura que tengo ante mí ladea la cabeza.

—Él es todo nuestro, niña Sterling, una parte de nosotros, inseparable. Pero lamentamos no poder devolvértelo.

Me quedo inmóvil un buen rato, temerosa hasta de respirar porque sé que en cuanto empiece a sentir la pérdida, el dolor se me clavará más hondo que cualquier espina, pesará sobre mí más que todo el mortero del mundo, me hará más daño que siglos de magia sin llave.

Miro por última vez hacia la linde del bosque. Una cortina de fuego devora los árboles, consumiendo con ello el poder mágico de Burleigh, pero ella podrá empezar de nuevo en otro lugar, bajo otra forma, gracias a la vida que Wyn le ha entregado.

Sostengo la piedra cardinal entre las manos ahuecadas y el ancho mundo que se extiende más allá de los terrenos de Burleigh me parece marchito y vacío. Todo esto podría terminar aquí y ahora. Podría irme, trepar por el muro y desaparecer. Renunciar a mi nombre y a las expectativas que conlleva. Resulta casi apetecible. Un nuevo comienzo. Hacer borrón y cuenta nueva. Es lo que Wyn siempre quiso que hiciera.

Pero la verdad es que no quiero después de todo lo que he visto. Después de todo lo que he vivido y todo lo que he perdido. Nada merece la pena ya. Ni el mundo, ni una vida propia, ni siquiera Burleigh House.

Si algo me han enseñado desde el día que nací, algo que para mí es tan natural como respirar, es que soy una guardiana y que un buen guardián antepone su Casa a todo lo demás.

Al rey.

A su país.

A su vida y a su corazón.

Y, finalmente, ha llegado el momento de decidir si liberarme de mi vínculo o aceptar el destino que Burleigh House y mi padre forjaron para mí. Al pensarlo, una sensación oscura y amarga brota en mi interior. Una necesidad. Un anhelo. Un deseo melancólico, recubierto de venganza.

No sé si es posible que Burleigh me devuelva a Wyn para que tengamos una oportunidad de ser todas esas cosas que nunca pudimos ser, individualmente y juntos, pero lo que sí sé es que si estoy en el corazón de Burleigh con la piedra cardinal en mi poder, podría vincularla con sangre y mortero y utilizar el poder que aún tiene y sus últimos momentos de vida para intentar al menos traerlo de vuelta.

En vez de ir hacia la izquierda y cubrir el espacio que me separa de la libertad, aferro con fuerza la piedra cardinal y me vuelvo hacia la casa.

—¿Adónde vas, niña Sterling? —pregunta Burleigh, pero yo no contesto.

La tierra tiembla bajo mis pies mientras regreso por la pradera. Hay un humo denso y gruesas zarzas brotan del suelo por todas partes, que avanzan con movimientos sinuosos. Extraños recuerdos de apariencia acuosa resplandeciente flotan entre ellas, son los fantasmas de los Sterling que vivieron aquí hace muchos años. Burleigh House está prácticamente reducida a escombros ya. Las buhardillas se han hundido sobre el segundo piso, no hay tejado sobre ellas y las paredes se desmoronan. Fuera, el cielo está cubierto de nubes que presagian lluvia.

Franqueo la puerta y me encuentro con más fantasmas que vagan en silencio entre los restos de la casa, como espíritus que abandonan un cuerpo moribundo. Y puede que lo sean. Avanzo en sentido contrario a todos ellos, pero no siento más que una corriente de aire cuando me rozan a su paso. Todos vienen del mismo sitio y bajan las escaleras como agua en una zona de rápidos de un río y toman distintas direcciones al llegar al vestíbulo.

Me aparto de su camino y me oculto en un rincón junto a las escaleras, desde donde observo la corriente fantasmal mientras pienso. El corazón de la Casa. El corazón de la Casa. Está claro que en todos los años que hemos pasado juntas, en algún momento tuvo que mostrarme dónde guarda su corazón, aunque sólo fuera fugazmente.

Reconozco con cierto sobresalto a uno de los Sterling que pasan flotando.

Es mi abuelo, a quien sólo he visto en un retrato y a través de los ojos de Burleigh. Mi padre lo sigue a poca distancia y verlos tal como los recuerda Burleigh hace que se me forme un nudo en la garganta. No parecen nerviosos, preocupados o extenuados por el uso de la magia, sino que se los ve tranquilos, en paz consigo mismos, felices incluso. Todos estos no son sólo fantasmas o recuerdos porque es evidente que mi Casa tendrá recuerdos también de personas a las que odia, empezando por el rey y todos sus predecesores.

No, esta procesión de antepasados Sterling es un desfile de todas aquellas personas a las que Burleigh ha querido.

Me tenso al pensarlo y me fijo de nuevo en la marea de fantasmas procedentes todos ellos de un mismo lugar. Aferrada a la piedra que llevo en el bolsillo, me abro paso entre los fantasmas y subo las escaleras en dirección contraria a ellos. Las zarzas que inundaban las escaleras se han convertido en cenizas que manchan mis pies mientras subo por los temblorosos escalones. Al llegar al descansillo veo todas las puertas de la galería abiertas excepto una, y todos los fantasmas salen de detrás de ella, la atraviesan como una nube de niebla.

Llego hasta la habitación de papá e intento girar el picaporte. Cerrada con llave. No hay tejado sobre nuestras cabezas, sólo el cielo cubierto de nubes de tormenta. A mi lado se forma una grieta en la pared que se abre con un gemido que no es de este mundo.

—Burleigh —grito, llamando a la puerta insistentemente—. Burleigh House, déjame entrar.

La puerta sigue cerrada con llave.

—No voy a hacerte daño, jamás lo haría —miento, obligándome a hablar con ternura a pesar del miedo. Y es que aún no estoy segura de lo que voy a hacer, si elegiré liberar a Burleigh o mantener el vínculo e intentar traer a Wyn de vuelta. Sigo esperando una señal, algo que me muestre claramente el camino que debería tomar—. No me importa nada de lo que ha pasado. Si me dejas entrar, te liberaré. Me conoces desde que nací y sabes que te he amado desde entonces. ¿Por qué no puedes confiar en mí? ¿Por qué no aspirar a un mundo nuevo y no únicamente a renacer en solitario hundiendo tus nuevos cimientos sobre los huesos de alguien que jamás debió dar su vida por ti? Deja que te libere.

La puerta se abre con un lamento de bisagras oxidadas. Aguardo durante un momento en el umbral, sin aliento y angustiada. Casi esperaba que Burleigh se resistiera. Que me dejara fuera para impedirme violar su confianza y que ésa sería la señal que necesitaba.

Pero la puerta se abre, tengo vía libre, y entro en la habitación de papá, la última y la más fiel de sus guardianes, que está a punto de traicionar a su Casa.

La habitación está completamente desnuda, le falta el tejado también. Me abro paso entre los escombros.

—Haz lo que quieras, Violet Sterling —dice Burleigh desde la otro punta de la habitación. Sentado sobre un montón de ropa de cama mohosa abandonada en un rincón, dentro del cuerpo de quien un día fue Wyn.

Trago saliva y trato de tranquilizarme.

—Vincúlanos o libéranos. Haz lo que quieras —continúa Burleigh, casi con tristeza en su voz terrosa—. La verdad es que, después de todos estos años, estamos cansados, muy cansados, niña. Y tal vez sea demasiado empezar otra nueva vida. Nos falta brío o fuerza de voluntad o las ganas de tener un objetivo, algo imprescindible cuando quieres empezar una nueva vida. Haz lo que quieras. Estamos en tus manos.

Veo el bosque de detrás de la casa por una de las ventanas. Está completamente en llamas y el fuego llega ya a la pradera de flores silvestres. No tardará en engullirla y seguirá por la rosaleda y después la emprenderá con los muros de la casa.

Me muerdo el labio inferior. Ay, Burleigh, me rompes el corazón. Independientemente de lo que mi padre y Wyn hicieran en mi nombre, yo siempre he estado estrechamente vinculada a ti. ¿Qué hago? ¿Romper mi vínculo, un vínculo no de sangre y mortero, sino de amor, expectativas e incontables años de historia, con la esperanza de conseguir una segunda oportunidad para Wyn u honrar el vínculo existente entre nosotras dos y darte a ti una nueva vida?

—¿Éste es el lugar? —pregunto—. ¿Aquí es donde está tu corazón, el lugar donde debo vincularte o desvincularte?

Burleigh se encoge de hombros, un gesto demasiado humano y muy propio de Wyn. Dudo. Burleigh-Wyn hace un gesto con la cabeza en dirección a la pared más alejada.

—Nuestro corazón no es un lugar, Violet Sterling. Podrías habernos desvinculado en cuanto encontraste la piedra.

Miro hacia la pared, confusa, y las lágrimas incipientes me queman en los ojos porque ahí está, grabado aún en el yeso, en grandes y brutales letras mayúsculas.

VI. Mi nombre. Una cicatriz en el mortero.

Siempre he sido el corazón de Burleigh House, aunque ya no sea completamente mía.

El humo hace que se me quemen los ojos y yo no quiero esto, papá. No soy suficiente. ¿Cómo elegir entre dos mitades de mí misma? ¿Cómo vivir con el alma dividida?

Un buen guardián antepone su Casa a todo lo demás.

Al rey.

A su país.

A su corazón.

Me pongo de rodillas delante de Burleigh, ahogándome con mis propias lágrimas. Saco del bolsillo el cuchillo de eviscerar pescado y me hago un corte en la palma de la mano. La sangre brota, brillante y llena de vida y de promesas aún intactas.

—Dame su mano —le digo a Burleigh. Ella tiende la mano que antes fuera de Wyn, pero cuando hago el corte, no sale sangre, sino mortero denso y granuloso.

Dejo el cuchillo a un lado y pongo la piedra en la palma donde me he hecho el corte.

—Adelante —le digo a la Casa y ésta me mira con expresión hundida. Hay ochocientos años de dolor, extenuación y mutilación en el fondo de esos ojos que no parece fuera de lugar. También veo resignación. Ahora mismo, en este preciso momento, Burleigh está a mi merced.

La mano de Wyn cubre la piedra, mi sangre y el mortero de Burleigh se mezclan.

—Burleigh House, mi nombre es Violet Sterling, última de mi estirpe. Mi familia siempre te ha servido bien. Con la sangre de mis venas y el mortero de tus muros...

Burleigh me mira con tristeza en sus ojos robados y, Dios mío, lo único que deseo es que sea Wyn quien me mire desde esos ojos.

—... yo te desvinculo. Vuelve a ser una Casa completa, Burleigh. Una buena Casa. Eres libre.

La lluvia cae sobre mí cuando las nubes se abren. Un trueno inmenso y aniquilador sacude los cielos y los cimientos. El viento aúlla a través de las ventanas rotas. Y ante mis ojos, Burleigh se alza con todo su poder.

Una luz cegadora emana de la criatura que ya no es Wyn pero tampoco es la Casa que yo conocía. Me protejo los ojos con una mano y, de repente, se me ocurre que no es Burleigh, sino uno de esos serafines de los que me hablaba Mira cuando estábamos en los pantanos. Un ángel de vida o muerte, puede que de ambas cosas a la vez.

A mi alrededor todo es viento y truenos, luz y lluvia.

—Recuerda esto, Burleigh —grito muerta de miedo, pero mi voz apenas se oye en el tumulto—. Recuerda cuánto te he amado siempre. Y si puedes, devuélvemelo. Haz que mi corazón esté completo como he hecho yo con el tuyo.

No hay respuesta, excepto el aullido del viento y el estruendo de los truenos. Al final, tengo que cerrar los ojos para protegerme de la luz cegadora y la copiosa lluvia.

Cuando me atrevo a abrirlos de nuevo, el ruido de la tormenta es algo más soportable. La lluvia moja mi piel, pero ya no estoy dentro de los terrenos de

Burleigh, sino fuera, en el camino, de espaldas al gran portón de hierro, que está como era antes.

Delante de mí está Su Majestad acompañado de un regimiento de soldados, todos ellos completamente empapados por la lluvia y con cara de haber visto a los muertos levantarse de sus tumbas. A mi espalda, la Casa está envuelta en una columna de fuego. Los sonidos que se desprenden de su regeneración son terribles, un derroche de poder.

Caigo de rodillas en el barro del camino, me rodeo el cuerpo con los brazos y lloro. He demostrado que soy el mejor guardián al devolverle a mi Casa su libertad contra todo pronóstico.

A pesar del rey.

A pesar del país.

A pesar de mi propio corazón.

¿Pero a costa de qué, Burleigh?

A costa de qué.

❧33❧

DUERMO ENTRECORTADAMENTE MIENTRAS JED, MIRA Y FREY hablan junto a mi cama, en una pequeña habitación escondida bajo los aleros del Red Shilling.

—Es nuestra —suplica Mira—. Deja que nos la llevemos a casa.

—Apenas tienen espacio para dormir los dos en ese camastro que han alquilado —contesta Frey con firmeza—. Y no es un hogar para Vi. Ya saben cuál es su hogar. Dejen que se quede aquí, en un lugar familiar para ella.

Jed es quien se arrodilla junto a la cama y me toma la mano.

—Violet, querida mía. ¿Qué te parece?

Estoy demasiado cansada para contestar y no importa nada ni nadie. Me siento perdida en la misma neblina que dicen que envuelve la Casa, aunque ya han pasado dos semanas desde la liberación.

Al final, me quedo en la posada. Mira pasa las tardes junto a la cama mientras Frey supervisa el trabajo en la taberna, pero el resto del tiempo, Frey lo pasa conmigo, incluso duerme en un catre en la misma habitación. Todos están preocupados, lo sé, pero no tengo energía suficiente para preocuparme por ello. Duermo sin parar y sólo me despierto para tomar un poco de sopa o para hacer mis necesidades. Ni siquiera me levantan el ánimo las verduras de temporada, las manzanas cocidas y el pan recién hecho que me trae Mira en Rosh Hashaná.

Hasta que una mañana me despierto al oír el canto de un petirrojo tras la ventana del ático y me doy cuenta de que las hojas de la rama en la que está posado han adquirido un tono dorado.

—¿Frey?

No tarda en aparecer junto a mí.

—¿Está todo bien en West Country? ¿Cómo se las arreglarán las gentes para pasar el invierno?

Frey me aprieta la mano.

—Muchos pensaban que morirían de hambre, la verdad. Pero el día que saliste de la casa, los manzanos de todo West Country florecieron de nuevo y todas las vacas y todas las ovejas parieron dos crías. Nadie había visto nunca nada igual. Los corderos, los terneros y las manzanas han madurado a un ritmo vertiginoso. Empezaron a hacer sidra la semana pasada y los mercados están a tope con el inventario.

—¿Y el rey? Se fue sin más cuando salí de la casa, pero su intención era declararme culpable de traición.

—Ha vuelto a Hampton Court. Espi se ha ido con él para asegurarse de que no le dé por declararte culpable de traición otra vez. Pero dudo que vaya a pasar justo ahora que el condado está mejor que nunca. Si se le ocurriera ponerte un dedo encima, la gente se echaría a las calles. Y he oído que Su Majestad está algo perdido ahora que no está Falmouth para ocuparse de sus asuntos, pero que Esperanza lo ha relevado con bastante soltura.

—Estoy segura de que sí —respondo yo con una sonrisa.

—¿Sabes a la salud de quién beben todas las noches en la taberna? —pregunta y noto que me sonrojo bajo su escrutinio—. A la salud de Violet Sterling, la salvadora, y a la de Burleigh reconstruida.

—¿Y Burleigh?

Frey se da la vuelta para que no pueda ver sus ojos.

—Esta completamente cerrada, y no muestra señales de querer volver a abrir el portón. Lo siento.

No pregunto por Wyn. No soy capaz de pronunciar su nombre siquiera.

La herida sigue siendo muy reciente y no estoy segura de que se cure algún día. Esto es lo que una vez deseaste, me recuerdo. Que tu Casa estuviera sana y fuera libre.

Pero en mi interior se abre un mar infinito, no de miedo, sino de pena, que no soy capaz de empujar al fondo o aprisionar, por mucho que me esfuerce.

Al final, consigo reunir las fuerzas para levantarme de la cama. Y cada tarde recorro el kilómetro y medio que hay hasta Burleigh House, aunque tardo más que en condiciones normales. Me siento en el borde del camino y contemplo la pradera que ha pasado del dorado al marrón, los setos cuajados de frutos rojos y hojas doradas. Cuando llegan las primeras heladas y el viento frío de la tarde arrecia, me envuelvo en mi capa de lana gruesa, pero no dejo de pasear hasta allí.

Incluso ahora, tras los impenetrables muros y el portón cerrado, sigo sin poder evitar la atracción que mi Casa ejerce sobre mí.

Llega Janucá y pasa, sólo que este año los *latkes* de Mira, y Jed cantando «Maoz Tzur» con su profunda voz de bajo no consiguen alegrarme. Paso la Navidad con Frey, su hijo y su nuera, que vienen desde Londres. Hay un árbol en la sala común y cantamos villancicos con los huéspedes que paran en la posada. O mejor dicho, todos cantan menos yo, la música me resbala como el agua sobre un canto rodado que no siente ni padece.

Tras las vacaciones, retomo mi vigilia a las puertas de Burleigh House, sentada con la espalda apoyada en la pared, dormitando bajo el débil sol invernal mientras escucho el viento que azota los campos helados.

Hasta que un día normal y corriente a mediados de enero, despierto de un desapacible sueño contra el muro que rodea Burleigh y me doy cuenta de que han brotado varios jacintos silvestres entre mis dedos, y al mirar el portón de hierro, compruebo que se está abriendo lenta y silenciosamente.

Me levanto y me acerco a ella, al comienzo de sus terrenos.

La casa vuelve a ser visible, la neblina ha desaparecido. Su aspecto es el mismo que tenía cuando era niña. Piedra cálida. Ventanas con vidrieras emplomadas. Jardines que añoran la primavera bajo un manto de escarcha. Espirales de humo que salen de las chimeneas y perfuman el aire. Parece y huele como mi hogar de siempre.

—¿Wyn? —pregunto y mi voz reverbera en el silencioso aire frío—. ¿Estás ahí?

Sólo responden los pájaros posados en los setos. Y cuando me alejo, sé que no debería volver más. Aunque me haya recuperado físicamente, mentalmente no lo haré si sigo viniendo a Burleigh House.

El deshielo llega pronto y el mundo se convierte en una fina capa de hielo y superficies embarradas, y en ese momento empiezo a pensar que es hora de marchar, no sólo de Burleigh House, sino del pueblo. Sigo atendiendo las mesas de la taberna mientras me decido y ahorro las monedas extra que consigo, ya que Frey me paga dejándome comer y dormir en la posada.

Se muestra cuidadosa, está pendiente de mí, como si me hubiera convertido en un ser frágil tras liberar la Casa. Puede que tenga razón. Algunas veces creo que estoy bien, pero otras me siento como un junco quebrado incapaz de mantenerse erguido. Me cuesta resistir la tentación de salir cada noche, cuando la posada cierra y los parroquianos vuelven a sus casas, y subir por el camino que conozco de memoria hasta Burleigh House. Paso los dedos por la suave piedra, me detengo junto al portón de hierro y hablo con la casa silenciosa.

«Wyn. ¿Estás ahí?».

El miércoles de ceniza es el día. Este año cae antes de la fiesta judía de Purim, pero no me veo capaz de sonreír durante la celebración con Jed y Mira. He decidido volver a los pantanos, donde la vida era más sencilla y sabía moverme con soltura. Frey me mira con cariño y comprensión cuando se lo digo.

—Te entiendo, Violet. Pero me escribirás, ¿verdad?

Mira cocina como si tuviera que alimentar a todo Lincolnshire y Jed talla figuras de pájaros de los pantanos de mal humor. Aunque se han ofrecido a acompañarme, he insistido en que quiero ir sola. Ellos ya han rehecho su vida aquí. Han alquilado una casita en los alrededores de la granja Longhill; Jed trabaja como jornalero y Mira lava y remienda ropa. No quiero arrancarlos de este lugar por tercera vez, aunque sé que los echaré muchísimo de menos.

No le escribo a Espi para decirle que me voy, pero ella sí me escribe a mí para decirme que todo Londres está alterado por lo ocurrido con Burleigh House. Al final ha habido disturbios, pero no han presentado cargos contra mí. Todo el mundo quiere que el resto de las Casas sean libres ahora que la liberación de Burleigh ha demostrado ser un éxito, y no piensan callarse.

De repente, tengo la sensación de que mi último día en el Shilling ha llegado demasiado pronto. Como siempre, lo paso corriendo de un lado a otro con bandejas llenas de jarras de cerveza coronadas de espuma que huelen a levadura y a lúpulo. Al menos estoy ocupada y eso es un alivio. En un momento de descanso en el que puedo permitirme pensar, me recuerdo únicamente que West Country está prosperando. El clima es el que corresponde a la época en la que estamos. En las despensas hay comida para pasar dos inviernos, no uno.

Mi Casa está bien y el condado también. ¿Qué más podría pedir un guardián?

Y así y todo...

A última hora de la tarde, la puerta de la taberna se abre y entra un golpe de viento frío. Los parroquianos gritan al recién llegado que cierre y cuando levanto la cabeza, veo que así lo hace. La figura cruza la sala común hasta la barra, se sienta y se quita el abrigo.

—Enseguida voy —grito yo. Cuando llego a la barra con la bandeja vacía, me falta el aliento y estoy sonrojada.

—¿En qué puedo ayudarlo? —pregunto y me paro en seco.

—Hola, Vi —dice Wyn.

Nos quedamos un rato mirándonos sin hablar hasta que él sonríe. Casi había olvidado cómo se le levantan las comisuras de los labios mientras entorna ligeramente los ojos.

—¿Cómo estás?

—Bastante bien —contesto yo despacio. No estoy segura de que sea real. Se parece demasiado a uno de los confusos sueños que tuve durante el pasado verano cuando intentaba desesperadamente liberar a la Casa, pero en ese momento alguien pide a gritos otra jarra y caigo en la cuenta de que en mi subconsciente no aparecían granjeros borrachos.

Me giro con las manos apoyadas sobre mis caderas.

—Cállate ya. ¡Ahora mismo voy!

Y a continuación me giro hacia Wyn de nuevo sin salir aún de mi asombro.

—Perdona. ¿Y... y tú? ¿Estás bien? ¿Está bien Burleigh?

—Lo estamos. Nos ha llevado un poco de tiempo ordenar nuestros asuntos, pero los dos estamos bien, enteros, como puedes ver.

Lo miro de reojo mientras seco vasos. Me tiemblan las manos y me da miedo romper algo, así que decido que es mejor tirar el trapo y dejar de fingir que estoy ocupada.

—Creía que habías muerto, Wyn.

—Y yo —responde él con franqueza—. Hasta que me di cuenta de que algo de mí tenía que estar vivo si era capaz de pensarlo. Y empecé a volver en mí poco a poco. Fue interminable. Supongo que aunque ahora sea libre, hacer milagros no es cosa fácil para Burleigh.

Vuelve a sonreír y noto que se me doblan las rodillas. El rubicundo granjero empieza a perder la paciencia y me vuelvo hacia él para ocultar las lágrimas que se me han empezado a acumular en los ojos.

—¡Harry Mason! ¡Cállate o ven a buscarla tú!

Se levanta gruñendo y viene a la barra a servirse una cerveza sin dejar de balbucear.

—Anda, déjalo —le digo mientras lo aparto del grifo de la cerveza—. Ya lo hago yo.

Una vez satisfecho con su jarra llena, me vuelvo otra vez hacia Wyn.

—¿Y ahora... qué piensas hacer? —pregunto, vacilante—. ¿Adónde irás?

Wyn se inclina por encima de la barra, se apoya sobre los codos y está a punto de contestar cuando aparece Frey por la puerta de atrás. No me queda más remedio que ahogar un gruñido de frustración.

—Sangre y mortero, Violet —exclama—. ¿Qué haces aún detrás de la barra? Que alguien que ha resucitado de entre los muertos venga a verte creo que es motivo suficiente para salir un poco antes en tu último día de trabajo.

—¿Estás segura? —pregunto yo, a lo que Frey responde poniendo los ojos en blanco.

—Totalmente. Dame el delantal y vete, anda.

En un santiamén Frey me quita el delantal sin contemplaciones, me saca de la barra y me empuja a la calle empedrada.

—Adiós —susurra—. No quiero montar una escenita, pero te deseo lo mejor, Vi. Y más te vale no cambiar de idea. Márchate de aquí y llévate a este chico.

Y la puerta se cierra con decisión, dejándonos a Wyn y a mí solos bajo el frío nocturno.

—En respuesta a tu pregunta, pensé que iría adonde fuera contigo, Vi —dice finalmente—. Si a ti te parece bien. Ocurre que tú siempre fuiste lo primero para mí. Ni Burleigh ni el condado ni mi propia vida. Eso no ha cambiado. Sigues siendo lo más importante para mí, así que supongo que tendrás que decidir qué es lo importante para ti ahora que Burleigh es libre.

Jamás me cansaré de oírle decir que para él yo soy lo primero. Pero empezamos a caminar y mis pies no olvidan las viejas costumbres. Caminamos en silencio un buen rato, hombro con hombro, sin dejar espacio apenas entre los dos. Parece que el único sonido es el crujido de la grava bajo nuestros pies.

Cuando llegamos al portón de Burleigh House mi estómago es una maraña de nudos, aunque no sé muy bien por qué. Wyn, que siempre nota cuando estoy nerviosa, toma mi mano. Su piel está tibia y suave y se adapta a la mía, y los dos notamos las chispas en las yemas de los dedos. Tocarlo es una sensación mágica, pero no como la dentellada fría del mortero, sino una magia fresca y sana. Una magia creada por los dos, rebosante de posibilidades y nuevos comienzos.

El portón se abre, libre ya de zarzas. Burleigh House se eleva hacia el cielo al final del sendero, elegante y acogedora, en vez de devastada. Se ven luces en el interior. El jacarandá se mece suavemente con la brisa, cuajado de flores moradas pese al clima, envuelto en sombras moradas y misterio bajo la luz de la luna.

Acaricio con la mano la fresca piedra y pienso en todo lo que he perdido y ganado también, todo lo que he hecho por esta Casa que ahora irradia calma y bienestar.

«Todo está en su sitio, Violet Sterling. Todo en su sitio», parece decir.

Me vuelvo entonces hacia Wyn y tras dejar escapar un suspiro tembloroso digo:

—Creo que ahora lo importante soy yo. No Burleigh House. Pero a veces también lo eres tú.

Wyn sonríe.

—Esperaba que lo dijeras —consigue decir antes de que lo bese.

Toma entonces mi mano y dejamos atrás los muros que rodean Burleigh para salir al campo en dirección a Taunton.

—Y bien, Vi, ¿adónde vamos?

—¿Sabes que tengo una casita y un bote de pesca en Lincolnshire? Las únicas cosas en este mundo que son mías de verdad.

—Yo soy tuyo —dice él.

—No digas tonterías. Nadie es de nadie. ¿Alguna vez has pescado con arpón?

—No.

—No es difícil. Te enseñaré.

—Me gustaría mucho.

AGRADECIMIENTOS

Como ocurre con las Grandes Casas, crear un libro necesita de la ayuda y los cuidados de un pequeño ejército. En este caso en particular, estaré eternamente agradecida a Alice Jerman, la arquitecta responsable de la historia de Burleigh y Vi. Ella consideró que el libro tenía potencial, se quedó prendada de su magia y me dejó ver lo que podía llegar a ser. Alice, tú me impulsas a ser mejor hasta el punto de que ahora ya no puedo escribir una escena sin oírte decir en mi cabeza: «¿Pero qué es lo que sienten?». Gracias por toda tu ayuda, tus consejos y tu apoyo.

Ninguno de mis libros ve la luz sin haber recibido antes la opinión de la tenaz, inteligente e indispensable Lauren Spieller. Ella leyó el primer borrador y lo recondujo en la dirección adecuada. Lauren, te prometo que intentaré escribir pensando en la sucesión de los hechos y el argumento si tú me prometes que dejarás que yo tenga razón una vez al año (aunque no la tenga).

Gracias también a Clare Vaughn, la asistente de mi editora, por ocuparse de todas esas pequeñas cosas que hay detrás de la publicación de un libro y hacerlo con alegría; a Jackie Burke, mi adorable publicista, por asegurarse de llevar a los lectores información precisa sobre mis libros; a las primeras personas que leyeron *Las espinas de la traición* por sus valiosos consejos y sus ánimos: Bethany Morrow, Al Rosenberg, Steph Messa,

Jen Fulmer, Hannah Whitten, Joanna Meyer y Anna Schafer; a todos los miembros de la agencia Triada US por trabajar de forma incansable por sus autores, y especialmente a Uwe Stender, por haber reunido a un equipo tan fantástico, y a Brent Taylor, por estar siempre atento a vender los derechos en el extranjero.

Me gustaría dar las gracias a todas y cada una de las personas que me ayudaron a atravesar el laberíntico terreno de escribir el segundo libro. Con esto me refiero a mis compañeras que forman the Pod, y a ti, Steph, que hiciste que la idea se convirtiera en un libro. He encontrado a muchas personas en este viaje. Gracias también a Ashley, mi fan más entusiasta; a mi madre, por leer la primera versión de mi libro/cuidar de los niños/doblar la ropa limpia/y en general hacer cualquier cosa que necesite; a Tyler, por ser el mejor compañero en este viaje en todos los aspectos; y a mis niñas, que son la razón por la que hago todo esto.

Si estás leyendo este libro porque te encantó *La luz entre los mundos* y has estado a mi lado desde el principio, muchísimas gracias. Mis lectores son muy importantes para mí, y por eso agradezco de corazón sus palabras de aliento.

Y en último lugar, puede que parezca ridículo darle las gracias a una Casa, pero en este caso tiene todo el sentido. Gracias a Weymouth Manor, mi ridículo, inconexo y amable hogar, donde crecen flores entre la nieve en diciembre, enciende y apaga una luz para saludar, nos ama a todos y en el que no conseguimos que germine una sola verdura.